KB266826

듣는 인간

호모 아우디투스_Homo Auditus

박인기 지음

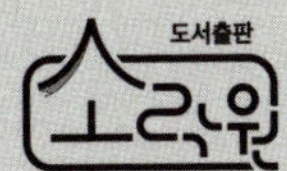

머리말

  인간의 듣는 활동은 언뜻 수동적인 듯하지만, 다른 활동과의 강한 상호성이 안으로 숨어 있습니다. 듣기는 알고 보면 대단히 능동적인 정신 작용을 해내는 언어 활동입니다. '듣는 인간'을 수동적 인간으로 치부하는 것은 듣기에 대한 오해에서 비롯된 편견입니다. 듣는 활동의 숨은 역동성을 보기로 할까요.

  듣는 활동도 언어 활동의 한 영역이므로 당연히 심리·정서적 작용을 수반합니다. 듣는 활동을 하는 동안 외부의 정보나 지식을 받아들이므로 당연히 인지 기능이 발달합니다. 소통 스킬도 발달합니다. 그 과정에서 듣는 행위 안에 모종의 덕성이 내재하고 있음도 경험합니다. 듣기 현상에는 사회·문화적 맥락이 관여합니다. 잘 들으려면 듣기 현상을 둘러싼 문화적 상징들과도 친숙해야 합니다. 그뿐이 아닙니다. 인간은 듣기 내면의 심층 프로세스를 통해서 영적 교감을 하고 영성을 키우기도 합니다. '듣는 인간'은 소극적 인간이 아닙니다.

  언어 수행 차원에서 인간 발달의 이상적 성숙을 드러내는 인간을 생각해 보라면, '듣는 인간'이 여기에 근접하지 않을까 생각합니다. '듣는 인간'이 발현하고 함의하는 긍정의 삶과 긍정의 철학'을 확인하기 때문입니다. 그 긍정성은 개인의 발달[修己]에만 머무르지 않고, 사람들 사이 모든 관계의 선순환, 그리고 공동체를 대화적 세계로 나아가게 하는 것을 기약한다는 점에서 큰 의미가 있습니다.

이런 생각은 국어교육 학자로서 '언어적 인간'을 연구하고 교육해 온 저자의 교육적 관심과 실천을 되돌아보는 과정에서 생겨난 것입니다. 일상 현실의 구체적 언어 수행에서 인간적 성숙을 보일 듯 안 보일 듯 감득하게 하는 장면도 '말하는 인간'보다는 '듣는 인간'에게서 경험할 때가 많습니다. '듣는 인간'의 성숙성은 그의 듣는 행위가 실천 행위에 직결되어 있다는 데서 도드라집니다.

'듣는 인간'은 불가피하게 실천적입니다. 이는 말하기와 더불어 상호 작용하는 듣기의 현재성이 주는 듣기의 존재론적 특성입니다. 물론, 이때의 '듣는 인간'은 그냥 들리는 대로 듣는 인간이라기보다는 '잘 듣는 인간'입니다. '잘 듣는 인간'에서 '잘'이라는 부사는 듣기의 기능적 숙련 만을 뜻하지는 않습니다. '잘'이라는 부사는 선한 자양을 담뿍 먹은 말입니다. 지각의 뛰어남과 정의(情意, Affective)의 원만 풍성함과 윤리의 아름다움을 모두 실천해 내고 있음을 드러내는 말입니다. 아리스토 텔레스의 인식을 빌려와 '잘 듣는 인간'의 수준을 설명한다면, 그가 《시학》에서 언급한 로고스와 파토스와 에토스의 자양이 모두 듣는 인간의 역량과 품성으로 녹아든 사람이라 할 수 있겠습니다. 이는 듣기의 역량 안에 지(知)·정(情)·의(意)의 조화로운 스며듦이 있음을 보여줍니다.

이 책은 듣기의 중심을 기능 기술적 규범이 아닌 '인간'에 두는 관점을 취합니다. 즉, '듣는 인간'을 의미 있게 들여다보려는 의도로 집필한 책입니다. 너무도 당연한 이야기인데도, 그간 우리의 듣기 담론, 특히 듣기 교육 담론들이 그러하지 못한 점이 있었습니다. 인간의 '듣는 행위'를 중심으로 인간 세계의 '듣는 현상'을 다양하고 깊숙하게 살펴보려 합니다. 듣기 현상에 대한 인문학적 접근이라 할 수 있겠습니다. 듣기 현상과 관련한 대략 세 가지 방향의 가치 진화를 이 책에서 모색해 보고자 합니다.

첫째는 '작용하는 언어'의 존재를 각성하려 합니다. 세상에서 작용하는 듣기의 언어를 응시해 보려 합니다. 사람이 받아들인 청각적 언어 기호를 상당히 역동적으로 변환하며 재해석하는 행위가 듣기입니다. 화자가 어떤 말을 해 놓고 청자가 그 말에 반응할 때, 흔히들 '나는 그런 뜻으로 말하지 않았다'고 하는 경우를 봅니다. 청자의 듣는 언어가 화자의 생각과는 달리 청자의 내부에서 얼마나 역동적으로 작용했는지를 보여주는 예입니다. 사전의 규범 언어가 아닌, '작용하는 언어'에 대한 의미를 새삼 주목하게 합니다. 무수한 맥락이 작용하는 언어를 듣는 사람이 어떻게 역동적으로 듣는지를 생각해 보려 합니다.

둘째는 그런 바탕 위에서 인간의 듣기를 재발견할 수 있기를 기대합니다. 듣는 언어 그 자체에 못지않게 중요한 것이 '듣는 인간' 또는 '듣는 문화'라는 생각을 해 봅니다. '듣는 인간(듣는 문화)'의 재발견은 듣기의 교육적 함의를 새롭게 드러낼 것입니다. 그리고 그것의 교육적 반영과 실천을 새롭게 요청할 것이라고 봅니다.

셋째는 듣기를 기능적 스킬로만 이해하고 접근하려 했던 인식에서 듣는 활동의 중심에 인간이 있음을 주목하는, 인문학적이고 교양 철학적인 듣기의 자질에 관심을 쏟을 것입니다. 예컨대 인생론적 일깨움으로 우리의 성숙을 인도하는 듣기를 향할 것입니다. 따라서 듣기의 대상 범주에 사람의 음성언어만이 아닌, 자연의 소리, 우주 사물의 소리 등을 함께 고려해야 할 것입니다. 더 나아가서는 영혼의 교감을 일깨우는 내면의 소리 등이 듣기의 대상 범주로 강조되어야 할 것입니다.

이 책 《듣는 인간》은 '듣는 인간의 상황과 조건'을 살펴보는 방식으로 이야기를 제시하지만 궁극에는 인간에 대한 탐구를 요청할 것입니다. 이 책은 인간의 '듣는 행위', 인간 세계의 다양한 '듣는 현상'에서 빚어지는 인간의 모습을 인간 이해 차원에서 살펴보려 합니다. 듣는 인간에 대하여 심리적, 사회적, 문화적, 윤리적, 교육적 조명을 가해 봄으로써 듣기의 재발견에 이르기를 기대합니다. 요컨대 듣기에 대한 인문적 재발견을 위한 탐구와 고민을 담아 내려 합니다. 그러나 사변적 논리나 변증적 내용으로 구성하지는 않았습니다. 그 부분은 이 책의 서두 프롤로그에서 이 책 집필의 전제처럼 정리하였습니다.

'듣는 인간'의 실체적 모습을 들여다보는 일은, 이 책의 본문인 제1부에서 제7부에 다양한 주제(Topic)로 드러내었습니다. '듣는 인간'에 대한 체험적 이해를 독자와 어떻게 흥미롭게 공유할지를 고민한 것입니다. '듣는 인간'의 실존 현상을 다양하게 찾아가 보면서 '듣는 인간'의 질적 면모를 여러 맥락에서 해석하고 생각해 보자는 의도입니다. 이는 인간의 듣는 행위와 능력에 대한 새로운 발견을 모색해 보려는 시도라 할 수 있습니다. 또 듣기 활동을 통해서 인간의 인간다움을 얼마나 가치 있게 수행할 수 있는지를 보려고 하였습니다.

이 책은 짤막짤막한 자기 발전의 서사(敍事, Narrative)들을 담고 있어서 교육 담론서처럼 보이지만, 궁극으로는 인간 탐구의 인문학적 통찰을 담은 책입니다. 인간의 인간다움을 일깨우고 끌어올리는 요소로서 인간의 '듣는 행위'를 인문학의 시선에서 들여다보는 책입니다. '듣는 인간' 또는 '인간의 듣기 수행'에 관한 인식과 현상들에 대한 글쓴이의 관점을 함께 나누는 방식으로 이 책을 시작하려 합니다.

책 머리에 있는 프롤로그가 다소 딱딱하더라도 다가와 읽어 주시기를 바랍니다. 대신 이 책의 본문은 상당히 부드럽고 재미있습니다. 본문 읽기의 향연을 즐겁게 누리려면 책 시작 부분의 다소 딱딱한 프롤로그를 밀쳐 두지 말기를 당부드립니다. 이 부분은 듣기에 대한 저자의 문제의식이기도 하고, 인간이 수행하는 듣기의 지각 활동에 대한 기능 기술적 교육을 비판하고, 이를 넘어서고자 하는 교육 철학을 담고 있습니다.

책을 내면서 내게 이런 생각이 여물도록 도움을 준 사람들을 생각하게 됩니다. 국어교육의 학문성과 그 교육적 실천의 지경을 넓히기 위해서 애를 써 온 선후배 동학 교수님들에게 자극받은 바가 큽니다. 고마움을 전합니다. 국어교육의 생태학적 조건을 함께 고민하고 생애를 두고 글쓰기의 교감을 나누어 오고 있는 외우(畏友) 우한용 교수의 응원을 잊을 수 없습니다. 나에게 화법 교육에 대한 탐구적 감수성을 일깨워 준 이창덕 교수의 고마운 영향도 잊을 수가 없습니다.

출판 사정 어려운 중에도 이 책을 만들어 주시는 일에 기획 단계부터 노심초사하신 도서출판 소락원 이낙진 대표님에게 각별한 감사를 전합니다. 등 돌리고 글 쓰는 나를 언제나 사랑으로 덮어주는 아내 고정선 권사, 나의 글쓰기를 믿음으로 응원하는 가족들은 내 힘의 원천입니다. 고마운 분 모두에게 나야말로 '잘 듣는 인간'이 되겠다고 다짐합니다.

2026년 2월, 봄이 오는 우수(雨水) 무렵
방이동 송파나루 서재에서
저자 박인기

차례

머리말 —————————————————————————— 02

프롤로그 '듣는다'에 대한 메타 이해 ————————————— 13

간단치 않은 듣기의 능력과 범주
듣기를 대하는 나의 통념은?
듣기는 '기능(技能)'을 넘어서는 '역량(力量)'이다
학교가 가르치는 듣기, 학교가 가르치지 않는 듣기
'전략적 듣기'를 넘어서 '열린 듣기'로

제1부 듣는 인간의 재발견/ 듣기의 표정을 찾아서 ——————— 35

풍류(風流)를 듣는다   듣기에서의 긴장(Tension)
듣보다   경청(傾聽)
귀에 담다   목소리
그때 '미국의 소리(VOA)' 풍경   할머니 이야기
받아쓰기   낭독의 재발견
꾸중   듣기 평가
깨닫지 못하는 듣기의 조건   가장 적극적인 듣기

제2부 **듣기의 유령/ '듣는다'에 숨은 마법** —————————— **85**

그들도 듣는다

귀신 씨 나락 까먹는 소리

탄식 소리

모음(母音)

약이 듣는다

박수 소리와 침묵 듣기

독백(獨白)

누에 방에서 들린 소리

아프리카 말소리에 대한 청각적 상상

예언

환청(幻聽)

객석

"들리지 않게 하소서"

귀곡성(鬼哭聲)

제3부 **듣기의 윤리학/ 듣는 인간으로 바로서기** —————————— **127**

엿듣다

만류(挽留)하는 말, 부추기는 말

"사실, 어쩌구저쩌구"

"나도 그거 진작에 다 알고 있어"

말꼬리 잡는 사람

아재 개그

사기(詐欺)치는 말

우기는 자를 만났을 때

금시초문(今時初聞)

목소리와 낚시(Voice Phishing)

위증(僞證)

전황 발표

"나는 모릅니다"

제4부 듣기의 사회학/ 듣는 인간의 관계 지혜 —————— 175

뒷담화

모욕(侮辱)

아부(阿附)

질투(嫉妬)의 말

자식 자랑

수사학 기술까지 들을 수 있어야

맹세의 말

"못 들은 걸로 할게"

사과(謝過)

평판(評判, Reputation)

선고(宣告, Sentence)

제5부 사물에 귀를 열고 —————— 211

갈대의 울음

종소리

짚요강

문풍지 우는 사연

사물과 대화하기

한숨 소리

구월이 오는 소리

진양조

봄의 소리

예리성(曳履聲)

북소리

제6부 듣기의 현상학_"지금 듣고 있어요" —————————— **245**

빗소리

바람 소리

대화의 현재성

모차르트 클라리넷 협주곡 2악장

"제가 과문(寡聞)한 탓인지는 모르겠지만"

먹는 소리

개구리 우는 소리

생밤

소음(騷音)

애송시를 들려주렴

소설 듣기

배우 김혜자 씨의 딕션(Diction)

제7부 듣는 인간의 영성 발달/ 듣기의 초월성 —————————— **279**

'경탄'에 동행하는 선신(善神)

고함(高喊)

"듣기 싫어"

즉답(卽答)

청파(聽罷)에 대로(大怒)하여

막말을 들었다

기도 응답, 어떻게 들을 건가

비밀을 듣다

반전(反轉)을 듣고 싶은가요

참회의 말

에필로그 굴참나무를 듣다 —————————— **319**

'듣는다'에 대한 메타 이해

간단치 않은 듣기의 능력과 범주

인간이 무언가를 듣는다는 것, 간단치 않은 일입니다. 이 '간단치 않음'을 알아차리는 것이 '듣기의 재발견'입니다. 특별히 듣기를 주목하여 발견해 본 적도 없으니, 듣기의 재발견은 일어나기가 어렵습니다. 우선은 '듣기의 숨은 힘'에 대해서 우리는 잘 모릅니다. 10세 이전까지는 '들어서 배우는 것'이 '읽어서 배우는 것'보다 압도적으로 많습니다. 성인이 되어서도 듣기 활동이 읽기나 쓰기 활동보다 많습니다. 적어도 시간적 양으로는 두 배 이상입니다.

듣기는 듣기로만 끝나지 않고, 말하기, 읽기, 쓰기 등을 꾸준히 불러냅니다. 듣기 자신도 말하기나 읽기에서 인출된 것입니다. 듣기가 없으면 말하기도 없습니다. 말 못 하는 농아(聾啞) 장애인들이 왜 말을 하지 못하는가요? 듣지 못하므로 말을 익힐 수가 없는 것입니다. 말하지 못하는 장애를 일컬어 '농아(聾啞)'라고 하는데, 이 말에는 들을 수 없는 장애와 말하지 못하는 장애가 다 들어 있습니다. '농아(聾啞)'의 '농(聾)'은 '귀머거리 농' 자이고, '아(啞)'는 '벙어리 아' 자인 것입니다.

그리고 또 한 가지가 있습니다. 듣기가 절대로 단순한 지각(知覺) 활동이 아니라는 점을 우리는 잘 모르고 있습니다. 인간이 어떤 대상을 듣는 데에는 대단히 복잡하고도 섬세한 인지(Cognition, 認知)와 정의(Affective, 情意), 그리고 윤리의 기제들이 작용합니다. 그간 이런 점을 깊게 들여다보지 못했음을 각성할 수 있다면, 우리는 '듣는 인간'의 가치를 새롭게 발견할 수 있습니다. 그것은 물론 '감득(感得)하여 깨닫는 인간'의 발견이기도 합니다. 그리고 그것이 바로 '배우는 존재로서의 나'를 재발견하는 것이기도 합니다. 물론 '나를 듣는 타자'에 대한 새로운 발견이 우리들 소통을 질적으로 고양할 것입니다. 공동체 이해의 폭도 넓혀질 것입니다.

그런데 '듣는다' 말의 함의는 참으로 깊고 두텁습니다. 논어의 이인(里仁)편에는 '조문도 석사가의(朝聞道 夕死可矣)'라는 구절이 나옵니다. "아침에 도(道)를 들으면 저녁에 죽어도 좋다"라는 뜻입니다. 수많은 주석이 붙어 있고 다양한 해석이 존재합니다. 이 구절에 나오는 '듣다[聞]'의 의미는 정말 간단치 않습니다. 자전을 인용해 보면, '聞[듣다]'에는 가르침을 받다, 알다, 널리 견문하다, 들려주다, 알려주다, 삼가 말하다, 냄새 맡다, 방문하다, 서신을 보내다, 등등의 행위들이 들어있습니다.

청문회(聽聞會, Hearing)라는 현상은 어떠합니까. 청(聽)도 듣는 것이고, 문(聞)도 듣는 것이니, 오로지 듣는 모임을 뜻하는 이 말에서 우리는 어떤 듣기 행위와 어떤 듣기 현상을 목도합니까. 정치적 이해와 전략을 거칠게 구사하는 듣기를 봅니다. 듣기라고 해 놓고 듣기보다는 말하기로 일관하는 현상도 봅니다. 증인을 닦달하는 방식으로 듣기를 만들어 가는 장면도 봅니다. 듣지 않고 정파 간에 싸우는 모습도 봅니다. 이 또한 모두 듣기입니다. 듣기가 정치적 제도로 운용되는 장면에서 진실로 '듣는 능력'은 무엇으로 규정되어야 하고, '듣는 인간'의 이상은 무엇으로 보아야 할까요.

'듣는다'라는 행위는 일상의 생활에서 항용 영위되는 언어 행위이지만, 듣는 행위만큼 일상을 뛰어넘어 신령한 영역에 가닿는 지각 동사도 흔하지 않습니다. 고대의 인간들이 신의 소리를 듣는 의식과 문화를 가지고 있었음은 인류학적 보편으로 나타납니다. 신탁(神託)을 받는다는 것이 그러합니다. 신탁이란 신의 소리를 듣는 일입니다. 신의 사람이라 할 수 있는 제관이 신전에 가서 인간의 물음을 신에게 올리고 신의 대답을 듣는 것이 신탁입니다. 형식과 유형은 달라도 인류가 신을 듣는 방식은 지역마다 종족마다 대체로 비슷했습니다. 그 문화적 원형은 같다고 보는 것입니다. 어떤 초월적 존재를 인간이 느끼고 영적으로 교감하는 방식은 대체로 '듣는다'를 통하는 경우가 많습니다. 듣는 것에 의하여 보는 것에 가닿는 경로라고나 할까요. 말에 의존하지 않고 마음에서 마음으로 뜻을 전한다는, 이른바 불립문자(不立文字)의 경지에 이런 초월적 듣기가 알게 모르게 관여하는 것 아닐까 하는 생각도 합니다. '듣는다'는 정말 간단치 않습니다. 의미가 참으로 오묘합니다.

듣기를 대하는 나의 통념은?

듣는 능력 기르기는 인간이 발달하기 위한 기본적 과업에 속합니다. 일상의 모든 듣기 생활은 인간의 심리적·사회적 성숙을 기하는 학습의 마당입니다. 이를 위해 학교 교육은 듣는 기능(listening skill)을 가르칩니다. 그러나 듣기 능력을 너무 좁게 생각하지는 않나요? '듣고 내용을 인지하는 기능'으로만 이해할 수는 없습니다. 온전한 듣기 능력은 매우 깊고도 넓은 능력입니다. 앞에서 언급한 대로 쉽게 습득하기 어려운 능력입니다. 듣기 능력은 상당한 내공이 요청되는 심리적 자아 조절 능력이고 사회적 소통 능력이고 문화적 적응 능력이고 윤리적 각성의 능력이기 때문입니다. 그런데, 듣기 능력을 이렇게 넓고 깊게 이해하지 못하는 경우가 대부분입니다.

인간 존재가 자기 바깥의 세계와 교감하고 교섭하는 예지를 기르는 일도 '듣기'에 들어 있고, 인간 내부의 양심과 도덕성을 일깨워 자라게 하는 일도 모두 '듣기'에 연결되어 있습니다. 그 점을 우리는 주목하지 못했습니다. 듣는 능력이란 특별한 교육적 노력이나 자기 수양의 실천이 없어도 저절로 만들어지는 줄로 알고 있습니다. 더구나 모국어를 기능적으로 듣는 데는 별다른 노력을 하지 않아도 아무런 불편이 없다는 생각으로 지내왔습니다. 듣기에 대한 우리의 평균적 통념이 그러합니다. 듣기 능력의 중요성은 그것이 모든 지각 능력의 기본을 이룬다는 점과 다른 영역의 발달 능력들과 내적으로 긴밀하게 융합한다는 데에 있습니다.

그렇습니다. 듣기 능력은 인간 발달(Human Development)에서 기본 토대가 되는 능력입니다. 말하고 읽고 쓰는 능력, 느끼고 상상하는 감수성의 능력 등이 생성되고 성장하는 기반에 듣기 능력이 있습니다. 현대의 예술 교육이나 미디어 교육, 그리고 의사소통 교육은 바로 이 점을 깨닫는 데에서 시작합니다. 학교 교육에서는 듣기의 중요성을 말하기, 읽기, 쓰기 등과 동등하게 인식하게 되었습니다. 말하고, 읽고, 쓰는 능력의 발달은 듣기를 먼저 경험함으로써 발달의 바른 질서를 만든다는 인식도 널리 공유되었습니다. 인간이 인류학적으로 발달해 온 계통적 질서가 그러하고, 한 인간 개체의 발달 또한 그러하다는 것입니다.

다만 이렇게 작동하는 듣기 프로세스가 겉으로는 잘 보이지 않는다는 점에서 듣기의 중요성을 간과할 때가 많습니다. 듣기의 중요성을 수긍하면서도, 당장의 실천은 밀어두고 그냥 선언적으로만 듣기의 중요함을 표방할 때가 많습니다. 그러다 보니 읽기와 쓰기에 비해서 듣기의 작용을 놓치기 쉽습니다. 듣기가 우리의 언어생활과 감수성 고양에 내분비 하는 선한 작용을 모르고 지나칠 때가 많습니다. 우리는 그런 고정관념 하에서 듣기에 별다른 가치를 부여하지 못했습니다.

조금 더 부연해 보면 이렇습니다. 먼저, 인간은 듣는 자극을 통해서 자연스러운 인지가 일어납니다. 말하기나 읽기나 쓰기는 듣기만큼 자연스러운 프로세스로 만나게 되지 않습니다. 자연스러운 자극으로 일어난다기보다는 대단히 의도적이고 적극적으로 계획하고 실행함으로써 이루어집니다. 특히 학교 교육에서 그러합니다. 읽기나 쓰기는 무언가 의도적이고 구체적인 학습 설계가 있어야 한다고 인식되었으며, 그것은 때로는 강제적이기도 합니다. 그만큼 중요하게 여기는 것입니다. 우리는 그것만이 제대로 된 '학습(공부)'이라고 생각합니다.

듣기를 대하는 우리의 통념은 어떠합니까. 듣기 자극으로 인해서 우리의 앎이 생성되고 확장되는 것을 우리는 그냥 이루어지는 것이라고 여깁니다. 이걸 특별히 '학습'이라고 여기는 것 같지는 않습니다. 듣기 현상에 대한 교육적 무심함이라고나 할까요, 듣기 교육에 대한 불감증이라 할까요. 그런데 지식 공부든 삶의 공부든 듣기를 통해 이루어지는 공부는 쉽게 계량화하여 헤아리기가 어렵습니다. 요컨대 이렇듯 듣기를 통해서 인간은 자연스럽게 '학습하는 주체'로 발달합니다. 이런 인식이 어느 정도 학교 교육과정에는 조금씩 반영되고 있습니다. 물론 듣기 교육의 범주를 사람의 음성 언어 듣기로 국한하고 있기는 하지만요.

그러나 더 깊이 생각해 보면, 듣기 능력은 학교 교육의 중심 과업으로만 머물지 않습니다. 학교를 다 마치고 성인이 되어 사회의 장으로 나왔을 때, 한 사람의 듣기 역량은 그의 사회적·소통적 능력을 나타내는 핵심 역량이 됩니다. 그의 듣기에는 그가 그때까지 익힌 말하기, 읽기, 쓰기 등의 역량과 문학 소양, 문법 지식, 미디어 참여·소통 등의 요소가 다 스며서 녹아들어 하나의 '듣기 역량'으로 작동합니다. 그렇습니다. 듣기 역량은 '고립된 듣기'로만 존재하는 것은 아닙니다. 특히 구체적 삶의 상황에서 사회적 자아를 형성하고, 타자를 이해하는 듣기 역량은, 듣기 경험을 통해서 삶과 현실의 실체를 각성하는 데서 길러질 수 있습니다.

그런 점에서 사회적 공간에서의 듣기 활동은 대단히 실천적인 경험(학습)이라 할 수 있습니다. 사회·문화적 맥락과 관련하여 실행되는 한 사람의 듣기 태도에서 우리는 그의 윤리적 모습까지도 읽을 수 있습니다. 그래서 학교에서든 사회에서든 듣기 교육은 중요합니다. 듣기에 대한 이런 교육적 각성이 있기 전까지는 듣기 역량을 특별히 주목하지 않았습니다. 듣는 능력이란 그저 귀만 있으면 가만히 두어도 저절로 형성되는 것처럼 여겼던 것 같습니다.

근대 이후 듣는 능력의 중요함을 의미 있게 각성한 쪽은 교육 분야이었습니다. 인간의 듣기 행위에 내재하는 여러 요소를 심리적으로, 사회적으로 통찰하고, 그것을 학교 교육의 내용과 방법에 담아 보려 하였습니다. 학교는 듣기 능력을 길러주는 교육에 그 나름의 힘을 쓰고 있습니다. 그러나 이는 인간과 인간 사이의 말소리를 듣는 데에 주안을 두는 기획입니다. 이른바 인간 사이의 의사소통 교육이라는 범주 안에서만 듣기 교육을 설계하고 실천합니다.

　인간은 사람의 말소리뿐 아니라, 자연의 소리를 듣는 경험을 통해서, 정의적(情意的)으로 원숙한 발달을 합니다. 듣기는 영성 심화의 차원에서도 인간 발달의 심층에 관여합니다. 인간은 자신을 둘러싼 모든 자연 생태에 우주적으로 감응하는 듣기를 하면서 자연에 대한 초월적 이해를 합니다. 그런 듣기 경험을 내재화하면서 우리는 온전한 인간 주체로 발달합니다.

　여기에 주목할 점이 있습니다. 인간의 귀는 인간의 언어만 듣지는 않는다는 사실입니다. 자연의 모든 소리(음향)도 모두 듣기의 중요한 학습원(學習源)으로 삼기 때문입니다. 심지어 물리적으로는 들리지 않는 사물의 소리나 인간 내면의 소리까지도 들을 수 있습니다. 듣기가 말하기·읽기·쓰기와 본질에서 다른 점이 바로 이 점이라 할 수 있습니다. 우리의 귀가 말소리만 들을 수 있다면 어떡할 뻔했나 싶습니다. 참으로 다행한 일입니다.

듣기는 '기능(技能)'을 넘어서는 '역량(力量)'이다

'역량'이란 말이 만만치 않습니다. '역량'이란 말은 '일을 실제로 해낼 수 있는 통합된 능력'을 일컫습니다. 이렇게 쓰면 '역량'은 일반어이지만, 교육학이나 경영학에서는 '역량'을 전문 용어로 사용합니다. 특히 교육학에서는 학생을 길러내는 성취 기준, 즉 교육의 목표 개념으로, 분화된 기능이나 지식을 넘어서서 이 모두가 통합된 '역량'을 가르쳐야 한다고 강조합니다. '역량'을 가르친다는 건 그런 뜻입니다. 학교 교육이 분편화(分片化)된 지식, 분화된 기능(技能, skill), 분류해 놓은 덕목(德目)을 가르치는 데서 그치지 말고, 그것을 넘어서고 그것이 통합된 교육 목표를 추구하는 데서 역량이란 개념이 제기된 것이라 할 수 있습니다.

부연하면, 역량을 가르친다는 것이란 분편화된 지식과 기능과 덕목 등이 모두 그 사람의 인격과 능력에 잘 녹아들어서 실제로 자신이 살아가는 삶의 영역에서 자신의 인격으로 실천할 수 있는, 어떤 능력을 길러주자는 것이라 할 수 있습니다. 그것이 바로 '역량'입니다. 그래서 공감 역량을 가르치자, 소통 역량을 가르치자, 정보 역량을 가르치자,

문화적 소통 역량(cultural literacy)을 가르치자, 문제 해결 역량을 가르치자 하는 교육적 제안들이 나옵니다. 교육 선진국들이 그런 추세로 교육을 하고 있으니, 교육이 그런 방향으로 진화하는 거라고 해야 할 것입니다.

나는 '듣기'야말로 역량의 관점에서 인식해야 한다고 봅니다. 지금까지 교육은 듣기를 기능(skill)의 차원에서만 다루어 온 면이 강합니다. 그것도 주로 인지 기능, 즉 정보를 듣고 아는 기능, 상대방의 말을 듣고 그 의미나 의도를 이해하는 기능 등의 수준에서만 듣기를 가르쳐 왔습니다. 듣기를 너무 협소하게만 가르쳐 왔다고 해야 할 것입니다. 즉, '듣는 역량'이 인간 발달에서 얼마나 넓고 깊은 의미를 갖는지를 미처 발견하지 못한 것입니다.

예를 들어보기로 합니다. 1) 명상과 더불어 내재하는 사유(思惟)를 듣는 힘, 2) 침묵을 듣는 통찰의 힘, 3) 철학적(반성적)으로 듣는 힘, 4) 혐오를 선동하는 말에 휘말리지 않으며 듣는 힘, 5) 허위의식을 비판하며 듣는 힘, 6) 음모와 흉계를 감지하며 듣는 힘, 7) 가짜뉴스를 분별하며 듣는 힘, 8) 공감을 살리며 듣는 힘, 9) 내 안의 욕망을 듣는 힘, 10) 위대한 예술 작품을 듣는 힘, 11) 사랑(미움)을 듣는 힘, 12) 내가 나를 듣는 힘, 13) 타자의 인격을 듣는 힘, 14) 문명과 기술을 듣는 힘, 15) 자연의 본성을 듣는 힘, 16) 사물의 소리를 듣는 힘, 17) 영성(靈性)의 소리를 듣는 힘, 18) 대상의 선한 의지를 듣는 힘, 19) 신(초자연)의 목소리를 듣는 힘, 20) 문명의 소리를 듣는 힘 등등, 이런 듣기를 어찌 기능의 차원에서 감당할 수 있겠습니까. 인간의 듣는 역량은 우리의 인격 전체를 고양하는 '배움의 프로세스'에 맞물려 있습니다. 인간의 온전한 듣기 역량은 그것이 발달하고 작용하는 다채로운 프로세스와 더불어 수많은 소통의 작용과 교감 기제를 안으로 품고 있다고 하겠습니다. 그것을 이해할 수 있고 경험할 수 있어야 합니다.

그러므로 '듣는 역량'은 인간이 평생의 과업으로 길러서 쌓아 가는 역량이라 할 수 있습니다. 학교 교육은 물론이고 '학교 밖 교육'이나 평생교육에서도 더 많은 교육적 관심과 투입을 '듣는 인간 기르기'에 쏟아야 할 것입니다. 따라서 '듣는 역량'을 개인의 발달 차원에서만 살펴볼 일은 아닙니다. 개개인의 듣기 역량은 사회 발달과 사회적 성숙도를 높이는 사회적 자본이기도 하기 때문입니다. 오늘날 우리의 정치와 사회가 이렇듯 혼탁한 것은 지도자를 자임하는 사람들이 '듣는 역량'을 제대로 길러오지 못한 데서 온 것 아닌가 싶습니다. 늦었지만 우리 사회가 각성해야 할 대목입니다.

학교가 가르치는 듣기,
학교가 가르치지 않는 듣기

교육에 관심을 가지면서 학교가 가르치지 않는 것을 주목해 보셨나요? 학생들의 듣기 능력을 길러주기 위해서 학교는 '듣기'를 가르칩니다. 한 세대 전만 해도 학교가 듣기를 적극적으로 가르쳐야 한다는 것을 선뜻 받아들이지 못하는 분위기였습니다. 그만큼 듣기는 학교 교육에서도 소외되어 있었습니다. 지식 수용에 교육의 목표를 집중하던 시기였으므로 '듣는 능력'의 바람직한 고양은 관심을 끌지 못하였습니다.

듣기 능력의 중요성을 교육이 주목하기 시작했다는 것은 우리 교육의 실용적이고도 기능주의적인 진화를 의미합니다. 대입 수학능력시험에 듣기 문항 6개가 출제되었던 일은 세간의 관심을 끌기에 족한 사건이었습니다. 학교가 듣기를 가르친다고 했지만, 학교가 마음대로 정하지 못합니다. 국가 수준에서 정한 교육과정에 따라 학교는 무엇을 어떻게 가르칠지를 따라갑니다. 물론 교육과정이 고정불변이지는 않습니다. 교육의 생태가 변화하고, 이에 따라 개인과 사회의 요구가 달라지면 교육과정 내용도 개정해야 합니다.

그간 학교가 가르치는 듣기는 '듣기의 기능(skill)과 전략(strategy)'

에 치중해 왔습니다. 근래에는 듣기의 기능과 전략을 '소통 역량'이니 '공감 역량'이니 하는, 더 큰 능력 수행 범주에 넣어서 가르치려 하지만, 여전히 기능과 전략을 가르치는 데에 머물러 있습니다. 이런 듣기 교육은 듣기를 지나치게 인지적 기능으로 환원하여, 정보 습득 및 이해 기능으로 좁혀 놓는다는 점에서 상당히 협소합니다. 예컨대 '듣는 목적'을 강조하여, 왜 듣는지를 분명히 인식하고 목적에 맞는 정보만 선택·집중의 방식(전략)으로 듣게 합니다. 또 상대의 의도 파악하며 듣기, 듣는 내용의 신뢰성 따져보기, 듣기의 상황 맥락을 이해하며 듣기 등을 듣기 교육의 중심에 둡니다.

이 자체가 잘못된 것이라 할 수는 없지만, 바람직한 인간 발달을 도우려면 듣기의 대상과 범위, 그리고 그 깊이를 확충해야 합니다. 듣기에 내재하는, 도덕성, 예술적 심미성, 자연과의 교감, 우주에 대한 상상력, 초월적 감성, 내적 영성 등의 발달에 대해서 마땅한 관심을 기울여야 할 것입니다. 그러나 듣기 교육과정은 이에 대해서 적극적인 언급이 없습니다. 교육과정이 학교교육의 듣기 활동을 인간의 언어 활동으로만 그 범주를 고정하는 한, 학교가 언어 이외의 듣기를 가르치지 않는 것은 당연합니다. 국가 교육과정 개정을 기다리며 기대와 주문을 낼 수밖에 없습니다.

이 대목에서 한 가지 더 강조하자면 듣기 역량은 다른 영역과 상호성을 가질수록 더 바람직한 성장을 할 수 있다는 점입니다. 융합 교육의 가능성을 넓힐수록 듣기 역량은 온전한 발달을 할 수 있습니다. 일차적으로는 국어 교과 내의 말하기, 읽기, 쓰기, 문법, 문학, 미디어 등의 영역과 가능한 폭넓은 상호성을 발휘하도록 해야 할 것입니다. 이차적으로는 타 교과 영역 안으로 듣기 활동이 들어가서 더 역동적인 융합을 했으면 합니다. 특히 음악, 미술, 체육 등 예체능 교과와의 상호성 확장을 살려 나가야 할 것입니다.

일반적으로 사람들은 읽기나 쓰기는 가르칠 내용이 반듯하게 알차게 정해져 있다고 믿습니다. 이에 비해서, 듣기는 좀 막연하다고 느낍니다. 한국어 못 알아듣는 한국 사람이 어디 있는가. 그냥 귀만 열어 놓으면 들리게 마련 아닌가 하고 생각합니다. 외국어 듣기는 구체적 학습과 인지 노력이 필요하겠지만, 한국 사람이 한국어를 듣는 데에 무슨 특별한 학습이 필요하겠는가 합니다. 이는 듣기 능력(역량)이 어떻게 길러지는지에 대한 통찰이 모자라는 데서 나온 것이라 하겠습니다.

이런 오해는 듣기 교육을 지나치게 고립적으로 가두어 두고서, 듣기 교육만을 배타적으로 다루려는 데서 생깁니다. 듣기를 학문적으로 연구하는 학자들은 혹시 그럴 필요가 있을지도 모르겠습니다. 그러나 생활 현실에서 인간의 듣기 활동은 고립적으로 영위되지 않습니다. 당장 말하기 활동과 떨어질 수 없게 되어 있는 것이 듣기입니다. 이 책이 다루고 있는 여러 주제(Topic)도 대부분 듣기를 말하면서 동시에 말하기를 거론하고 있습니다. 듣기 능력의 핵심은 말하기 역량으로부터 오는 것이고, 잘 말하는 사람(말 잘하는 사람이 아니고)은 잘 듣는 사람일 가능성이 매우 높습니다.

그뿐이 아닙니다. 책을 읽고 지식 소양이 많이 쌓인 사람은 어려운 강연을 듣고 잘 소화합니다. 세미나에 참여하여 패널들 간에 오가는 발언을 평가해 가면서 듣고, 객석에서 질의하고 내 견해도 말합니다. 좋은 문학, 좋은 영화, 좋은 공연 등을 읽(보)고서 토론에 참여하여 듣고 말할 수 있는 문화적 소양은 읽기와 듣기가 어떻게 서로 긴밀히 돕는지를 보여주는 예입니다.

듣기 역량은 쓰기 역량과도 서로 돕습니다. 강의를 듣고서 내 노트에 어떻게 써놓는지에 따라 내 지식이 되기도 하고, 아니 되기도 합니다. 내가 읽지 못한 책이라도, 누군가 전해주는 내용을 잘 듣는 것만으로 간접독서에 이릅니다. 유능한 기자는 우선 잘 들어야만 합니다. 그의 특종 기사는 그가 '들은' 내용을 쓰는 데서 비롯합니다. 듣기 혼자서 쑥쑥 자라는 일은 없습니다.

학교가 듣기 교육을 다른 영역과 적극적으로 통합하여 역동성 있게 나아가는 교육을 하고 있는지 돌아볼 시점입니다. 이 책 《듣는 인간》도 듣기만을 파고들었다기보다는 듣는 활동과 상호성을 이루는 말하기 등 여타 활동의 주제들을 많이 다루었습니다.

'전략적 듣기'를 넘어서 '열린 듣기'로

듣는 역량은 어디에 가장 잘 어울리는 것일까요? 그것은 아마도 전인적 교양 또는 그런 교양인의 자질과 가장 잘 상통할 것입니다. 잘 알다시피 교양은 그 앎이나 실천이 보편의 가치를 지닙니다. 그래서 교양을 전략적으로 추구한다는 것은 왠지 어울리지 않습니다. 그런데 교육의 과정에서 '전략적 듣기'라는 것이 있어 왔습니다. 한 분야에서 생겨난 특정의 말(용어)이 다른 분야로까지 확장되면서 그 말의 쓰임이 다변화한다면, 그 말은 시대의 생태와 맞는 어떤 의미 자질을 안으로 지니고 있음을 뜻합니다. '전략(strategy)'이란 말이 바로 그러합니다. '전략'이란 말은 본래 군사학에서 생긴 말입니다. 큰 규모의 전쟁 수행과 관련한 대단위의 군사적 기획을 '전략'이라 했습니다. 그런데, 오늘날 '전략'이라는 말은 군사학의 울타리를 벗어난 지 오래입니다. 경영학에서는'전략'이란 말이 경영의 요체로 등장합니다. 행정학에서 '정책'은 '행정의 전략'이란 의미로 읽힙니다.

교육학도 '전략'의 홍수 속에 있습니다. 교수자가 학습자를 가르치는 방향이나 방법을 '교수 전략(instructional strategy)'으로 말해온 지

오래입니다. 배우는 쪽에서는 당연히 '학습 전략(learning strategy)'을 운위합니다. 가르치고 배우는 일이 효과를 얻으려면 '전략'이 필요하다는 것입니다. 물론 틀렸다고 할 수 없습니다. 그러나 이에 대한 비판적 사고나 좀 더 개방적인 대안이 필요한 지점에 우리는 와 있습니다.

학교에서 이루어지는 듣기 교육은, 듣기 능력을 기르기 위해 여러 가지 목표나 성취 기준들을 국가 교육과정에 명시하고, 그에 맞는 교육 내용과 교육 활동을 학생들에게 제공합니다. 이러한 교육과정의 내용과 방법을 일관하는 듣기 교육의 핵심은 무엇일까요. 그것은 학생들에게 '전략적 듣기 능력'을 길러주라는 것으로 집약됩니다. 적어도 지금은 그러합니다. 물론 그 성취 기준을 '역량'의 차원으로 잡는다 해도 그것은 전략적일 수밖에 없습니다. 듣기와 관련한 모든 내용을 무제한 확장하며 가르칠 수는 없기 때문입니다. 가르치는 방법과 활동도 학교라는 시공(時空)의 조건 안에서 효율화하기 위해서는 전략화할 수밖에 없습니다.

전략적으로 듣는다는 것은 쉽게 단순화하면, 들으려고 하는 것(들으려는 내용, 들으려는 목적 등)만 집중해서 듣는 것입니다. 듣는 능력을 교육적으로 길러줄 때도 그런 데에 초점을 두겠다는 것이라 할 수 있습니다. 듣기를 그냥 수동적 듣기(hearing)가 아니라, 목표·의도·상황을 고려하여 계획적으로 정보를 수집·분석하고 반응하기 위해 듣는, 적극적 인지 행위로만 볼 때, 전략적 듣기를 교육은 주목합니다. 즉, '전략적 듣기'는 의사소통, 문제 해결, 협상, 관계 형성 등을 성공하기 위해 듣기를 전략으로 쓰는 행위입니다. 따라서 대단히 목적 지향적인 행위인 셈입니다. 그리고 그 어떤 목적을 위하여 선택과 집중을 기하는 활동입니다. 그런데 그 목적이 가시적 효율에 매몰된 것이라면, 이로 인해서 놓치는 것이 무엇인지를 보아야 할 것입니다.

그래서 대안적 물음이 있어야 합니다. 이런 전략적 듣기 활동만이 듣기 교육의 전부일까. 학교의 듣기 교육이 놓치고 있는 것은 없을까. 전략적 듣기 역량, 그 너머에는, 아니 그 이전에는 어떤 듣기 역량이 있어야 할까. 이런 물음이 있어야 합니다. 그리고 이런 물음에 대한 대안적 상상력이 있어야 합니다. 당연히 듣기에 대한 교육적 상상력이 필요합니다. 이를테면 이런 문제들에 대해서 우리의 듣기 철학은 상당한 고민이 필요합니다. 몇 가지 예만 들어보겠습니다.

듣기를 강박하는 사회와 그런 문화 생태를 어떻게 받아들일 것인가. 권력의 소음화 또는 소음의 권력화에 대해서 어떤 각성을 요청해야 하는가. 예컨대 세계적인 전기 작가 줄리언 반스(Julian Patrick Barnes, 1946-)가 쓴 소련의 작곡가 쇼스타코비치의 생애 서사는 《시대의 소음》이라는 비유적 제목으로 출간되어 전 세계에 소련 강압 체제에 대한 아이러니적 일깨움을 주었습니다. 그 혹독한 스탈린 일인 독재의 권력적 울림 작용을 '소음'으로 비유하고 그 소음을 세계인이 들어보라는 의도로 집필한 책입니다. 듣기 교육과 듣기 문화는 어떤 대안적 대응을 모색해야 할까요. 매우 중요한 듣기 현상이면서도 듣기의 문제로 각성 되지 못하는 영역은 의외로 많습니다.

듣기가 심리, 특히 정서 심리 내지는 동기 심리와 가지는 상관성의 문제도 그냥 지나칠 수는 없습니다. 공포는 듣기를 어떻게 활용하는가. 듣기는 합리적 이성으로부터 왜 한 발짝 더 떨어져 있는가. 듣기의 현재성(현재 내가 듣고 있는 상황)이 인간의 불안과 환희에 어떻게 관여하는가. 소문과 유언비어의 심리적·사회적 작용은 어떠하며 그 대응은 어떠해야 하는가. 디지털 테크놀로지와 함께 '들려주는 방식'의 확장과 변화는 인간의 심리와 생활 문화에 어떤 질적 전환을 몰고 오고 있는가. 정말 다양하고 특이한 듣기의 영역들이 우리에게 쇄도하고 있습니다. 듣기를 그저 전략적 듣기의 입지만으로는 감당할 수 없는 듣기의 상황과 부면(部面)들이 빠르게 생겨나고 있습니다.

이처럼 듣기 현상, 그것의 총체성은 쉽게 헤아리기 어렵습니다. 청각이 지각하는 '언어 메시지'에만 듣기의 초점을 두면 듣기의 총체성은 파악되지 않습니다. 따라서 듣기의 인문학적 위상은 드러나지 않을 수도 있습니다. 듣기와 관련되는 무수한 맥락(콘텍스트)을 연결 짓는 노력과 듣는 전략의 통합에서 온전한 '듣는 인간'의 모습을 향할 수 있습니다. 인간은 언어를 듣는 시공과 자연을 듣는 기제를 통하여 맥락을 듣는 것입니다. 그리고 동시에 그 상황에서 자신이 취해야 할 '자기암시'와 '자기 예언'을 자기가 자기 스스로에게서 듣는 것도 '듣는 인간'의 바람직한 위상이라 하겠습니다. 이것이 지금의 '전략적 듣기'를 극복해야 하는 당위라 할 수 있습니다.

그래서 '듣는 인간'의 조화로운 발달과 고양을 위해서는 전략적 듣기를 넘어서야 합니다. '듣는 인간'의 조건 안에 더 풍성한 인문학적 가치가 들어 있어야 할 것입니다. 그뿐 아니라 인간의 듣기 행위에 가담하는 과학·기술의 생태 가치도 함께 녹아들어야 할 것입니다. 교양의 가치가 인간 삶의 보편 영역에 두루 선하게 작용하도록 교양의 내용과 방법과 교육을 자유롭게 열어왔듯이, 듣기를 대하는 우리의 인식도, 듣기에 접근하는 우리의 교육도 달라져야 하리라 봅니다. '자유 교양'의 정신처럼 인간 발달의 총체와 연결되는 듣기 역량을 지향해야 할 것입니다. 열린 경험으로써의 듣기, 그래서 경험의 보편이 살아 있는 그런 듣기와 '듣는 인간'을 교육이 기획하고 실천했으면 합니다. '듣는 인간'은 생애의 시간 축 위에서 길러지고 성숙하는 인간 발달입니다. 경험적 깨달음의 온축이 무엇보다 중요합니다.

그러므로 학교 교육도 사회교육도 평생교육이 함께 협력하여 '듣기 역량의 선함'을 실현해야 할 일입니다. 물론 가정교육도 더욱 주목해야 할 '듣기'입니다. 일찍부터 우리는 태교(胎敎)의 교육 전통을 가지고, 엄마 뱃속의 태아에게도 들려주는 가정교육을 해 왔습니다. 그런 교육 문화의 전통이 미래 기술 중심의 사회 생태에서도 얼마든지 유효하게 진화할 수 있음을 내다볼 수 있어야 하리라 봅니다. 그래서 실천과 깨달음의 선순환을 폭넓은 듣기 활동에서 쌓아가야 할 것입니다. '열린 듣기'를 향하는 교육적 노력이 필요합니다.

제1부

│ 듣는 인간의 재발견, 듣기의 표정을 찾아서 │

인간의 귀가 받아들이려는 세계가 얼마나 심원한지,
그래서 우리의 귀는 그리움으로 가득한 그 어떤 영원을 향하여
얼마나 아름답게 열려있는지!
프랑스 시인 장 콕토(Jean Maurice Eugène Clément Cocteau, 1889-1963)의
짧은 명시에서 '듣는 인간'이 품는 초월의 마음을 듣는다.

"내 귀는 소라 껍질(Mon oreille est un coquillage)

바닷소리를 그리워하나니(Qui aime le bruit de la mer)."

풍류(風流)를 듣는다

'풍류를 즐긴다'라는 말은 쉽게 다가오는데, '풍류를 듣는다'는 다소 낯설다. 풍류를 듣는다? 도대체 무엇을 듣는다는 말인가 하는 생각이 드는 것이다. 그러나 전통 시대에는 흔히 쓰이던 말이다. 조선조 선비 사회에서 불리오던 강호가(江湖歌) 부류의 노래에서 '풍류를 듣는다'를 본다.

강호에 봄이 드니
꽃이 좋고 새가 좋다.
풍류를 듣고자 하니
거문고를 잡아라.
청산에 달이 밝으니
벗과 함께 놀아라.

풍류(風流)란 말의 의미 범주는 자못 넓다. 국어사전은 풍류를 '멋스럽고 풍치가 있는 일 또는 그렇게 노는 일'로 풀이한다. 그러나 이는 지

극히 일반적인 뜻이다. 일반적인 뜻이라 함은 풍류의 전통 문화적 의미 맥락이 들어와 있지 않은 뜻이라는 것이다.

국악에서는 풍류를 소편성의 관현악 합주 음악을 뜻하는 말로 쓴다. 피리나 대금 등 대나무로 만든 관악기 중심의 연주를 대풍류라 하고, 거문고, 가야금, 해금 등 현악기 중심의 연주를 줄풍류라고 한다. 내가 가르쳤던 대학에서는 '풍류회'라는 국악 동아리가 있었다. 학생 축제에서 풍류의 진경을 들려주곤 했었다.

풍류는 조선 후기 양반과 중인계층들이 즐겼던 음악을 뜻했지만, 뒤에는 선비들이 글을 짓고 시를 노래하던 격조 있는 놀이 문화의 모드(mode)로 진화하였다. 오늘날 풍류는 한국의 전통사상과 철학을 포함한 다양한 문화적 전통을 나타내는 개념으로, 예술과 취미의 가치 세계를 나타내는 뜻으로 확장되었다.

박지원의 연암집 3권에 있는 '여름날 밤잔치의 기록[夏夜讌記]'에는 다음과 같은 선비들의 풍류 정경이 있다. 연암 박지원은 동료 선비들과 어울려서 서로 가무로써 즐기고 서로를 듣는 장면을 이렇게 적어 놓았다.

"나는 국옹(麴翁. 홍대용의 벗)과 함께 담헌(湛軒, 홍대용)의 집에 이르렀다. 풍무(風舞. 김억)가 밤에 왔다. 담헌이 가야금을 타니, 풍무는 거문고로 화답하고, 국옹은 맨상투 바람으로 노래를 불렀다. 밤이 깊어 떠도는 구름이 선비들 풍류 정경이 이러하다면 '풍류를 듣다'는 무슨 뜻일까. 단순히 소리를 듣는 건 아니리라. 연암은 '밤이 깊어 떠도는 구름이 사방으로 얽히고 더운 기운이 잠깐 물러가자, 줄에서 나는 소리는 더욱 맑게 들렸다'고 적어 놓았다. 노는 일행이 가야금 거문고 소리를 듣는 모습은 어떠한가? '조용히 침묵하고 있어 마치 참선하는 승려가 전생(前生)을 돈오(頓悟)하는 것 같았다'고 한다. 물론 적막한 분위기는 아니다. '한창 노래 부를 때는 옷을 훨훨 벗고 두 다리를 쭉 뻗고 앉은 품이 옆에 아무도 없는 듯이 여겼다'고 묘사한다. 이 모두가 풍류를 듣는 정경이다.

'풍류를 듣는다'는 건 시·서·음악·술·자연을 즐기는 선비들 문화의 여유와 멋을 이해하는 미적 참여와 경청으로 정서적 고양을 도모하는 일이라 할 것이다. 세속을 넘어서려는 선비들의 미적 삶의 태도를 깨닫는 데에 풍류를 듣는 진경의 묘미가 있지 않겠는가 싶다. 오늘날에 이런 풍류는 어디에 있다 할 것인가.

　세상은 변했다. 풍류는 물러가고 유흥은 즐비하다. 유흥은 풍류와는 다른 차원의 즐김이다. 풍류를 떠받치는 저류에 그 어떤 인본(人本)의 파토스가 흐른다면, 오늘날, 유흥에는 그것을 몰고 가는 자본(資本)의 민낯이 떠돌고 있을 뿐이다. 풍류는 '듣다'에 초대되지만, 유흥은 '빠지다'와 결탁한다. 풍류는 '고상함'에 호응하지만, 유흥은 '저렴함'에서 빠져나오기 힘들다.

　'풍류를 듣는다.' 이 표현에 풍류의 고아(高雅)한 풍류스러움이 있다는 생각이 든다. 이 시대의 진정한 풍류는 어디에서 들어야 할까. '듣다'의 깊고 무량(無量)한 경지가 느껴진다.

듣기에서의 긴장(Tension)

긴장은 '살아 있음의 징표다. 유기체도 그러하고 사회적 현상도 그러하다. 인간의 행위 중에 긴장을 수반하지 않는 것이 있다면, 그것에서 어떤 효능을 기대하기는 어렵다. 즐거움조차도 그것을 의미 있게 누리기 위해서는 적절한 긴장이 필요하다. '적절한 긴장'은 '효능성(efficacy)'을 보장한다. '생산적 긴장(productive tension)'이란 표현이 등장하면서, 긴장의 심리적·사회적 순기능이 주목을 끈다. 우리의 대화 수행도 마찬가지이다.

영화 '비포 선라이즈'(Before Sunrise, 1995)에서 주인공 제시와 셀린느가 기차 안에서 처음 대화하는 대목인데, 둘은 서로의 생각을 슬쩍슬쩍 떠보면서도 가까워지고 싶다. 즉, 밀어내면서도 동시에 끌어당기려는 긴장이 가득하다.

제시 : "만약 우리가 오늘 밤 헤어지고 다시는 못 본다면, 후회하지 않을까?"

셀린느 : "아니요. 오히려 다시 만나면 지금보다 더 실

장 폴 사르트르의 희곡 '더러운 손'(Les Mains Sales, 1948)에는 혁명가 후고와 현실 정치 지도자 호데르의 대화가 나온다. 평행선과도 같은 긴장이 팽팽하다. 이념 권력과 현실 정치권력이 충돌하는 데서 오는 긴장이다.

> 후고 : "이상 없이 권력만 좇는다면, 우리는 무엇 때문에 싸우는 겁니까?"
> 호데르 : "권력을 잡지 못한다면 이상도 실현할 수 없어. 권력 없는 이상은 꿈에 불과하다."

이러한 긴장은 극중 인물의 긴장이면서 동시에 이 작품을 감상하는 수용자들의 미적 긴장이기도 하다. 이들 대화가 긴장을 만들어 내면서 작품의 구체적 생동이 수용자(청자/ 독자/ 관람자) 내부에서 발생하고 확장되는 것이다.

인간의 대화란 말하기와 듣기의 상호 되먹임 프로세스이다. 화자의 말을 청자가 듣고(소화하고/ 먹고), 청자는 그 들은 말을 소화하여 화자에게 되먹이는 과정으로 말한다. 그래서 청자는 화자가 되고 화자는 청자가 된다. 이런 순환을 이어가는 것이 대화이다.

생산적인 대화는 긴장을 요구한다. '긴장 없음'은 '의미 없음'과 다르지 않다. 흔히 말할 때만 긴장이 필요한 것으로 알지만, 당연히 들을 때도 긴장은 중요하다. 긴장이 사라진 대화란 대화가 되기 어렵다. 듣기는 쓸쓸해지고 말하기는 공허해진다. 예컨대, 두 연인이 여태껏 함께 걸어온 관계를 청산하고 각기 다른 길로 헤어질 때, 멋진 긴장이 살아 있는 대화를 할 수 있다면, 이 헤어짐은 삶의 의미 하나를 담지하는 살아 있는 대화로 남는다. 긴장이 사라져 버린 대화란 어떤 의욕과 동기도 자라지 못하는 불모의 마음자리일 뿐이다.

'듣기(청자)'와 '말하기(화자)'의 관계도 일정한 긴장이 있어야 한다. 화자와 청자가 그 위치를 바꾸어 가면서 서로를 긴장시키면서, 서로를 모색하고 서로를 발견하는 과정을 치달리는 데서 생산적 긴장이 살아나는 것이다. 그런 점에서 대화는 지향(志向)과 지양(止揚)의 각축이다. 이를 각 개인 내부의 차원에 적용한다면 그것은 부단한 자기 모색의 길을 열어줄 수 있을 것이다.

'듣기'와 '말하기'의 긴장이란 것에 대해서도 이렇게 생각해 볼 수 있다. 즉, 그것이 우리들 마음 내부의 지향(志向)과 지양(止揚)의 관계를 잘 끌어 올려주는 것으로 볼 수 있다는 것이다. 그렇게 듣기와 말하기의 긴장을 살려냄으로써 앎의 경지를 넓혀 갈 수 있을 것이다.

우리 내부에 공존하는 '아는 것'과 '모르는 것'을 각각 '지향'과 '지양'으로 놓을 수 있다면, '아는 것'과 '모르는 것'이 우리 내면에서 서로 긴장하며 대화하는 관계로 나아갈 수 있지 않을까. 여기에도 일종의 듣는 작용이 존재하는 것이다.

연인들이 서로 밀고 당기며 가까워지듯이 '아는 것'과 '모르는 것'도 서로를 스며들도록 하는 데로 나아간다고 나는 본다. 인간은 모름을 통해서 앎의 경지를 두드리게 되고, 앎을 통해서 모름을 분명하게 인식한다. '듣기'와 '말하기'도 그런 생산적 긴장을 서로 발휘하면서 격(格)과 질(質)을 높여 갈 수 있을 것이다.

그런 점에서 독일의 철학자·신학자인 폴 틸리히(Paul Tillich, 1886-1965)를 떠올린다. 그는 현대 신학을 철학, 문화, 심리학, 예술 등과 연결하려고 노력하며, 학문적 소통에서 생산적 긴장을 살리려 하였다. 그의 저술 《조직신학》(Systematic Theology, 1951)은 질문과 대답의 작용을 이렇게 말한다.

"질문의 형식이 대답에 영향을 주고, 대답의 내용은 질문의 내용을 결정한다." '듣기'와 '말하기' 사이의 긴장된 선순환도 이런 모습일 것이다. 동시에 이는 소통의 보편적 격률이라 하겠다. 잘 듣는 이가 잘 말하는 사람이 될 수밖에 없는 이치가 여기에 있다.

듣보다

그 신통함을 깨닫지 못하고 우리가 무심이 대하는 것 중에 '오감(五感)의 역할'이 있다. 인간은 '듣다', '보다', '냄새 맡다', '맛보다', '만지다' 등 오감을 통해서 바깥 세계의 외물과 교감하고, 또 그렇게 함으로써 앎을 쌓아간다. 개인의 앎도 그러하고 인류의 지혜도 이를 바탕으로 쌓아 올린 것이다. 이렇듯 '느껴서 알고 깨닫는', 인간의 지각(知覺) 작용은 오묘하다. 인간이 자신을 존재론 차원에서 이해하려고 할 때, 오감의 작용을 먼저 주목해 보기를 바란다.

가령 신화 이야기에 등장함 직한 가정을 적용하여 이런 물음을 던져 보자. 오감 중에 어느 하나에 특별히 초능력을 부여받을 수 있다면 당신은 어느 감각이 강화되기를 청하겠는가? 반대로 당신이 어떤 징벌로 이 중 어느 하나를 소멸해야 한다면 당신은 어느 감각을 포기하겠는가? 이런 물음에 내 답을 구해 보는 일은, 내 존재됨의 조건에 대해서, 상당히 실존적이고 현상학적인 깨달음으로 우리 생각을 나아가게 한다.

순정한 상상력으로 나아가려는 사람은 '청각'의 시공(時空)을 중시한다. 독일의 예술 드라마가 라디오 드라마에서 발원하여 현대적 진화를 보여주는 데서 듣기의 시공에서 생성되는 상상력 파워를 엿볼 수 있다. 동일한 내러티브를 창작 소재로 해서 생겨난 음악과 미술과 연극 중에서 감상자가 상상력 면에서 그 진폭을 자유롭게 확장할 수 있는 여지가 비교적 큰 부문이 음악이라는 데 동의하는 분들이 많다.

청각으로 들어온 내용은 수용자의 내면에서 시각적으로 번역된다. 청각 인상이 시각으로 번역되는 과정은 생각 이상으로 역동적이다. 이 또한 청각을 통한 인지가 갖는 잠재력이라는 점에서 주목할 만하다. 자연의 소리를 듣고 이를 머릿속에서 다시 언어로 번역하는 과정에서 발현되는 정동(情動, affection)의 감수성도 폭이 넓고 역동적이다. 청지각(聽知覺)이 얼마나 깊고 그윽한지를 응시하게 한다.

대상을 실증으로 확인하고 구체적으로 인지하려는 사람은 '시지각(視知覺)'을 중시한다. 시지각은 선사시대부터 인간이 자연의 실상을 포착하는 첨병이었다. 시지각은 인류의 자연 탐구를 도우며, 인간의 앎을 개발하였다. 시지각의 위대함은 인류가 문자를 발명하면서 '독서의 영역'을 창출한 데서 눈부셨다. 문명사 차원에서 보면 '시지각을 통한 인지 혁명'을 불러왔다. 즉, 교육과 학습의 혁명을 불러온 것이다.

문자는 저 스스로 태어날 수 없다. 문자는 인간의 시지각 생태를 전제로 생겨난다. 너무도 당연해서 이 점을 우리는 보지 못하고 놓칠 때가 많다. 오감은 서로 합하여 공동의 선을 만들어 가는 통합의 기제이다. 우선은 청각과 시각이 서로 도움으로써 인간의 학습과 사고와 인지를 높게 끌어 올린다.

‘듣보다’라는 말이 있다. 표준국어대사전에 등재된 말로, 듣기도 하고 보기도 하며 알아보거나 살핀다는 뜻이다. “혼처를 듣보다”라고 할 때 쓴다. 듣기와 보기가 서로 도와서, 알아보고 살필 때 성과를 얻을 수 있음을 시사한다. 그런데 이 ‘듣보다’라는 말을 아는 이가 드물다.

그 대신 속되게 쓰이는 말 ‘듣보잡’을 아는 이는 많다. ‘듣도 보도 못한 잡놈’이라는 뜻의 줄임말이다. 이 말을 누군가 쓴다면, 말하는 이나 그 말을 듣는 이나, 그 말의 대상이 되는 이나, 교양 없음의 마당에서 빠져나갈 수 없다. 청각과 시각이 합하여 선을 이루는 모습은 간 곳이 없다. 물론 인간 오감에 대한 경외도 없다. 인간이 느끼고 깨달아 대상을 감득하는 노력을 짓밟는 언어가 횡행한다. 잘 들으려는 사람은 드물다. 사람을 들으려 하지 않고, 이익과 손해를 들으려 한다. 반인간의 언어다.

지혜로운 분별이 처음부터 있지 않다. 감각을 통한 분별을 길러내는 바탕이 된다. 특히 듣는 감각은 보이지 않는 것을 지각하는 데로 우리의 분별을 인도한다.

경청(傾聽)

아내와 사진을 찍으러 갔다. 사진사는 아내와 나를 나란히 앉도록 했다. 나는 자세를 바르게 하고 아내 곁에 앉았다. 사진사가 나에게 주문한다. "몸을 부인 쪽으로 조금 더 기울여 주세요." 내가 기울였다. 사진사가 다시 주문한다. "조금만 더 기울여 주세요. 머리도 약간 부인 쪽으로 더 기울여 주세요." 사진사가 웃으며 한 마디를 더 보탠다. "기울어지는 만큼 사랑하시는 겁니다."

그 말이 나를 붙잡아 매었다. 아, 기울어진다는 것이 그렇구나. 경청(傾聽)의 '경(傾)'은 '기울일 경'이다. 그러므로 경청(傾聽)은 기울여서 듣는 것을 말한다. 무엇을 기울이는가. 물론 귀를 기울임을 뜻한다. 그러나 더 깊이 있는 경청은 마음을 기울여 듣는 경지일 것이다.

기울임이 극진한 경청의 모습을 어디서 보았던가. 아, 그것은 단연코 할머니가 어린 손주의 말을 들으려고 키를 낮추고, 온몸을 구부려, 귀를 기울이는 모습이라 할 것이다. 이런 그림은 언제나 아름답다.

중학교에 들어가서 처음으로 영어를 배울 때, 영어 선생님은 자주 학생들에게 영어로 말하곤 했다. 그중의 하나가 "Listen to me carefully"였다.

굳이 한문 투로 번역한다면, '나를(내 말을) 경청하라' 정도가 될 것이다. 산만하게 정신 놓지 말고, 주의력을 집중해서 잘 들으라는 말이다. 명령문 형식이어서 딱딱하지만, 수업을 듣는 학생은 모름지기 지녀야 할 듣기의 태도이다.

강연장이나 세미나장에 가면 사회자는 단상에 나온 발표자를 청중들에게 소개하면서, 맨 끝에 빠트리지 않고 하는 말이 있다. "경청(傾聽)해 주시기 바랍니다." 어떤 사회자는 조금 더 강조해서 이렇게 말한다. "끝까지 잘 경청(傾聽)해 주시기 바랍니다." 이 역시 정중한 당부의 형식이기는 하지만 명령에 가까운 말(speech act)이다.

그런데 경청해 달라는 말은 일종의 상투어가 되었다. 그런 당부는 발표 자리에서 사회자가 으레 하는 말 정도로 사람들이 무심히 여기게 되었다는 것이다. 이런 당부가 상투화되었다는 것은, 경청(傾聽)하지 않는 사람이 적지 않다는 것을 뜻하기도 한다. 강의장이나 발표장에서 경청을 몰아내는 제1의 주범으로 휴대전화를 넘어설 만한 것이 없다.

넓고 큰 발표장에서 이루어지는 '듣기의 문화'는 시대 기준에 따라 크게 두 가지로 구분된다. 이 구분법은 강의실이든, 연설장이든, 국회의사당이든, 재판소이든, 예식장이든 두루 적용된다. 그것은 '핸드폰이 없던 시대의 듣기 문화'와 '핸드폰이 있는 시대의 듣기 문화'로 나누어 보는 구분법이다.

오늘의 우리 시대, 핸드폰이 있는 시대의 듣기는 '경청에서 벗어나려는 듣기 모드(mode)'로 치닫는다. 한꺼번에 여러 소리를 들으려는, 그런 듣기의 생태가 되었다. 50년 전, 라디오가 일반화되던 시절, 라디오 음악을 들으면서 공부한다는 자녀들을 어른들은 못마땅해했다. 무슨 집중이 되느냐는 것이다.

그러나 돌이켜 생각해 보면, 그것이 탈경청(脫傾聽)의 시대적 징후였다. 그 자녀들이 어른이 되었다. 테크놀로지 생태는 융합에 융합을 더하는 쪽으로 진화한다. 그 어떤 순수한 단일함도 대접을 받지 못하는 세상에 와 있는 것 같다. 듣는 일도 그런 쪽과 어울리는 듯하다.

경청이 사라진 시대이다. 자기 말만 하는 시대이다. 그러나 경청의 본질 미덕은 여전히 유효하다. 공감과 분별과 사려 깊음을 경청이 담보한다. 경청하면, 여태껏 상투어로 다가오던 말도 신조어처럼 들린다. 경청하면, 새로운 해석이 발견된다. 경청하면, 각질화된 언어에 새살이 돋는다. 경청하면, 말하는 이의 말을 넘어서 그의 마음을 듣는다. 또 있다. 경청하면, 속아 넘어가지 않는다. 그러나 불행히도 지금은, 경청이 사라진 시대이다.

여기까지로 글을 끝맺으려는데, 이 글의 응집성을 방해하는 생각 하나가 따라 나온다. 그걸로 이 글의 끝 문단을 만들어 본다.

옛날에 말이다. 혹시 경청을 강조하는 목소리 안에 모종의 전체주의 유령이 숨어 있지는 않았던가? 옛날에 말이다. 혹시 경청을 주문하는 요청안에 계몽주의의 근엄한 표정이 있지는 않았던가? 옛날에 말이다. 혹시 나를 경청하라고 요구하면서 나와 생각이 다른 사람을 용납하지 않겠다는 무의식 기제가 있지 않았던가?

　경청(傾聽)은 근대의 산물이었는지도 모른다. 이 혼돈스러운 생각을 나도 감당하지 못하겠다. 정녕 경청은 길을 잃었는가.

귀에 담다

신체의 특정 기관(器官)을 그릇으로 보는 인식은 그 가관을 부르는 이름에서 나타난다. 예컨대 호흡기(呼吸器), 순환기(循環器), 소화기(消化器), 생식기(生殖器) 등과 같은 이름에는 모두 '기(器)'자가 들어 있는데, 이 '기(器)'자가 바로 '그릇 기'자인 것이다.

아니, 그러고 보니, '기관(器官)'이라는 말 자체에도 이미 '그릇 기(器)'자가 들어가 있다. 기관(器官)이라는 말의 풀이도 재미있다. 한자의 뜻을 살려서 단어의 뜻을 풀이하는 《속뜻 사전》(전광진 편저)을 찾아보았다. '그릇과 같이 일정한 기능을 하는 감관(感官)' 또는 '일정한 모양과 생리 기능을 가진 생물체의 부분' 등으로 '기관'이란 말을 풀이해 놓았다.

그러니까, 앞에서 살펴본 대로, '소화기(消化器)'니 '생식기(生殖器)'니 하는 인체의 기관들은 각기 일정한 모양을 가지고 있으며, 그 모양이 그릇에 비견될 수 있다는 것이다. 소화기나 생식기가 그릇의 모양이라고 하면 얼른 이해가 가지 않을 수도 있다. 그러나 달리 생각해 보면 그릇의 모양이란 것도 길쭉하고, 넓적하고, 둥그렇고, 모가 나고 등등, 이루 말할 수 없이 다양하므로 신체 기관의 모양도 각기 다른 그릇의 모양에 비견될 수 있을 법하다. 무엇보다도 신체 기관을 그릇에 비견하는 것은, 신체 기관이 감당하는 생리 기능이 그릇의 기능에 비견된다는 점이지 않을까 싶다.

그릇의 기능은 무언가를 담는 기능이다. 특히 음식물들은 그릇에 담겨서 조리되기도 하고, 그릇 안에서 발효되기도 하고, 잘 보관되기도 한다. 이는 마치 신체 기관이라는 그릇에서 일정한 생리작용이 일어나는 것과 같다. 즉, '소화기(消化器)'라는 신체의 그릇에서 소화 작용이 일어나고, '생식기(生殖器)'라는 신체의 그릇에서 생명 번식 작용이 일어나는 것과 같다.

귀는 얼굴에 달려있다. 귀는 쉽게 눈에 뜨인다. 앞에서 말한 신체 기관들이 눈에 보이지 않는 신체 내부에서 복잡한 생리 기능을 감당한다면, 귀는 밖에서 듣는 기능을 감당한다. 그런데, 귀는 그 외양이 신체 어느 기관보다도 그릇을 닮았다. 그릇의 주요 기능은 담는 기능이다. 담지 못하는 그릇은 그릇이라 할 수 없다.

그릇을 닮은 귀, 그 귀로써 듣도록 한 것은 무슨 뜻일까? 그냥 듣지 말고, 귀에 담아서 들어라! 이런 뜻이 숨어 있는 것 아니겠는가. 학습에서 듣기의 핵심도 이 말에 들어 있고, 소통의 요체도 이 한마디에 집약된다. 듣는 자의 지혜도 이 대목에서 빛을 발한다.

성서는 중요한 대목에서 "귀 있는 자는 들을지어다" 하는 강조문을 등장시킨다. 귀에 담으라는 강조이다. 거룩한 전언이기에 "귀에 담아

들어라” 하고 강조하여도, 세상 사람들은 흘려듣는다. 전언을 귀(그릇)에 담지 않았으니 흘려 버릴 수밖에 없지 않겠는가.

‘귀에 담는다는 것’을 인지심리학의 ‘이해’ 개념으로 바꾸어 말하면 어떻게 될까. 이해를 위한 인지의 전략을 준비하고서 듣기에 나서라는 주문이 될 것이다. 그러나 “귀 있는 자는 들을지어다”하는 이 평범한 듯한 발어사(發語詞)는 결코 평범하지 않다. 인지 전략 따위를 운위하는 수준을 훨씬 넘어서는 신령함과 지혜를 향하고 있다.

인간의 귀가 받아들이려는 세계가 얼마나 심원한지, 그래서 우리의 귀는 그리움으로 가득한 그 어떤 영원을 향하여 얼마나 아름답게 열려있는지를 다시금 각성하게 한다. 그 옛날 학창 시절에 다가왔었던 두 줄의 짧은 시를 나의 귀가 불러온다. 프랑스 시인 장 콕토(Jean Maurice Eugène Clément Cocteau, 1889-1963)의 짧은 명시이다.

> *“내 귀는 소라 껍질*
> *바닷소리를 그리워하나니.”*

> *“Mon oreille est un coquillage*
> *Qui aime le bruit de la mer”*

목소리

젊은 시절 한때 방송국에 PD로 근무하면서 이런 생각을 견지한 적이 있었다. 얼굴이 좀 모자란 사람은 좋아할 수 있어도, 목소리가 나쁜 사람은 용납할 수 없다. 물론, 일반화할 수 없는 개인적 편견이다. 방송 출연자의 목소리 상태에 신경을 쓰면서 생긴 직업적 편견이라고도 할 수 있다. 하여간 나는 소리에 민감한 편이다. 특별히 사람의 목소리를 남다른 민감성으로 지각(知覺)하려고 했던 편이다.

뒷날 교수 시절 한때, 수능시험 출제에 참여한 적이 있다. 문항을 다 제작하면 전체 출제위원들이 모두 참석하여 문항 하나하나를 심의한다. 위원들 각자가 문제를 풀어보는 것이다. 그리고 이상이나 오류를 찾아보는 것이다.

문제를 스크린에 띄워 놓고 누군가 지문과 문항을 반듯하게 읽어 주어야 한다. 그 역할을 내가 맡았다. 목소리도 부드럽고 맥을 잘 살려 반듯하게 잘 읽는다고 해서 뽑힌 것이다. 진행 중간에 누가 진담인 듯 농담인 듯 이의를 제기했다.

"아! 읽는 사람 바꿔 주세요. 목소리 좋은 박 교수가, 너무 그럴듯하고 근사하게 읽으니 문제의 오답 항목들도 모두 정답처럼 들립니다. 오답은 오답처럼 읽어 주세요.”

사람 목소리를 민감하게 지각하는 데에는 두 차원이 있다. 하나는 그 사람이 내는 목소리의 음성 특질(voice feature)을 주목하는 차원이다. 맑고 고운 여성의 목소리를 들으면서, 쟁반에 옥구슬 굴러가듯 하다고 느낀다든지, 거칠고 건조한 목소리를 들으면서, 마른 나무껍질이 내 살결을 쓸고 가는 듯하다고 목소리를 느끼는 경우이다. 이는 대개 사람마다 가지고 있는 목소리의 지문(指紋), 즉 성문(聲紋)을 분석함으로써, 그 목소리의 음성 특질을 과학적으로 설명할 수 있기도 하다.

목소리 지각에는 또 다른 차원이 있다. 누군가 목소리에서 그의 진정한 마음이나 사람됨(인격)을 듣는 차원이다. 전선으로 향하는 아들이 어머니를 떠나오던 날, 헤어지는 고갯마루에서 “어쨌든 몸 성히 꼭 돌아와야 한다”라고 하시던 어머님의 목소리는, 어머니 온 마음 온 존재가 목소리로 현신(現身)한 것 아니었겠는가. 그게 어디 성문(聲紋)으로 다 분석될 수 있는 목소리이겠는가.

이럴 때 어머니의 목소리는 분석을 거부한다. 감정 따라 오르내리는 억양, 마음을 고르기 위해 말의 속도를 다스리려는 어떤 의지, 무어라 형용할 수 없는 속마음에 아리게 스며든 아픈 한숨, 간절한 기원이 어떤 음절에 가서 매달릴 때 가해지는 강세(액센트) 등 목소리의 심층은 생의 심층만큼이나 깊고 오묘하다.

적탄에 숨을 거두며 내가 죽었다는 걸 적이 모르게 하라고 말했던 이순신의 목소리는 어떠했을까. 그 목소리야말로 그의 사람됨 그 자체이지 않았을까. 이런 차원의 '목소리 지각하기'는 '목소리 지문[聲紋]' 분석 따위의 방법으로는 그 깊은 의미에 도달할 수 없는 품성과 정신의 경지를 담고 있다 하겠다. 생의 경험을 통해서 인간과 인생에 대한 깊은 내공을 쌓은 사람에게서 기대할 수 있는, 목소리 듣기의 진경이라 할 수 있겠다.

옛날 라디오 드라마 전성기에 성우들의 기량이 떠오른다. 목소리 하나로 어떤 특정의 인격을 극적으로 연출해 내는 그 재주가 그립다. 그런데 이 두 차원의 분간을 헷갈리게 하는 현상들이 많이 생겨난다. 고상해 보이는 목소리는 정말로 고상한 정신을 감당하는가. 신뢰감이 있어 보이는 듯한 목소리로 말하면 그 목소리가 정말로 어떤 미더움을 책임지는가. 상업광고에 등장하는 목소리가 그럴듯하고 이름다운 목소리면, 그가 선전하는 상품도 진정 믿을 수 있는 것인가. 그럴 수도 있지만 그렇지 않을 수도 있다. AI가 대신 연출해 주는 목소리를 일상으로 대하면서 진정한 내면 목소리의 진정성은 더욱 혼란스러워졌다.

믿지 못할 물건을 팔아 치우는 데에 '미더운 느낌을 주는 목소리'가 선전에 나선다면, 이 목소리는 나쁜 일에 가담하는 것이다. 그 목소리가 아무리 아름다운들 무슨 유익함이 있으리오. 그 목소리가 아무리 권위를 지녀왔던들 무슨 의(義)로움이 있겠는가.

선거철이면 '믿지 못할 인물'을 '믿을 만한 인물'이라고 선전하는 목소리가 범람한다. 정치 지망생들 자신의 직접 목소리도 있고, 측근과 대변인 목소리도 있다. 유튜버 목소리도 요란하다. 방송사 프로그램에 등장하는 패널들의 목소리도 다채롭다. 목소리만으로도 충분히 국민을 속일 수 있겠다는 자신감이 넘친다. 목소리 자체에 휘둘리지 말고, 목소리에 배어 있는 마음, 목소리를 둘러싼 맥락, 그 진정됨을 들을 수 있어야 하겠다.

AI가 연출하는 인공의 목소리가 디지털 미디어의 전언과 선전 메시지를 그럴싸하게 포장한다. 분별 있게 듣는다는 것이 더욱 어려워졌다.

그때 '미국의 소리(VOA)' 풍경

소리도 기억 안에서 풍경(風景)으로 남는다. 1962년 중학생이 된 소년은 통학 거리가 멀어졌다. 6㎞ 등굣길을 걸어서 간다. 인적 없는 들길, 언덕길, 공동묘지 옆길, 철길, 저수지 길, 신작로 길 등을 한 시간도 넘게 걷는다.

소년은 6시에는 잠을 깨어서 우물에서 길어온 찬물로 세수를 하고, 책가방을 챙기고, 어머니가 해 주신 밥을 먹고, 늦어도 일곱 시에는 길을 나선다. 어제도 밤이 늦도록 호롱불 밑에서 숙제를 한 열세 살 중학생, 소년은 고단하다.

소년의 곤한 잠을 깨우는 건 두 가지다. 우선은 부엌 연기다. 꼭두새벽 어머니가 밥 지을 아궁이에 불을 지피면, 땔감 나무에서 나는 연기는 방으로 기어든다. 토담 초가집은 안방과 정주간(부엌) 사이의 문틈이 허술하다. 매캐하고 답답하다. 깬다.

다음으로는 벽에 걸어둔 간이 나무통 스피커에서 나오는 'VOA(미국의 소리)' 방송이 소년을 깨운다. 방에 부엌 연기가 들 때면, 'VOA'도 나왔다. KBS가 매일 아침 6시 대에 'VOA'를 중계했다. 세계 구석구석의 뉴스들이다. 단파 방송이라 음파의 쏠림에 따라, 워싱턴에서 방송한다는 아나운서의 목소리도 밀물 썰물처럼 말려오고 쓸려가기를 거듭했다. 소년은 잠을 깨어 지구 저편 소식에 귀를 내주었다.

국민 소득 80달러 시대, 소년은 빈곤의 한복판에서 자랐다. 신문, 라디오는 접할 수 있는 형편이 아니었다. 나라에서 마을마다 이장님께 라디오 한 대씩을 보급하고, 그 라디오에 유선을 연결하여 집집마다 스피커를 달게 했다. 그걸로 공지 사항을 전하며 KBS를 중계했다. 사용료로 봄에 보리 다섯 되, 가을 벼 타작 때 나락 다섯 되를 내었다.

사람들은 그걸로 '라디오 극장' 드라마도 듣고, 이미자도 듣고, 장소팔·고춘자 만담 코미디도 들었다. 음질 불량으로 지글거렸지만, 불평은 없었다. 소년은 그해 'VOA' 방송을 들으며, 미국과 소련이 쿠바를 두고 핵전쟁으로 빠져드는 걸 알았다. 스피커 앞에서 공포에 빠졌던 기억도 새록새록하다. 또 인도와 중국이 벌인 전쟁의 전황에 귀를 기울였다.

알제리, 루안다, 우간다 등 아프리카 나라들의 독립도 모두 이 방송으로 들었다. 동남아의 허다한 쿠데타 소식도 그걸로 들었다. 소년에게 그것은 '세계로 난 창(窓)'이었다. 너울 울렁대는 듯한 단파에 실려 넘어오던 'VOA'에 시대의 표정이 다 걸려 있다. 이제 노인이 된 소년에게 그것은 '소리의 풍경'으로 남았다. 듣기가 존재하는 방식을 새롭게 느끼고 발견한다.

그때 나의 듣기는 어디에 있었던가. 각자의 기억 안에 있는 듣기의 처소를 더듬어 찾아가는 일에는 그때 그 소리 인상들이 지금의 나를 향하여 그리움의 전언을 보낼 것이다. 생애의 시간들이 내 안에서 의미 있게 고양될 수 있다. 듣는 인간의 자리에서 각자의 듣기 자서전을 써 보자고 권유하고 싶다.

들었던 소리가 풍경이 된다. 소리의 기억에 유년의 풍경이 실려 온다.

할머니 이야기

이야기란 무엇인가? 이야기가 곧 인간이다. 사람이 등장하지 않는 이야기를 가져 와 보라. 아마도 불가능할 것이다. 귀신 이야기에는 사람이 등장하지 않는다고 할지 모르겠다. 그러나 그것도 다 사람 이야기이다. 적어도 사람들이 즐기고 나누었을 법한 사람의 이야기가 아니겠는가. 이야기는, 그것이 무어라 해도 인간의 자취를 담은 흔적이다.

인류 이래로 생겨난 구체적인 이야기(narrative)는, 그 수효가 얼마나 될까. 어마어마할 것이다. 현재 우리가 쓰는 수의 단위로는 헤아릴 수 없을지도 모른다. 모든 시간, 모든 공간에서 생긴, 인류의 모든 일(사건, event)이 그 누군가에 의해서 어디에선가 이야기로 현신(現身)하였을 것이라 생각하면, 엄청날 것이다. 만약 이 이야기가 중간에 사라지지 않고, 다 전해졌다면 우리는 이야기에 눌려 숨도 쉬지 못했을지도 모른다.

인류가 생산하고 소비한 이야기 가운데, '사라진 이야기'와 '남겨진 이야기'는 어느 것이 더 많을까? '사라진 이야기' 쪽이 '남은 이야기'의 수천 배는 되리라 본다. 사라진 이야기는 사라질 만해서 사라진다. 남아서 전해지는 이야기는 또 그럴 만한 가치와 힘이 있어서 살아남는다. 이는 내러티브 연구자들의 연구 주제이기도 하다.

사라지지 않고, 오래도록 살아남은 이야기는 어쩌다 우연이 그렇게 되는 건 아니다. 그 이야기 자체에 인간을 설명하고 인간 세계를 깨닫게 하는 온갖 통찰과 지혜가 다 들어 있기 때문이다. 신화나 전설이 바로 그렇다. 이런 부류의 이야기는 인류에게 무언가 선한 영향력을 지혜롭게 끼치기에 인류는 그것을 적극적으로 끌어안는 것이다. 또 인간 세상이나 사람 사는 생태가 변하면, 인류는 원래의 신화나 전설도 그 생태에 맞게 조금씩 바꾸어 가면서 그 이야기를 이어가게 한다. 이런 이야기는 힘이 있는 이야기로 자기 자리를 구축하는 것이다.

요컨대, 살아서 오래 전해오는 이야기는 '강한 이야기(powerful story)'이다. 이걸 두고 유식한 표현으로 '소통력이 있는 이야기'라고도 하고, 다른 말로는 '고전'이라고도 한다. 그런 이야기에는 인류학적인 가치와 인간의 심리적·문화적인 동력이 작동하고 있다. 따라서 그런 이야기에는 당연히 교육적인 힘이 깃들어 있다. 의외로 그런 이야기는 얼핏 들으면 평범하기도 하고 대수롭지 않게 여겨지기도 한다. 우리가 명민하지 못하여 이야기의 문화재적 가치를 잘 느끼지 못할 뿐이다.

이런 이야기는 온 생애를 두고 마음 안에서 무의식적으로 발효한다. 할머니들이 어린 손주에게 들려주어야겠다고 생각하는 이야기가 있다면 그건 할머니 자신도 의식하지 못하는 사이에 할머니 마음 안에서 전 생애를 두고 발효한 이야기라 할 수 있다.

할머니가 고등교육을 받았느냐, 못 받았느냐 하는 문제는 여기서는 조금도 중요하지 않다. 고등교육을 받은 할머니일지라도 그렇지 못한 할머니에 비해서 그의 전 생애를 두고, 잘 발효시켜 온 이야기가 더 많다고 할 수 없는 것이다. 오히려 그 반대일 수 있다. 그래서 손주가 '할머니 이야기'를 듣는, 그 프로세스는 어찌 보면 신령스러운 일이라는 생각도 든다. 나는 그렇게 생각한다. 어린 손주로서는 마치 옛날 그리스 신화에서 보듯이, 주인공이 신전에 나아가 신에게서 신탁을 받는 것과 같은 초인지의 경험 구조를 할머니의 이야기에서 체득하는 과정이 될 수도 있을 것이다. 물론 비유적으로 상상한다면 그렇다는 것이다.

손주가 '할머니 이야기'를 듣는다는 것은, 교육으로 치면 초월적 습득의 과정이라 할 수 있다. 그 과정을 논리적 실증의 프로세스로는 설명하기 힘들다. 인지, 정의, 덕성, 친밀 감정, 사회성, 상상력, 인성, 영성 등이 모두 함께 작동하는 과정이라고나 할까. 그냥 문자 언어로 잘 정돈된 이야기를 책으로 읽는 것과는 분명 다른 차원을 가지고 있다.

손주는 할머니 이야기 듣기를 통해서 쉽사리 설명할 수 없는 오묘하며, 불가사의한, 그 어떤 문화적 전수(傳授)를 의식·무의식적으로 경험하는 것이다. 생각해 보면 그것은 위대한 교육이다. 이는 물론 조손(祖孫) 사이에 인격적 교감과 함께 일어나 작동하는 일이다. 그 이야기 전수가 위대한 것은, 할머니에게서 듣는 순간에만 일어나는 것이 아니고, 손주의 전 생애를 통하여 의식·무의식 기제로 작동하기 때문이다.

이는 인간의 수많은 듣기 중에서도, '문화적 듣기'의 원형이라 할 수 있다. 할머니의 이야기를 듣는다는 것은 '이전의 문화'를 듣는 것이라 할 수 있다, 더 엄밀하게 말하면, 할머니 세대까지 누적하여 전해 온 문화를 듣고 내면화하는 원초의 경험이기도 하거니와 '다음의 문화'를 창조하는 원초의 경험도 될 수 있기 때문이다. 일찍이 소설가 박완서 선생은 자신의 문학 창작을 돕는 힘은 어린 시절 할머니와 어머니에게서 들었던 수많은 이야기에 있었다고 여러 번 술회한 적이 있다.

2016년 내가 연변에서 만난 연변작가협회 대표 최국철 작가의 고백은 민족어의 문화적 생성력이 할머니에게서 들은 이야기의 힘에 있음을 보여준다. 아래는 그의 증언이다.

> "지금까지 수많은 문학 선배님이 나의 문학 생활과 창작에 조언을 주고 영향을 주었지만 그래도 나의 문학 계몽 선생은 글 한 자 깨치지 못한 할머니가 우선순위에 있다. 할머니가 이야기로 영향을 준 그 '생활적인 계몽'이 이다지도 끈질긴지, 나도 문득문득 놀란다. 나의 문학은 할머니와 공동 작업이고 고향과 민족과의 공통적인 작업이다."

요즘 어린이들에게 할머니 이야기 듣기는 점점 사라져 가는 현실이다. 그 자리를 대신하여 무엇이 어린이들의 듣기를 파고드는지 주목했으면 한다. 요즘 우리는 조손(祖孫)이 일상을 공유하기도 어렵고, 그러다 보니 친밀성을 지속할 수 없는 생태를 살고 있다. 잃는 것과 얻는 것의 대비조차도 힘든 세태를 살아가고 있다.

받아쓰기

받아쓰기(dictation)는 쓰기 활동처럼 보이지만, 듣기 활동이기도 하다. 이점을 놓치기 쉬운 건, 우리 말을 선생님이 일러주면(diction), 그것의 음운과 형태와 어휘를 분별하여 노트에 받아쓰던, 어릴 때의 받아쓰기를 떠올리기 때문이다. 선생님이 '불러주는 말(diction)'을 제대로 듣지 못하면, 받아쓰기는 한 발자국도 나아갈 수 없다. 받아쓰기를 쓰기로만 아는 건, 하나만 알고 둘은 모르는 일이다.

발음이 부정확한 서당 훈장이 '바람 풍(風)'자를 가르치며, "나는 '바담 풍(風)' 하더라도 너희는 '바람 풍(風)'이라고 해라"라고 가르쳤다는 이야기는 실제로는 성립이 안 되는 이야기다. 학생은 선생이 '실제로 구술한 말(diction)'을 받아서(dictation), 음성언어와 문자 언어를 같이 배우는 것이다. 특히 발음과 어휘는 선생님의 구술 실제(diction)가 얼마나 정확성과 유창성을 갖추었는지에 따라, 받아쓰기의 교육적 효과는 엄청나게 달라진다. 요컨대, 잘 듣게 해 주어야 잘 쓴다.

방송인이나 가수들의 구술(diction) 능력도 그들의 인기를 높이는 데에 매우 중요하다. 나의 페이스북 친구 S는 대중가요 '처녀 뱃사공'이란 노래에 나오는 '군인 간 오라버니 소식이 오네'라는 구절을 여태까지도 '꿈인가 놀아보니 소식이 오네'로 들었단다. 노래 가사를 들어서는 이해하지 못하고 문자를 보고서야 알았단다. 가수의 가사 전달, 즉 '딕션(diction)'이 실패한 것이다. 음운, 형태, 어휘 연결 등에서 가사 전달이 정확하지도 유창하지도 않았다고 해야 할 것이다.

받아쓰기는 말 그대로 받아서 쓰는 행위이다. 그런데 무얼 받아서 쓴다는 것인가. 무언가 말해 주시는 분, 그분의 말씀을 받아서 쓴다는 것이다. 말씀을 무엇으로 받는가. 손으로 받는가. 아니다. 귀로 받는다. 그러므로 말씀을 받는다는 것은 '말씀을 듣는 것'이다.

여기 '받아쓰기'에서 '받아'라는 동사에는, '말해 주는 분 그분의 말을 조금도 훼손하지 말고 그대로 옮겨 적어야 함'을 암시하는 의미가 숨어 있다. 또 그 말씀을 들려주는 분이 윗사람임이 전제되어 있다. 그분의 말씀을 듣고, 들은 대로 쓰는 것이 받아쓰기이다. 만약에 그분의 말씀이 글로 되어 있어서 그걸 읽고, 그 읽은 것을 받아쓰기한다면, 그건 '베껴 쓰기'가 될 것이다. 그러므로 내가 내 생각을 내 뜻대로 나의 언어로 쓰자면, 받아쓰기에서 멀어져야 한다.

받아쓰기는 정치나 사회의 영역에서는 괴물처럼 변전할 수 있다. 독재자가 현장을 시찰하며 말로 지시할(dictate) 때, 수행하는 부하들과 대령한 관료들은 독재자의 말(diction)을 한 음절도 놓치지 않겠다는 듯 받아 쓰고 있는 걸(dictation) TV에서 본다. 그런 장면에서 자유와 창의와 개방의 가치를 어찌 구가할 수 있겠는가.

　그러고 보니, diction(불러주기), dictate(지시하다), dictation(받아쓰기), dictator(독재자) 등이 의미의 차원에서 한 울타리 안에 있다. 이들이 모두 'dict'라는 의미소(意味素)를 공유하고 있음이 눈에 들어온다. 받아쓰기 안에 내재한 눈에 안 보이는 억압과 경직, 그리고 독재를 응시해 본다. 받아쓰기 안에서 작동하는 듣기가 사회적 문화적으로 변용되고, 권력 기제 안에서 왜곡되는 모습은 '듣는 인간'의 조건에 대한 작은 성찰을 이끌어 온다. 현대인은 어떤 듣기를 어떤 방식으로 강요당하는가.

낭독의 재발견

낭독은 텍스트의 재탄생이다. 그리고 수용자인 독자가 발신자인 낭독자로 변전한다는 면에서 '독자의 재탄생'이다. 문학은 작가가 텍스트를 탄생시키지만, 그 텍스트는 누군가의 낭독에 따라서 재탄생한다. 그냥 재탄생되는 것이 아니고, 소통적 역동성을 가진, 대단히 구체적이고 개성적인 음성 텍스트로 현신(現身)한다. 그때 소통의 정황과 맥락이 어떠한지에 따라 이 낭독 텍스트는 원전과는 다른 미학적 특성을 드러낼 수도 있다.

만약 그 낭독자가 작가 자신일 때는 그 '낭독 텍스트'는 더더욱 의미 있는 아우라를 지닐 수 있다. 작가의 자기 작품 낭독 버전은 디지털 파일로 얼마든지 유연하게 소통하고 보존할 수 있다. 낭독의 개성과 개별성에 가치를 두기로 하면, 낭독을 잘했다는 것의 기준 또한 다채롭고 역동적일 수 있다. 좋은 낭독을 그냥 표준형 하나로 재단할 일은 아니다.

그렇다면 우리가 '낭독'을 이해하는 수준은 어디쯤인가? 당신은 낭독을 정의하는 방식을 몇 가지나 가지고 있는가? 일단 누구나 이렇게는 말할 수 있을 것이다. 소리 내어 읽으면 낭독이고, 소리 내지 않고 읽으면 묵독이다. 따라서 낭독의 반대는 묵독이다. 결론부터 말하면 이는 매우 불충분한 앎이다. 낭독을 고양하는 아무런 동력도 시사 받을 수 없는 앎이다. 낭독의 진면모와 가치는 파묻히고, 낭독이 안으로 품고 있는 다채롭고도 심도 있는 의미와 기능은 그냥 매장된다.

묵독의 경우도 마찬가지이다. 묵독은, 읽는 사람의 사고 전략(Thinking Strategy)을 전제하지 않고서는 성립될 수 없는 개념이다. 그냥 소리 내지 않고 읽는다는 것만으로는 묵독의 교육적 의미와 기능은 조금도 발휘할 수 없기 때문이다. 사고 전략이란 또 얼마나 복잡한 것인가. 묵독의 내적 프로세스가 얼마나 묵직하고 복잡하게 작동함을 어찌 알 수나 있겠는가.

마찬가지로 낭독도 은하계만큼이나 심원한 세계를 거느리고 있음을 우리는 눈치챌 수 있다. 얼핏 거칠게 정의해도 낭독은 원 텍스트의 표현미학적 재생산이요, 일종의 연출 기제를 수반하는 사회 문화적 소통 행위이다. 이쯤 되면 낭독은 그냥 단순한 읽기가 아니라 그 자체가 섬세한 기제를 가진 하나의 표현 장르인지도 모른다는 생각이 든다.

나는 이렇게 말한다. 낭독은 '내가 나를 듣는 과정'을 거쳐야 제대로 실현된다. 내가 읽고 있는 것을 내가 듣는다고? '읽고 있는 나'를 내가 바라다보며 느낀다고? 그게 도대체 어떤 경지이고 어떤 프로세스란 말인가?

노래를 연습하는 가수들을 보면, 자기가 지금 부르고 있는 노래를 자신이 헤드폰으로 들으면서 부른다. 내가 부르는 내 노래를 내가 듣기 위함이다. 그래야 가수는 자기 노래를 즐기면서 부를 수 있는 데로 나아갈 수 있다.

낭독도 그러하다. '읽고 있는 나'를 또 다른 나의 자아가 느끼는 과정이 있어야 낭독은 동력을 얻는다. '읽고 있는 나'에 대한 일종의 상위인지(上位認知, meta-cognition)가 일어나야 한다는 것이다.

내가 텍스트의 언어 부호를 그냥 소리로 읽어낸다고 해서 낭독이 되는 것은 아니다. 텍스트의 음운들을 반듯하고 세밀하게 발음하는 일, 단어를 발음할 때 강세와 고저를 적절하게 나타내는 일, 텍스트 내 문장과 대화의 억양을 의미의 분위기에 맞게 구사하는 일, 시든 산문이든 텍스트의 리듬을 문맥(context)에 맞게 살려내며 읽는 일 등등을, 읽는 내가 도무지 느끼고 있지 못해서야 내가 내 낭독의 주인이 되겠는가. 그 낭독이 제대로 길을 헤쳐 나갈 수 있겠는가.

그뿐 아니라, 내 낭독을 듣고 있는 사람(audience)의 반응과 느낌을 내가 감지하는 데에 도달해서야 비로소 내가 '내 낭독을 듣는 과정'을 장악하게 된다. 마침내 낭독의 진경에 들 수 있는 것이다. 달리 말하면 내 낭독에 올라타서 낭독을 수행(performance)해야 한다. 마치 기수(騎手)가 말에 올라타서 자신의 경주를 운행하듯이 낭독을 운행해야 한다. 낭독하는 동안 내가 내 낭독을 충분히 조정하라는(operating) 뜻이다.

이는 마치 무대 위에서 노래를 부르는 사람이 노래에 눌리지 않고, 자기 노래를 즐기는 가운데, 자기 노래를 마음대로 통어하고 여유 있게 연출해 내는 경지에 이르는 것과 흡사하다. 또 말을 타는 사람이 처음에는 사나운 말에 끌려다니기도 하겠지만, 차츰 자신이 말을 부리는 기술을 발견(meta-cognition)하면서 자신의 마술 기량을 높여 가는 것에 비유할 수 있을 것이다.

낭독 기술의 기반은 텍스트의 음운을 분명하게 장악하는 데에서 비롯된다. 음운을 부실하게 실현하고서야 낭독은 한 걸음도 진전하지 못한다. 음운은 그 자체로는 의미를 갖지 못한다. 그러나 낭독자에게는 특정 음운의 소리에도 모종의 뜻이 감지되어야 한다. 음운에도 감정이 있고, 뜻이 있고, 심지어 문화가 스며있음을 감지할 수 있어야 한다. 그 뜻과 감정과 문화는 지금 내가 읽고 있는 텍스트의 맥락이 부여해 주는 것이라 할 수 있을진대, 낭독자는 자신이 지닌 총체적 감수성으로 그것을 정밀하게(초월적으로) 파악하여 연출하는 사람이다.

1935년 시문학사에서 간행한 《정지용 시집》에 실린 '향수'를 읽으면, 바로 이 구절, "그곳이 참하 꿈엔들 잊힐리야"를 주목하게 된다. 여기 '참하'는 물론 정지용 당시의 표기인 듯하다. 현대어 표기로는 '차마'라는 부사로 정리되어 있다. 그렇다면 이 '참하(차마)'를 어떤 감정과 어떤 문화 감수성으로 낭독해야 한단 말인가.

'참하'의 '참'은 '참다'의 '참'과 같은 의미 계열에 속하는 것임을 감지하는 낭독자와 그렇지 못한 낭독자는 '참하(차마)'를 음운 차원에서 실현할 때 이미 질적인 차이를 보이는 낭독을 한다. 더구나 다양한 시 작품에 등장하는 '차마'의 정서적 의미를 다양하게 경험한 낭독자와 그렇지 못한 낭독자는 이 '참하'를 낭독으로 실현해 내는 차원이 같을 수가 없다. 인간과 언어에 대한 이런 감수성이 쌓이고 쌓여서 텍스트 전체의 낭독을 질적으로 끌어올리는 힘이 생겨나는 것이라 하겠다.

음운의 차원을 지나 형태나 어휘, 그리고 문장의 차원에 들어오면 낭독은 형태, 어휘, 그리고 문장에서 구현해 내고자 하는 '의미'나 '정서'를 낭독자가 어떻게 해석하고 연출하느냐에 따라 참으로 변화무쌍한 낭독의 경로를 구사한다. 내가 읽은 나의 글도 어제의 낭독과 오늘의 낭독이 다르다. 이 '다름'을 두고 다시 수용자들은 평가와 해석을 할 것이다.

이런 낭독 현상은 나쁘지 않다. 텍스트 현상(또는 문화현상)에 활력을 불어넣고, 해석의 풍성함과 텍스트의 역동성이 수용자 대중에게 더욱 가까이 다가가기 때문이다. 고정된 문자 텍스트에서는 있을 수 없는 현상이다. 낭독 프로세스의 섬세함과 정교함은 이렇듯 텍스트의 실현 양태를 다채롭게 하고, 텍스트의 심연을 깊게 하고, 텍스트의 존재 범주를 확장한다.

텍스트 전체의 차원에서도 낭독은 텍스트를 늘 출렁거리게 한다. 가령 이효석의 '메밀꽃 필 무렵'의 첫 문장을 낭독하는 낭독의 연출 전략은 낭독자마다 다를 수 있어야 한다. 이 작품 전체를 어떻게 보려고 하는가에 따라, 텍스트의 첫 문장 낭독은 당연히 달라야 한다. 그리고 그것은 낭독 텍스트의 청자들에게 선택과 집중의 매력으로 다가가서 해석의 풍성함에 기여하고, 소통의 확장에 이바지할 수 있을 것이다. 물론 이 작품의 마지막 문장을 어떻게 낭독할 것인가 하는 문제도 마찬가지 관점으로 살펴볼 수(appraisal) 있을 것이다.

이렇게 보면 낭독이란 참으로 오묘하고도 만만치 않은 과업이다. 인지적이기도 하고, 정의적(情意的, affective)이기도 하고, 사회·문화적이기도 한, 그런 과업이다. 적어도 그런 인식론이 필요하다. 낭독 안에 숨어 있는 '듣는다'의 작동을 재발견하게 된다.

기타(guitar) 예찬론자들은 기타 하나가 오케스트라의 기능을 한다고 말한다. 단일한 악기이지만 이것이 빚어내는 화성과 연주와 반주 기능은, 그 효과 면에서 오케스트라의 위상을 가진다는 말이다. 여기에 빗대어 말한다면, 낭독이야말로 무대가 간편할 뿐이지, 한 편의 연극 연출과 같다고 할 수 있다.

텍스트를 낭독하는 낭독자의 심리적 과정은 연극 연출자의 연출 마인드와 흡사하다. 낭독자는 연극에서 배경의 변화, 사건의 역동성, 인물들의 개성적 성격 등을 목소리 연출로 감당해 낸다. 낭독은 연극이 보여주는 연출의 과정과 효과를 그 나름대로 머금고 있는 것이라 할 수 있다.

지금은 텔레비전 드라마에 밀렸지만, 라디오 프로그램에서 널리 인기를 누렸던 프로그램 형식 중에 '입체낭독'이란 것이 있었다. 물론 낭독의 일종이다. 소설의 화자와 등장인물을 성우들이 배역을 맡아서 그 소설을 살아있는 장면처럼 낭독으로 청취자에게 내보내는 것이다.

소설 '삼국지'도 라디오에서 일 년에 걸쳐 입체낭독으로 방송하였다. 신문에 실렸던 인기 연재 소설도 입체낭독으로 방송하였다. 유능한 성우는 소설의 화자 역할도 하면서 등장인물 두세 명 정도를 해내기도 하였다. 낭독이 한 편의 연극과 같은 연출의 구조를 지니고 있음을 잘 보여주는 예이다.

요즘 낭독이 유튜브(YouTube)에서 살아나고 있다. 유튜브에는 시나 소설뿐 아니라 매우 다양한 텍스트들이 낭독 프로그램으로 구현되어 사람들의 호응을 얻고 있음을 주목할 필요가 있다. 어떤 극단이 박완서 소설가의 소설을 낭독의 방식으로 극장 무대에서 매우 단출하게 공연하여 좋은 반응을 얻었던 일도 있다. 나는 이 낭독 공연에 국어교육과 학생들을 열심히 데리고 가기도 했다. 듣는 인간의 듣기 감수성을 기르는 자리로 삼았다.

작고한 근현대 작가들의 문학기념관에 가면 그들의 육필 원고가 인상 깊게 눈에 들어온다. 또 당시 서로 정감 있게 교류가 있었던 문인들 사이에 주고받았던 서간의 육필들도 따뜻한 느낌으로 다가온다. 그러나 이 또한 앞으로는 더 보기 어려운 장면이 될지도 모른다. 이제는 원고지에 육필로 작품을 쓰는 작가는 거의 없다. 앞으로는 더더욱 '디지털 글쓰기'와 '글쓰기의 디지털화'가 일반화될 것이다.

언젠가는 지금 오늘의 작가들을 위한 문학기념관도 등장할 것이다.

그 문학기념관에서는 아마도 육필 원고를 발견하기는 어려울 것이다. 육필로 쓴 편지를 발견하는 일도 극히 드물 것이다. 대신 자신의 글을 스스로 낭독하여 오디오 콘텐츠로 접하게 하는 방식이 주류가 되지 않을까 싶다. 육필 대신 육성으로 텍스트를 대하게 하는 것이다.

시나 수필은 전편을 낭독 파일로 보존하고 전하는 데에 어려움이 없을 것이다. 소설도 작품의 하이라이트 부분을 낭독으로 남기는 기획이 필요하다. 문학작품으로만 국한할 필요도 없다. 작가의 일가나 편지 또는 특별한 의식의 장면에서 기고한 글들도 낭독에 의한 보존과 전달로 그 효과는 각별할 수 있다.

작가들의 개성 있는 낭독 감수성이 새롭게 기대되는 시대를 우리는 가고 있다. 작가만이 아니라 일반인들의 글쓰기와 낭독도 더 깊은 상호성을 가지고 일상에 녹아들 필요가 있다. 낭독은 표현미학의 차원에서나 예술사회학의 차원에서나 새로운 소통 가치를 만들어 낸다. 낭독의 심연이 더욱 오묘해질 것이다. 듣기의 감수성이랄까, 듣기의 미학이랄까, 그런 요소들이 듣기의 새로운 가치로 다가오게 될 것이다. 듣는 인간의 소양 쌓기에도 변화가 올 것이다.

꾸중

잘못을 저질렀다. 윗사람이 나를 크게 나무란다. 유쾌한 일은 아니다. 그러나 어쩌겠는가. 어쩔 수 없이 그 나무람에 상응하는 감정과 이성으로 이 일을 처리하면서 내 마음 안에서 다스려 내야 한다. 그런데 여기에는 세 부류가 있다. 이는 물론 임상적인 실험과 조사에 따른 결과는 아니지만, 이 일을 겪어내는 사람들의 언어 사용(language use)을 들여다보면, 그 세 부류의 모습이 드러난다.

첫째는 "야단을 맞았다"라고 말하는 부류이다. 야단(惹端)이란 매우 떠들썩하고 어수선한 일이 일어남을 뜻한다. 그걸 맞았다는 것이니, '야단을 맞았다'라고 했을 때의 '맞았다'라는 건 '날벼락을 맞았다'라고 할 때와 비슷한 위상에 있는 것 아닌가 싶다. 그러니까 이 부류는 재수가 없어 시끄러운 일을 당했다는 쪽으로 마음을 정하고 있다.

둘째는 "혼이 났다"라고 말하는 부류이다. '혼이 나가 버렸다.' 이런 뜻이다. 윗사람의 나무라심이 너무 혹독하고 무섭고 심해서 내 안에 있는 나의 혼(魂)이 내 밖으로 다 나가버렸다는 뜻이다. 이렇게 말하는 부류의 주된 인식은 나무람의 혹심함 그 자체에 초점이 있고, 나를 나무라는 그분에 대한 원망과 섭섭함으로 이 사태를 정리하고 있다 하겠다.

셋째는 "꾸중을 들었다"라고 말하는 부류이다. '꾸중'은 잘못을 '나무라는 일'도 되지만, '나무라는 말'도 된다. 그래서 꾸중은 '듣는다'라는 행동과 묶어진다. 그 힘든 와중에도 나를 나무라는 그분의 말을 들으려 하는 데에 '듣는 인간'의 고매함이 있다. '꾸중을 들었다'를 더 정중 겸허하게 '걱정을 들었다'로 말하는 이도 있다. 대단한 내공이 있어야 한다.

물론 이 세 부류의 반응도, 나무람을 당하는 쪽만 들여다봐서는 놓치는 것이 있을 수 있다. 나무라는 쪽의 나무라는 방식과 태도가 어떠했느냐에 따라, 나무람을 당하는 쪽의 반응 방식이 정해질 수 있다. 그걸 도외시해서는 아니 될 것이다. 그런데 여기서는 '듣는 인간'을 찾아서 '나무람을 듣는 쪽'을 초점화하기로 했으므로, 그것을 따라가 본 것이다.

사람들은 나무람을 당하는 동안 감정으로는 반발하며, 그 나무람을 밀어내려 한다. 그러나 나무람 자체에만 붙잡히면 애초에 내가 저지른 잘못을 돌아보기가 어렵다. 그래서 꾸중을 '들었다'고 생각하는 이가 돋보인다. '듣는 인간'이 됨으로써 반성적 사고(reflective thinking)를 향할 수 있다. 듣는 인간은 격이 다른 품성을 향하게 될 수밖에 없다.

듣기 평가

수학능력시험에서 '듣는 능력'을 평가해 보겠다는 시도를 한 것은 교육적·사회적으로 획기적인 일이었다. 1993년에 처음 시행되었었다. 읽고서 시험 문제를 푸는 것이 아니라, 듣고서 문제를 푼다니, 낯설었다. 언론들은 듣기 평가를 큰 이슈로 보도했다. 그 무렵 학교 교육에서 '영어 듣기 시험'을 실행하고 있었지만, 그건 외국어 능력을 평가하는 것이니 당연해 보였다. 하지만 일상에서 모국어를 탈 없이 잘 듣고 자라는데, 그걸 시험으로까지 쳐야 한다니 갸우뚱했으리라. 모국어를 듣는 능력이란 귀만 있으면 그냥 길러진다고 믿는 사람들이 많았다.

당시 '수능 출제'에 참여해 보았던 나는, 이 듣기 시험이 우리 국어교육의 진화로 여겨져 반가웠다. 하지만, 전국 모든 교실에서 국어 듣기 평가를 동시에 운용하는 한계도 금방 보였다. 그 시간에 전국 모든 공항의 항공기 이착륙을 금지하는 것도 일대 사변이었다. 수험생들의 예민해진 청각에 조금이라도 영향을 미치는 일이 생겨도 '대형 사고'로 주목받았다. 수험생과 감독 교사는 물론이고, 시행 학교, 교육청, 방송 당국, 교통 당국 등이 극도로 긴장했다. 그 시간에 천둥 번개가 칠까,

전기가 나갈까, 기상 당국도 한국전력도 숨을 죽였다. 이는 달리 보면 듣기 평가를 위축하는 조건으로 작용했다. 결국 수능 듣기 평가는 좋은 의도에도 불구하고 지속되지 못했다.

내가 보기에, 이 듣기 평가의 본질적 문제점은 평가 내용의 범위가 너무 좁다는 데 있었다. 학생들이 길러야 할 듣기 능력은 넓고 깊은데, 이 시험으로는 그걸 다 감당할 수 없었다. 들려준 정보를 제대로 기억하는지, 그래서 어떤 판단을 할 수 있는지 등을 재는 데서 그쳐야 했다. 나는 수능 듣기 평가에서 다루는 능력이 듣기 능력의 전부로 인식될까 봐 염려했다.

나는 진정 길러주고 싶은 듣기 능력들을 생각해 본다. 자연이 내는 소리에 생태 이해의 반응을 하는 능력, 하늘과 땅의 소리에 영성(靈性)이 감응하는 능력, 예술의 세계가 전하는 소리에 심미적으로 반응하는 능력, 고뇌 어린 인간의 탄식을 공감으로 쓰다듬는 능력, 사람들의 침묵 안에 숨어서 사는 웅변을 들을 수 있는 능력 등등. 글쎄, 이런 듣기를 '능력'이라 해야 할지, 그냥 '사람다움'이라 해야 할지!

깨닫지 못하는 듣기의 조건

"감사할 대상을 애써 찾지 마라. 당연하다고 생각하는 것들에 무조건 감사하라." 이 말을 듣고 감화를 받은 적이 있다. 보지 못해서 깨닫지 못하기도 하지만, 깨닫지 못해서 보이지 않는 것도 있다. 듣기의 본질에 대한 이해 역시 그런 점이 있다.

순전히 논리적으로 따져보기로 했을 때, 인간의 '듣는 행위'가 이루어지려면 두 가지 조건이 충족되어야 한다. 하나는 인간의 청각 기능이 온전해야 한다. '듣지 못하는 사람'은 세상과의 고립에 직면한 존재이다. 다른 하나는 '들을 소리'가 있어야 한다. 사람의 말소리이든 자연의 소리이든 소리가 존재하지 않는데, 들을 수는 없다. 너무도 당연한 조건이어서 하나 마나 한 이야기 같지만, 그렇지 않다. 인간과 자연 세계에 대한 겸허한 통찰에 다가가게 한다.

모든 듣기를 온전하게 누리는 사람일수록 '듣지 못하는 타자'를 온전히 이해하기는 어렵다. 그의 장애가 나의 실존으로 들어와 있지 않기 때문이다. 듣지 못하는 사람의 결핍과 상실이 그를 어떻게 소외와 고립으로 내모는지를 보지 못한다면, 그래서 내가 그를 단절하고 있음을 보지 못한다면, 나의 듣기 또한 중대한 결핍 하나를 내장하고 있는 것 아닐까. 인간을 향하는 존재론적 성찰은 '인간의 불구성(不具性)'에 대한 작은 주목에서 시작한다. 그 불구성을 이해할 때, 그것을 극복하는 인간의 위대함도 마침내 보이는 것이다.

그 다음으로는 '들을 소리'가 있어야 듣는다. 이 조건은 무용해 보인다. 들을 소리가 없다는 상황 자체를 상정할 수 없기 때문이다. 그러나 물리학자들은 말한다. '과학적으로 소리는 진동이고, 그 진동은 분자의 운동이고, 분자의 운동이 없어지기 위해서는 절대온도(섭씨 273도)가 되어야 한다.' 우주의 수억 개 무수한 별 중에는 절대온도 이하에 있는 별들도 허다할 것이다. 소리가 완전히 소멸해 버린 별에 있다고 상상해 보라. 무섭다. 외물(外物)의 소리가 존재하여 무서운 것과는 비교할 수 없는 무서움이 아닐까?

물론 우리가 사는 지구는 소리가 유지되는 별이다. 그리고 지구는 이곳에 사는 우리에게 그 소리를 감응할 수 있게 하는 별이다. 온갖 자연의 소리를 향연으로 들려주는 이 지구는 도대체 어떤 섭리로 지금 우리를 둘러싸고 있는 것인가. 이 얼마나 황홀한 생태 안에서 살아가게 하는 것인지!

가장 적극적인 듣기

'적극적 듣기(Active Listening)'의 대표적 장면은 무엇일까? 시험에 나올 예상 문제를 짚어주겠다는 선생님 말씀에 귀를 들이대는 태도가 여기에 해당할까? 가장 적극적으로 듣겠다는 태도는 어떻게 구체적인 행동으로 나타나는가? 물음이 이렇다고 해서 '듣는 행위'만으로 좁혀서 생각하면, 이 물음의 답을 찾아가기는 어렵다.

그것은 '질문하기'다. 꼭 듣고야 말겠다는 태도가 구체적으로 터져 나오는 것, 그것이 '질문'이다. 그런데도, 질문은 어디까지나 말하는 행위이므로 듣기에 해당하지 않는다고 여기는 것은 말하기와 듣기를 기계적으로 재단하는 것이다. 듣기는 말하기 없이는 애당초 생겨날 수 없고, 말하기는 듣기가 있어야 말하기가 된다. 이 자명한 이치를 우리는 놓친다. '질문'이야말로 말하기와 듣기의 상호교섭이 가장 왕성하게 일어나는 대화적 학습의 장면이다.

질문 중에는 눈으로는 보이지 않는 '내면의 질문'이 있다. 그런 내면의 질문들은 마음 안에서 꾸준히 자란다. 독서나 체험의 과정이 이런 내면의 질문들을 키운다. 내면의 질문을 안으로 쌓아가는 아이들은 어느 날 마침내 대단히 명시적인 질문을 하는 것이다. 내공 있는 교사는 '보이지 않는 질문'을 알아차린다. 내공 있는 대화자들도 그러하다. 보이지 않는 질문이 존재하는 데에도 세 차원이 있다.

첫째는 내가 사물 현상에게 던지는 질문이다. 박물관 전시장에서 어떤 유물에게 질문할 수 있다. 사막의 밤하늘 총총한 별에게 질문한다. 물론 이 질문은 언어화되지 않을 수 있다. 그래서 질문을 품는다고 한다. 둘째는 내가 텍스트에게 던지는 질문이다. 명작을 읽고 작중 인물에게 질문할 수 있다. 그림이나 건물을 보고, 질문을 품을 수 있다. 셋째는 내가 나에게 하는 질문이다. 이런 질문은 내가 질문을 하고서도 그걸 질문이라고 의식하지 못한다. 인간적 성숙을 포함하여 나의 정서나 도덕성 발달 등은 내 안에서 '내가 나에게 던지는 질문'에 의해서 이루어진다.

이렇듯 의식의 수면 위로 잘 떠오르지 않는 질문들도 모두 '듣기의 의욕'을 안으로 불러일으킨다. 인간은 모든 걸 꼭 귀로만 듣지는 않는다.

제2부

듣기의 유령,
'듣는다'에 숨은 마법

전문 약초꾼들에게는 이런 믿음이 있다.
그들이 사람의 자취 없고 인적이 끊어진 산속을 헤매며
약초를 찾아가는 데에는 이유가 있다.
산삼 등의 귀한 약초는 사람의 소리 들리지 않는 곳에서 자란 것일수록
약효가 더 좋기 때문이라는 것이다.
이 역시 약초가 소리를 듣는다는 것을 전제로 하는 믿음이다.

그들도 듣는다

임종 과정에서 숨을 거두는 사람은 서서히 오감(五感)의 기능을 상실한다. 그는 보지 못하고, 말하지 못하고, 냄새 맡지 못하고, 촉감도 작동하지 않는다. 그런데 마지막까지 희미하지만 살아 있는 감각이 있다고 한다. 그것은 바로 듣는 기능이다. 듣고 있음을 나타내지 못할 뿐이지, 들을 수 있다는 것이다. 실험적 증거를 갖고 있지는 않지만, 예전부터 이런 이야기를 어른들에게서 전해 들은 적이 있다.

그래서 이런 가르침이 생겨난 것일까. 부모님이 세상을 떠나실 때, 숨을 거두시니까 듣지 못한다고 생각 말고, 그분이 편안하고 평화로운 마음으로 떠나시게 좋은 말씀을 귀 가까이서 해 드리라고 한다. 이걸 인정한다면, 슬픔 가운데도 경건함이 오롯하게 마음을 채우게 될 것이다. 경건의 옆자리에 거룩[聖]이 있다. 생명을 향한 경건을 만들어 내는 장면으로, 이런 장면을 앞설 것이 없겠다는 생각이 든다.

사람이나 동물 아닌 존재들은 듣지 못한다고 생각지만, 사실은 그들도 듣고 있는 경우가 의외로 많다. 소리란 무엇인가? 소리의 물리적 성질은 진동이다. 대개는 공기의 진동이 소리가 된다. 이 진동을 우리는 귀라는 신체 기관으로 듣는다.

진화 생물학자 최재천 교수에 따르면 식물이라고 듣지 못할 이유가 없다고 말한다. 오히려 식물은 그동안 우리가 생각했던 것보다 훨씬 적극적이고 능동적으로 들을지도 모른다고 말한다. 그렇다면 아파트 베란다에 화초나 식물을 기르면서 마치 자녀에게 대하듯이 따뜻하고 부드러운 말을 해 주는 태도는 권장할 만하다.

식물이 음악 소리에 반응하는지를 두고 많은 연구 결과가 나왔는데, 음악을 듣고 자란 식물들은 그렇지 않은 식물들보다 더 잘 자라고 병충해에도 강하다. 이런 내용은 전부터 널리 알려진 사실이었다. 그런데 식물의 듣기 기능을 밝혀낸 오래 전의 연구가 흥미롭다. 애벌레가 풀잎을 갉아 먹을 때 '사각사각'하는 소리도 들리고, 또 애벌레의 움직임에 따라 풀잎에 작은 진동(소리)이 전해지는데, 식물은 애벌레가 내는 이 소리(진동)를 몸으로 느끼고 방어 태세를 취한다는 것이다. (SBS 뉴스, 2014.7.2.)

전문 약초꾼들에게는 이런 믿음이 있다. 그들이 사람의 자취 없고 인적이 끊어진 산속을 헤매며 약초를 찾아가는 데에는 이유가 있다고 한다. 산삼 등의 귀한 약초는 사람의 소리 들리지 않는 곳에서 자란 것일수록 약효가 더 좋기 때문이라는 것이다. 이 역시 약초가 소리를 듣는다는 것을 전제로 하는 믿음이다.

들을 수 있다고 다 듣고자 하는 건 일종의 욕심일 수 있다. 세상 소리

멀리 물리치고 그걸 다 들으려 하지 않는 약초의 생태가 자못 고고하
다. 천지의 온갖 사물들은 모두 다 듣는다. 들을 수 있다. 그렇다는 것을
알아차리는 데서 우리의 착한 본성에 숨어 있던 그 어떤 외경심(畏敬心)
이 자랄 것이다. 그리고 그 외경의 마음으로 인하여 부지불식간에 고여
드는 나의 겸허한 마음을 만나게 될 것이다.

그렇다. 그들도 듣는다.

누에 방에서 들린 소리

어릴 적 기억이다. 거창 웅양(熊陽) 산골의 외갓집에 가면, 안채 깊숙한 곳에 누에를 치는 방이 있었다. 외할머니는 그 방을 '뉘방(누에 방의 경상도식 줄임말)'이라 부르셨고, 외할아버지는 '잠실(蠶室)'이라 부르셨다.

누에 방은 금단(禁斷)의 방이었다. 아무나 들어갈 수 없었다. 온도, 습도, 바람 등을 제대로 맞추어 주지 못하면, 누에는 다 죽는다. 연기나 모기약 등의 냄새가 들어와도 아니 된다. 모두가 얼마나 이 방을 조심스럽게 다루는지, 어린 나는 더더욱 들어가 볼 생각을 못 했다. 누에고치에서 실을 뽑아 비단 명주를 만드는 것이니, 세심한 공덕을 아니 들일 수 없다. 그러던 어느 봄날 할머니는 나를 누에 방으로 데려가 주었다.

그곳은 별천지이었다. 누에들의 세계이었다. 마치 도서관의 서가 층층에 책 대신 뽕잎과 누에가 빽빽하게 놓여있는 모양이라고나 할까. 뽕잎 위로 수많은 누에가 빼곡하게 꾸물꾸물 움직이고 있었다. 자세히 보니 수천 마리의 누에가 뽕잎을 갉아서 먹고 있었다. 신기했다.

어지간히 자란 벌레 누에는, 그걸 처음 보았을 때는 좀 징그럽게도 여겨지지만, 이 벌레가 비단을 짜는 실을 만들어 주는 이쁜 벌레라는 걸 인지하면, 그리고 나를 사랑하는 외할머니가 나 못지않게 누에도 사랑하는 걸 알아차리다 보면, 누에에게 조금씩 우호감이 쌓이고, 마침 내 이쁘다는 느낌에 도달하게 된다.

누에 방에 들어와서 누에에 정신이 팔리다 보니, 밖에서는 무슨 일이 일어나는지 알 수 없었다. 그때, 나는 무언가 내 귀에 와닿는 미세한 소리를 느꼈다. 누에 방 밖에서 그 어떤 섬세한 소리가 들리는 것 같은 느낌이 들었다. 내 청각이 가지는 예민함을 다 동원하여 나는 그 소리의 정체를 포착하려 애를 썼다.

아! 그것은 아주 가늘디 가느단 빗소리였다. 더 정확히 말하면 그 가는 빗줄기가 봄의 초목과 대지에 와닿는, 그런 소리였다. 아 맞다. 아까 누에 방 들어오기 전에 사랑채 뜨락에 새잎들 막 피어나는 봄날의 정경을 보았는데, 그 연록의 잎새와 대지에 가늘고 부드럽게 떨어지는 아주 아주 조용한 빗소리였다. 봄비가 오고 있나 보다.

나는 변덕스럽게도 누에 방에서 나가, 봄비에 조용히 젖는 목련 뜨락을 보고 싶었다. 외사촌들과 동네 어귀에 나가서 우두령 쪽 양각산에 감도는 골안개도 보고 싶었다. 나는 누에 방의 문을 조용히 열었다. 아! 그런데 바깥은 생뚱맞게도 화창했다. 아니, 봄비 소리가 분명히 들렸는데, 그새 그쳤단 말인가. 그러나 그것은 가당치 않은 의심이었다. 봄비는커녕 구름 한 조각 걸리지 않은 하늘이었다.

문을 닫고 다시 누에 방 안으로 들어왔다. 방 안에 들어와 귀를 기울이니 다시 그 봄비 소리가 들린다. 아, 그제야 나는 그 빗소리의 정체를 알아차렸다. 그것은 누에 방의 수많은 누에가 일제히 뽕나무 잎을 갉아 먹는 소리였다. 그 두 가지 소리가 서로 다른 자연의 소리라 할 수 있을 터인데, 이렇듯 똑같다는 말인가.

나는 그 어떤 경건의 감정 같은 것을 느낄 수 있었다. 자연의 소리란, 이를테면 우주의 소리이고 섭리의 소리이다. 이런 누에 소리를 감각적 체험으로 기억할 사람이 이제는 드물 것이다. 누에 방이 사라지고 있으니 말이다. 그럴수록 정말 잊고 싶지 않은 소리이다.

인간이 언어 활동을 하는 영역은 네 가지 영역이다. 듣기, 말하기, 읽기, 쓰기 등이 바로 그것이다. 그런데 듣기를 제외한 나머지 세 영역을 기능 차원에서 나누면 '인간의 언어'로만 성립되는 활동이다. 음성언어로 말하고(말하기), 문자언어로 된 글을 읽고(읽기), 문자언어를 사용하여 글을 써내는(쓰기) 활동은, '인간의 언어'로만 이루어진다.

그러나 듣기는 인간의 말소리만 듣지는 않는다. 듣기는 자연의 모든 소리도 다 받아들인다. '자연의 소리'야말로 듣기의 중요한 학습원(學習源)이다. 이 점이 듣기가 말하기, 읽기, 쓰기와 본질에서 다른 점이다. 귀가 말소리만 들을 수 있다면 어떡할 뻔했나. 참으로 다행한 일이다.

귀신 씨 나락 까먹는 소리

　귀신 씨 나락 까먹는 소리! 이 또한 정녕 소리라고 한다면, 우리는 이 소리를 들을 수 있어야 할 것이다. 그러나 이 소리를 실제로 들은 사람은 없다. 물론 상상의 소리일 수는 있다. 우선 이 점을 분명히 해 두자. '귀신 씨 나락 까먹는 소리'를 듣는다고 했을 때는 두 개의 차원이 있다. 하나는 그 소리를 실제로 직접 듣는 것이고, 다른 하나의 차원은 '귀신 씨 나락 까먹는 소리'라는 말(표현)을 듣는 것이다.

　그런데, 이 소리를 들은 사람도 없지만, 이 말이 무슨 뜻인지를 정확히 아는 사람 또한 그리 많지 않다. 무슨 뜻인지 캐내어 알고 있지는 못해도, 이 말을 상황에 맞추어 그럭저럭 쓰는 사람은 상당히 있다. '귀신 씨 나락 까먹는 소리'라는 말은 관용어(慣用語, Idiom)의 일종이다. 벼농사를 지어 왔던 한국인에게는 전래되어 온 토종 관용어라 할 수 있다.

　이 말이 실제로 쓰이는 발화(發話) 상황을 보면 이해가 된다. 시험공부를 하지 않은 아이가 엄마에게 말한다. 눈을 감고 주문을 외우면 시험 문제 다 가르쳐 주는 그런 스마트 폰 사달라고 한다면, 그때 엄마가 아이에게 핀잔주듯 하는 말이, "얘가 어디서 귀신 씨 나락 까먹는 소릴

하고 있어. 빨리 학교나 가"하고 말하는 것이다. 그러니까 이 말은 이치에 맞지 않고 엉뚱하게 해대는 말을 가리키는 표현이다.

씨 나락은 볍씨의 방언이다. 씨로 사용할 나락(벼)이다. 겨우내 보관한 씨 나락은 봄에 논의 모판에 뿌려지면 싹이 자라는데, 그것이 모내기할 때의 모이다. 그런데 어찌 된 셈인지, 모판에 뿌려 놓은 씨 나락에서 싹이 나지 않는 일이 있는데(사실은 씨 나락이 상한 것이다), 이런 사태를 두고 옛날 사람들은 귀신이 씨 나락을 까먹어서 그렇게 된 거라고 했단다.

이처럼 귀신이 씨 나락을 까먹은 연유를 만들어 내는 조상들의 상상력은 다양하다. 경상도 지방에서 전하는 구전에 따르면, 귀신은 제사상이 허술하면 고픈 배를 움켜쥐고 광에 가서 씨 나락을 까먹는다는 속신(俗信, 민간에서 예로부터 전해 내려오는 믿음)이 내려왔다고 한다.

그런가 하면 못자리에 뿌린 멀쩡한 볍씨 중에 싹이 트지 않은 것은 무언가 불만이 있는 귀신이 그 집 농사를 망치려고 볍씨를 틔 안 나게 까먹어서 그렇다는 얘기도 상당한 세력을 얻는다. 설득력은 좀 떨어지지만 이런 얘기도 있다. 접신(接神)한 무당이 시나위 가락에 맞춰 무슨 말인지도 모르게 웅얼대는 소리를 빗대 '귀신 시나위 가락'이라고 하던 말이 변이되어서 '귀신 씨 나락 까먹는 소리'로 되었다는 설도 있다.

조금씩 다른 연유이지만, 공통점은 있다. 현실적이지 않고, 물론 과학적이지 않다. 농경 시대에 불가사의한 일들을 농경 문화적 상상력으로 다가가 보려 한 흔적은 보인다. 요컨대, 이치에 안 맞고 말이 되지 않는 말(사태)을 가리킬 때, "귀신 씨 나락 까먹는 소리"라는 말로 그걸 지적

하였다. 그런데 점잖게 지적하지 않고, 주로 상대의 말을 조롱하거나 타박하는 때에 끌어들여 쓰게 된 말이 '귀신 씨 나락 까먹는 소리'이다.

그러니까 '귀신 씨 나락 까먹는 소리'는, 소리는 소리인데 들을 수 없는 소리이다. 그런데 그 소리는 듣지는 못하지만, 표현의 영역에서는 엄연하게 살아서 쓰인다. 이런 표현으로는 유용한 예는 또 있다. '김밥 옆구리 터지는 소리'나 '개가 풀 뜯어 먹는 소리' 등이 바로 그런 소리이다. 북한에서 사용하는 '가을 뻐꾸기 우는 소리' 같은 말도 이 계열에 든다고 할 수 있겠다.

이런 부류의 소리는 유행 기류를 탔는지 확산 추세이다. 예컨대 '이대호 도루하는 소리' 등등이 그러하다. 얼마간 유행어 차원에서 번지다 사라질 소리인지, 생명력을 가지고 언중들 사이에 계속 쓰임을 받을지는 더 지켜보아야겠다. 실세계에서는 있을 수 없는, 소리 아닌 소리가 언어의 세계에서는 소리가 아닌 의미로서 역할을 한다.

그런데 '이대호 도루하는 소리'는, 말이 안 되는 소리를 가리키는 말이었는데, 이게 꼭 그렇지만도 않게 되었다. 체중 130킬로의 프로야구선수 이대호가 도저히 도루는 불가능함을 지적해서 생긴 말인데, 이 말이 말 되는 소리가 되어서 그것이 또 화제가 되었다. 2017년 8월 9일 프로야구계에서 좀처럼 보기 힘들다는 이대호의 도루가 성공하는 일이 벌어졌으니 말이다.

인간이 소리를 상상으로 상징화하는 경지가 다채롭다. 누가 소리를 귀로만 접수한다고 할 수 있겠는가.

아프리카 말소리에 대한 청각적 상상

우리가 전혀 모르는 아프리카 언어, 이를테면 탄자니아 등지에서 쓰이는 스와힐리어(Swahili)를 듣고, 그 말의 소리에서 어떤 느낌을 가진다면, 그것은 얼마나 유효한 느낌이 될 수 있을까. 생판 모르는 말소리를 듣고 어떻게 그 의미에 다가갈 수 있겠는가. 설령 어떤 느낌이 있었다 하더라도 그것은 개인의 임의적인 반응에 지나지 않아서, 그 느낌을 일반화하여 공감을 요청할 일은 아니라고 생각할 수도 있다.

그런데 말소리가 동물의 모양이나 소리를 나타낼 때는 꼭 그렇지만은 않다. 아프리카 구전 동화를 국내에 알리는 동화책이 나왔을 때, 아프리카 동물들의 움직임과 모양을 나타내는 말이 아프리카 사람들의 실제 말 그대로 소개되었는데, 내 개인으로서는 상당한 공감이 갔다. 물론 여기에는 코끼리나 사자나 하마나 원숭이 등을 동물원에서 보았던 나의 감각적 경험이 작용하였을 것이다.

예를 들면 스와힐리어에서는 사자의 포효를 '응구루마(nguruma)'라고 한다든지, 몸집이 큰 동물이 쿵쿵 발을 구르는 걸 '삐가 두무 두무(piga dumu dumu)'라고 한다든지, 원숭이 등이 껑충껑충 뛰는 형용을 '꾸루카루카(Kurukaruka)'라는 음성 상징으로 나타내는 것은, 이들 말소리를 따라 해 보면 그럴 법하다는 생각이 든다.

아프리카 줄루어에서 새 날갯짓 소리를 '푸푸(fufufu)'로 표현하는 것도, 동물들이 달리는 모습을 '우쿠기짐마(ukugijima)'라고 하는 데서도 느낌상 고개가 끄덕여진다. 물론 이들 말소리에는 문화적 맥락도 작용한다. 즉, 동물은 신화와 속담에 자주 등장하며, 움직임과 모양을 묘사하는 말이 상징적 의미를 갖기 때문이다. 예컨대 치타의 빠른 달리기를 묘사하는 말에는 용맹과 힘을 상징하는 말소리 느낌이 장착되는 것이다.

탄자니아 한인회장인 김태균 작가가 최근에 쓴 《최초의 낮-아프리카 잠언》은 그가 원주민들과 더불어 오랜 탄자나아 현지 생활에서 섭렵한 아프리카 잠언을 화두로 해서 우리를 깊은 명상적 사유로 이끄는 보배스러운 지혜를 내장한 책이다.

작가는 이 책에서 아프리카 잠언의 현지인 발음을 그대로 소개해 놓았다. 예를 들면 "길을 잃는 것도 길을 배우는 방법이다"라는 아프리카 잠언의 아프리카어 발음은 "Kupotea njia ndio kujua njia/ 쿠포테아 은지아 온디오 쿠주아 은지아)"로 소개되어 있다.

나는 스와힐리어의 음절들을 따라서 이 잠언 구절을 소리 내어 보았는데, 그냥 무의미한 울림으로만 남지는 않았다. 그 의미를 상상하면서 이 음절들을 내가 소리 내어 보고 내가 들어볼수록 이 낯선 음절들을 타고 무언가 상관 있는 의미가 불투명하지만 그래도 감도는 것 같았다. 그 음절들의 주름 사이로 배어 있는 아프리카 종족의 전통적 지혜가 손을 내미는 느낌이다. 무언가 생명력 있는 소리로 들리는 듯한 감흥이 생겨난다. 물론 이는 논리적으로 증명할 수 있는 감흥은 아니다.

낯선 언어이지만 그 말소리 자체에 대해 친해지려는 감수성과 상상력으로 다가간 데서 맛보는 감흥이라 할 수 있겠다. 이런 감수성의 징검다리를 지나서 아프리카 언어의 말소리에 대한 넉넉한 상상력을 길러 갈 수 있으리라 생각한다.

다른 언어, 다른 문화에 대한 감수성을 키우는 과정에서 그들의 음성 언어를 청각으로 지각해 본다는 차원에서 좀 더 주목했으면 한다. 즉, 그들 말의 소리 상징이나 말소리의 이미지에도 관심을 갖도록 가르칠 필요가 있다. 이를 기반으로 그들 말소리에 대한 배움을 이끄는 교육 과정 내용(Curriculum Content)을 창안해 볼 만하다. 특별히 지구촌 동포 사회의 차세대 교육을 감당하는 '한글학교' 교육이 눈여겨볼 만한 대목이다.

민족의 혼이 깃든 한국어를 배울 때도, 거주국 현지의 언어를 배우는 자리에서도, 새로운 제3의 외국어를 배우려 할 때도, 그 언어의 말소리에 대한 청각적 상상력을 키워주는 교육적 노력을 꼭 보태었으면 한다.

탄식 소리

소설 《삼국지》에 나오는 유명한 탄식의 대목이 있다. 적벽대전 패전 이후 촉한(蜀漢) 제갈공명의 지략에 몰려 서천(西川, 지금의 쓰촨성 청두 일대) 정벌의 뜻을 펴지 못한 오나라의 명장 주유(周瑜)는 비분강개하여 이렇게 길게 탄식하며, 36세의 나이로 요절한다.

"오! 하늘이시여, 주유를 이 땅에 내시고, 어찌하여 다시 공명을 내셨나이까?"

삼국지를 몰입하여 읽은 이라면 이 탄식을 가슴으로 받아들였음 직하다. 하늘이 관장하는 인간의 운명에 대한 탄식이라 할 수 있다. 또 하나의 세계적 탄식으로 구약 성서 '욥기'의 주인공 욥의 탄식이 있다. 원인도 모른 채 거듭되는 파멸적 고난과 재앙을 견디다 못한 욥의 인간적 탄식은 자신의 태어남을 저주하는 데에 이르러 마침내 죽음을 구하는 데로 이르는 탄식이다.

"어찌하여 내가 태(胎)에서 죽어 나오지 아니하였었던가. 어찌하여 내 어미가 나를 낳았을 때에 내가 숨지지 아니하였던가."

생(生)의 곤비한 역경에서 나오는 절망의 탄식이면서, 동시에 신의 자비를 구하는 역설적인 탄식으로 해석되기도 한다. 탄식(歎息)의 물리적 형태는 숨(breath)이다. '탄식(歎息)'의 '식(息)'이 그것을 증명한다. 숨 가운데서도 내쉬는 숨이다. 물론 내쉬는 숨이 모두 다 탄식이 되는 것은 아니다. 그 숨 안에는 '탄(歎, 한탄할 탄)'이 담겨있어야 한다.

그래서 탄식은 절박한 상황이나 안타까운 상황에서 절망을 느끼며 내쉬는 한숨(sigh)이다. 원통하거나 뉘우치는 일이 있을 때 터져 나오는 한숨이다. 이런 한숨은 대체로 근심이나 설움이 있을 때, 자기도 모르는 사이에 터져 나온다. 때로는 긴장하였다가 안도할 때 길게 몰아서 내쉬는 한숨도 있다.

어릴 때, 내가 한숨을 내쉬면 어른들이 크게 꾸중을 하였다. 어린 것이 비감한 나머지 좌절에 빠져드는 것을 경계하기 위함이었을 것이다. 한숨과 탄식에 집의 기둥이 무너진다고 나무라시며, 그것을 금하였다. 지금 생각하면 당치 않은 감정 억압이라 할 수도 있을 것이다. 그러나 탄식은 발하는 순간, 비관의 방향으로 자기 최면을 걸게 하는 효과가 있어서, 누군가의 탄식을 들으면, 그것을 그치고 바꾸게 하는 것이 바람직하다.

예전에는 어른들이 어린아이의 탄식 소리를 나무랄 때는 "잔망스럽다"하고 꾸짖거나 "방정맞다"라고 꾸짖었다. 잔망스럽다고 한 것은 아이가 아이답지 못하고 섣불리 어른 식의 감정 흉내를 낸다는 질책이었다. 방정맞다는 꾸지람은 경박하게 나대는 언행을 질책하는 것인데, 어려운 사태에 신중하게 대하지 못하고, 앞질러 비관하고 그것을 가볍게 나타냄으로써 마음을 그르칠 수 있음을 경계한 것이라 할 수 있다.

그러나 탄식에 숨어 있는 긍정의 인문학을 찾을 수는 없을까. 탄식이 '숨의 방식'으로 터져 나온다는 사실은 내포하는 의미가 크다. 죽은 자의 코에서는 숨이 나들지 않는다. 탄식이란 인간의 '살아 있음' 위에서 터져 나오며, 바로 그 '살아 있음'을 보여 주는 것이라 할 수 있다. 탄식의 내용이 아무리 반생명적이라 해도, 탄식은 살아 있는 숨을 통하여 터져 나온다.

한산섬 달 밝은 밤에 수루에 홀로 앉아 깊은 시름 하는 이순신의 심중은 탄식의 소용돌이에 들어 있을 것이다. 어디서 들려 오는 일성호가(一聲胡笳, 한 곡조의 호루라기 소리)가 그의 애를 끊게 하는 데에 미치어서 마침내, 심중의 탄식은 죽기를 각오하는 분연한 결심으로 일어서는 것 아닐까. 탄식의 힘이라 할 수는 없을까.

인간은 탄식의 공간을 통하여 좌절과 고통을 이기는 힘을 조금씩 얻는다. 탄식은 지옥의 고통을 겪은 인간이 정신의 연옥(煉獄)에서 천국을 갈망하며 내쉬는 한숨인지도 모른다. 탄식마저 스스로 봉쇄해 버렸을 때, 인간은 죽음을 향하는 것 아닐까. 그러므로 누군가의 탄식이 들려 올 때, 마땅히 자비의 마음으로 귀를 열어야 할 것이다.

탄식은 독백의 형태로 나온다. 고뇌가 깊을수록 탄식은 혼잣말이 된다. 누군가의 탄식이 있지만, 그의 탄식이 나에게 하는 말이 아니라고 마냥 무심하기만 할 것인가. 주변의 탄식에 무심하기만 한 사람은 공감 능력이 모자라도 한참 모자라는 사람이다. '사이코패스

(Psychopath)'니 '소시오패스(Sociopath)'니 하는 말들이 여기서 멀
지 않다. 탄식이 넘쳐나는 세상이다. 탄식에 귀를 내주는 것 또한 그 인
색함이 넘쳐나는 세상이다.

예언

가까운 친구에게 앞으로 유망한 주식 종목을 짚어 달라고 해 본다. 물론 그는 주식에 상당한 내공을 가진 친구이다. 그가 진정한 내공의 소유자일수록 특정의 주를 지정하여, 사 두면 돈을 벌 것이라고 말하지 않는다. 오히려 실패한 사례를 언급하며, 이런 주를 사면 안 된다고 말한다. 그래도 재차 유망 주식 예언을 독촉하면, 마지못해 두세 종목을 말해 주며 꼭 이렇게 뒷말을 붙인다. "날 믿지 마. 어떤 주식이 돈이 되는지는 하나님도 모른다!"

2024년 1월 초 SBS 뉴스에 이런 보도가 있었다.

"뉴욕포스트 등 외신에 따르면 노스트라다무스는 1555년에 쓴 예언집에서 2024년이 '최악의 한 해가 될 것'이라고 했습니다. 16세기 프랑스 출신의 노스트라다무스는 앞서 나폴레옹과 히틀러의 부상, 911테러, 코로나19 등을 예언한 바 있습니다. 또한 지난해는 기상이변으로 기후 위기가 찾아올 것이라고 예측했는데, 실제로 2023

신년 초에 대중의 호기심 소구에 맞춘 뉴스라 할 수 있다. 그런데 그 소구의 본질은 무엇일까. 예언이란, 아무나 할 수 있는 것은 아니다. 경기를 예측하고 일기를 예보하는 것과는 좀 다르다. 예언에는 일상의 합리성에 구속받지 않는 예언자의 초월적 안목이 배어 있다. 그 내용도 비상(非常)한 것을 담고 있음으로써 예언의 매력과 신비감이 생긴다. 따라서 예언가는 일상 삶의 논리를 초탈한 듯한 포즈를 취하고 있다.

예언은 일상의 개인적 생활 담화에서는 나타나지 않는다. 우리가 예언이라고 일컫는 이 말에는 이미 역사·문화적 맥락의 의미가 들어와 있다. 우선 아무나 미래를 말한다고 해서 다 예언으로 쳐 주지 않는다. 예언가가 따로 있다는 통념을 받아들인다. 미래를 투시하는 영적인 초능력을 가진 도인(道人) 같은 인물이 뛰어난 염력(念力)으로 미래에 일어날 일을 초월적으로 천명하는 것을 예언으로 친다.

여기서 '초월적'이란 말은 '덜 합리적'이라는 의미를 포함하여 '비현실적'이라는 의미까지 포함한다. 예언, 특히 대예언이라는 것에 큰 호기심과 더불어 마음을 홀랑 뺏기던 시절은 언제였던가. 아마도 대개는 어린 시절이었으리라. 전쟁이나 인류의 위기를 예언하는 예언가의 말을 접하고 얼마나 공포감에 빠졌던가.

그러나 어른이 되면 예언을 대하는 심리는 그렇게만 끌려가지는 않는다. 눈앞의 현실도 헤쳐 나가기 어려운데 어느 겨를에 그 먼 미래에 끌리겠느냐 하는 점도 있고, 여태껏 살아온 삶과 역사와 시간을 통해 익혀 온 안목이 예언 따위에 휘둘리지 않을 만큼 되었다는 뜻도 있다.

닥치지 않은 미래를 알고자 하는 인간의 호기심과 욕망은 제어할 수 없는 것인가. 그것은 하늘이 준 인간 존재의 유한성에서 비롯되는 것이리라. 세속의 예언은 그런 욕망과 인간 존재의 나약함에 기생하는 것인지도 모른다. 미래를 점치는 기술과 예언의 수요가 동서양 가릴 것 없이 넘쳐난다. 현대 과학 기술 사회라고 다르지 않다.

고대 그리스 신화 '판도라의 상자'는 인간의 미래를 알고 싶은 욕망, 즉 미래 불안이 본능처럼 강한 것임을 상징적 이야기로 보여 준다. 그리고 미래를 알게 된 인간이 얼마나 비극적으로 전락하는지를 동시에 보여 준다. 소망도 의지도 꿈도 사랑도 모두 상실한, 그런 인간을 볼 수 있을 뿐이다.

공중파 방송 등에 점집을 찾아 미래를 궁금해하는 사람들의 운명을 예언해 주는 장면이 늘어나고 있다. 젊은이들이 많이 모이는 곳에는 점집들도 성황이다. 웬만한 주점 거리에는 타로점을 보는 집들이 있다. 예언이란 일종의 족쇄와 같은 작용을 하는 것 아닐까 싶다. 일단 점술 예언을 수령하기로 하면, 어딘가에 갇히는 기분이 든다. 그걸 따르기로 작심하면 당장 부자유해진다. 그걸 따르지 않기로 마음먹으면 이번에는 마음 저 밑으로 불안의 강이 흐르는 듯하다.

사람들은 말한다. 점집을 찾아가서 자기 운명에 대한 예언을 구하면서도, 짐짓 그러는 자아를 변호하듯 변명을 준비한다. 점을 딱히 믿어서가 아니라, 그저 장난삼아 한번 가보는 것일 뿐이라고 말한다. 그 서성거림이 불안의 방증이다. 그 불안이란 자아 정체의 어떤 경계역에서 끊임없이 서성이는 미래 자아의 불투명한 그림자이다. 그림자는 자신의 무의식을 실어서 일렁이기도 한다. 불안 장애가 조금씩 심해지고 있는 현대인의 모습이다.

이 서성거림은 정신적 방황과는 다르다. 설령 같은 면이 있다 하더라도 예언을 기웃거리는 불안한 서성거림은 나쁜 방황이다. 미래 불안과 관련하여 자기의 운명 방향이 확실치 못해서 불안하게 왔다갔다 하는 것은 그 불안에 짓눌리는 것이다.

예언 앞에 나의 귀를 열 것인가 닫을 것인가. 예언을 들었을 때, 예언이 불가피하게 요청해 올 '방황'에 대해서 어떻게 대처할 것인가. 지적 고뇌와 더불어 자신의 운명과 대결하려는, 그런 방황과는 다를 수밖에 없다. 꾸준히 노력함으로써 생의 문제들을 초극했던 천재, 괴테의 명변(明辯)에 나는 순종한다.

"인간은 지향(志向)하는 한 방황한다. (Es irrt der Mensch, solang er strebt.)"

모음(母音)

갓난아기가 옹알이하는 소리에는 귀여운 모음들이 잔뜩 모여 있다. 아기의 옹알이 모음들은, 그 뜻을 알 수 없어도, 곱고 사랑스러운 청각 인상으로 우리의 귀를 간지럽힌다. 옹알이의 모음들은 밝음을 울림으로 전한다.

저승길 향하는 상여가 나갈 때 상두꾼들이 부르는 상두가(喪頭歌)의 후렴구들은 낮고 묵직한 모음들로 느리게 이어진다. 이 모음들은 깊은 강의 흐름과도 같은 슬픔을 울림으로 퍼지게 한다. 자음은 이내 사라져도 모음은 귓전에 내려앉아 오래 머문다.

사람의 말소리는 어느 나라 말이든 자음과 모음으로 이루어져 있다. 자음도 말소리이고 모음도 말소리이지만, 자음은 그 말소리가 입안에서 터져 나오려면 모음이 함께 있어야 한다. ㄱ ㄴ 등과 같은 자음은 그냥 제 혼자 있어서는 귀에 들리는 소리로 실현될 수 없다. 입안 발성 기관에 갇혀 있을 뿐이다. 'ㄱ'은 'ㅏ'에 업혀서 '가'라는 소리로 담겨 나오고, 'ㄴ'은 'ㅓ'에 업혀서 '너'라는 소리로 담겨 나온다.

요컨대 자음은 모음에 기대어서야, 비로소 사람이 들을 수 있는 현실

음운으로 태어나는 것이다. 그래서 '모음(母音)'이란 그 한자어가 보여 주듯이 어머니 역할을 하는 소리이다. '자음(子音)'이란, 그 한자어가 보여 주듯이 모음의 자식과도 같은 위치에 있는 소리이다.

모음은 순수한 우리말로 '홀소리'라 한다. '홀소리'는 다른 소리의 힘을 빌지 아니하고 홀로 능히 소리를 낸다는 뜻에서 지은 이름이다. 자음은 우리말로 '닿소리'라 한다. 자음은 모음에 가서 닿아야 비로소 소리가 날 수 있다고 해서 닿소리라 하는 것이다. 이렇듯 이름이 지어진 연유를 아는 사람은 그다지 많지 않다.

모음은 숨은 울음을 터트리게 한다. 모음은 갇히고 억눌린 감정을 해방한다. 아름다운 경탄의 시어는 모음의 날개 위에서 비상한다. 언어 사용에서 밝고 맑은 모음 체계가 발달한 이탈리아나 스페인의 가곡들은 친근하게 다가온다(돋들린다).

모음은 '열림의 힘'을 품고 있다. 그 열림은 더러 시로 태어나고 더러 노래로 태어난다. 모음이 있어서 노래는 창공에 띄워진다. 모음은 노래의 날개가 된다. 모음은 노래를 멀리 울려 퍼져 날아가게 한다. 세상의 모든 모음을 향하여 귀를 열자. 모음의 열림을 경험해 가는 동안 우리의 귀도 밝게 열릴 것이다.

환청(幻聽)

　세익스피어의 희곡 '맥베스'는 던컨 왕의 충직한 신하였던 맥베스가 악령의 유혹을 받아 왕위를 빼앗으려는 데서 빚어지는 비극 작품이다. 왕을 죽이는 데까지는 성공하지만, 이어서 밀어닥치는 극도의 죄의식과 불안은 멕베스의 귀에 환청을 들려준다.

"맥베스는 잠을 죽였다. 맥베스는 이제 잠들지 못한다."

　이 환청 때문일까. 맥베스는 못 잔다. 환청은 내면적 공포와 죄책감을 증폭하며, 그를 광기와 파멸로 몰고 간다.

　환청(幻聽, auditory hallucination)은 발생하지 않은 소리를 마치 현실의 소리인 양 느끼는 현상이다. 병리적 현상이다. 누군가 내 이름을 부르는 환청이 가장 흔하며, "나쁜 놈", "죽어라" 등의 폭력성 환청도 있다.

　어둡고 고립된 공간에서 귀신 소리를 들었던 환청 경험은 어렸을 적 누구나 한 번쯤 겪었던 일이다. 환청은 내가 내 안에서 만드는 소리를 내가 듣는 것이라 할 수 있다.

환청은 노래로도 들린다. 환청은 환시(幻視)와 겹쳐서 들리기도 한다. 환청은 고운 유혹에 휘둘리는 인간 본성을 증거하는 문화적 상징으로 자주 등장한다. 라인강 바위에 앉아 노래하는 금발의 여인 로렐라이, 그녀의 소리가 뱃사공들을 환청으로 이끌어서 강가 바위에 부딪혀 죽게 한다는 '로렐라이 전설'이 대표적이다. 이 전설은 독일 낭만주의 문학과 음악에서 널리 변용되었다.

그리스의 세이렌 신화 또한 고운 노래에 빠지는 치명적 환청 모티프가 작동한다. 물론 이들 전설과 신화는 인류가 공유하는 문화유산이 되었다.

환청을 꼭 병리의 개념으로만 간주해야 할 건 없다. 시적 인간이 되어 다가가면, 환청은 '긍정의 서정'으로 귀에 내려앉는다. 시인 박화목은 '보리밭 사잇길을 걷노라면 누군가 부르는 소리 있다'고 했다. 그래서 '돌아보면 아무도 보이지 않고, 빈 하늘 저녁노을만 들어온다'고 했다. 그게 환청이라 한들 나쁠 것 없다. 아름다운 환청이다.

악령(惡靈)이 저주하는 듯한 환청은 그 언젠가 내 인생이 지은 업(業)의 보답이라면, 선신(善神)이 사랑을 귓가에 대령시키는 것 같은 환청은 그 언젠가 내 인생이 만들었던 고운 인연의 환기라고 해야 할까. 그도 저도 아무것도 들리지 않는 인생 황혼의 계단은 무슨 소리로 벗을 삼아서 나아가야 할까.

인생을 이만치 살아오면서 애틋하고 정겨운 환청 하나도 귀 안에 쟁여 두지 못했는가. 그대는 어떠한가.

약이 듣는다

석학 이어령 선생이 한국어의 묘미를 말씀하시면서 기가 막힌 예를 들었던 게 생각난다. 말씀인즉, 한국 사람들이 먹는 것 중에는 음식 말고도 '마음'이 있다는 것이다. '마음을 먹는다'라는 표현이 바로 그것인데, 이 표현을 곰곰 씹어 보면 그야말로 한국인의 마음이 보인다.

세상에 먹을 것이 얼마나 많은데, 그 많은 것 중에 '마음을' 먹느냐는 것이다. 100만 명 이상이 사용하는 지구촌 240개 언어 중에 '마음을 먹는다'라는 표현을 한국어 말고는 보지 못했다고 했다.

아시다시피, '마음을 먹는다'는 결심한다는 뜻이다. 그러나 양자는 의미의 결이 좀 다르다. 마음을 먹어버렸다고 하면 어떤 결심을 더 확실하게 몸으로 체화(體化)한다는 느낌이 들기 때문이다.

그뿐만 아니라 결심하는 주체의 의지가 우뚝 강화되는 느낌이 들기도 한다. 무엇보다도 '마음을 먹는다'에는, 그렇게 말하는 순간 요지부동 변할 수 없는 그 무엇이 되어 버린 '결심의 내용'이 있다. 이미 먹어버렸으므로 어쩔 도리가 없는 것이다. 토해낼 수도 없고….

한국인의 심리와 정서와 세계관이 담긴 이런 표현들은 언어인류학적으로도 그 의미가 도드라진다. 이와 마찬가지로 '듣는다'에도 말의 묘미를 느껴 본다. 어떤 약을 써서, 그 약의 효험이 나타나면, '약(藥)이 듣는다'라는 매력적 표현이 있지 않았던가. 약의 효험이 아주 뛰어나면, '약이 잘 듣는다'라고도 한다. 약(藥)이 듣다니, 약도 사람처럼 청각 기능이 있다는 말인가.

우리 한국인은 사람과 사물 사이의 상호작용을 인식하는 데에도, 듣거나 먹거나 만지거나 하는 등 감각의 통로에 많이 기대는 편이다. 약이 사람에게 효험을 나타내는 작용, 즉 약과 사람 사이의 상호작용을 두고도, '약이 사람에게 듣는다'라는 방식으로 생각하고 표현한다. 생각하기에 따라서는, '사람이 약에게 듣는다'로 새겨도 괜찮겠다. 해석이 더욱 풍부해진다고나 할까.

마치 사람과 약 사이에 청각적 소통이 있는 것처럼 생각하는 것이다. 물론 "약이 듣지 않는다"라는 표현도 쓴다. 이럴 때 '듣는다'라는 말에는 '서로 잘 호응한다', '상대를 잘 품는다' 등의 뜻까지 있다. 이쯤 되면 '듣는다'라는 말을 사용하는 저 심층에 숨어 있는 '말뜻의 효능'을 눈치챌 수 있겠다.

복잡한 인간사(人間事)에서 그 어떤 '긍정의 솔루션'을 깊숙이 품고 있는 말이 '듣는다'이다. 그걸 알겠다.

객석

그리스 아테네에서 코린트 남쪽 60km 지점에 있는 에피다우로스 원형 극장은 내가 경험했던 객석 중 매우 인상적이었다. 기원전 4세기에 지은 이 극장은 거대한 좌우 대칭의 아름다움이 돋보였다. 원래는 33계단의 원형 객석 열을 로마 시대에 55계단으로 확장하여, 엄청나게 넓고 높고 큰 규모였다.

무엇보다도 에피다우로스 원형 극장은 중앙 하단의 무대에서 내는 소리를 극장의 전 객석 공간에 전달하는 효능이 신비로웠다. 객석의 규모가 엄청나서, 얼핏 보아도 성능 좋은 마이크와 스피커를 사용해야 할 것 같았음에도, 그렇지 않았다. 자연 그대로의 소리나 육성을 객석 끝까지 전달하는 효과가 신비로웠다.

여행을 안내하는 사람이 실험도 해 볼 겸 나에게 노래를 불러보라고 한다. 나는 이수인 선생이 지은 우리 가곡 '내 맘의 강물'을 조용히 불러보았다. 극장 객석 뒤쪽 좌우 끝머리 앉아 있던 외국인 관광객들이 작은 박수로 호응을 해 주었다. 잘 들린다는 걸 확인할 수 있었다.

나는 문득 여기서 콘서트가 열리면, 이 객석들은 어디가 로열석이 되고, 어디쯤이 S석이 되고, 또 어디쯤이 A석이나 B석이 될까 짚어 보았다. 무대 위의 공연 장면은 보지 않고, 순전히 듣기에만 몰입하기로 한다면, 어디든 큰 차이는 없다고 여행 가이드는 말한다.

현대의 콘서트장은 연주의 질적 정교함을 객석에 전달하기 위해 고도의 기술 설비로 무장되어 있다. 객석의 청각 조건도 더욱 섬세하게 진화하고 있다. 세계의 유명 오페라단이나 오케스트라의 내한 공연이 있으면, 객석은 그 등급에 따라 현저한 가격 가치로 사람들의 기를 살리기도 하고 기를 죽이기도 한다.

어쨌든 음악 예술의 수준 높은 향유를 통하여 문화적 자아를 고양하려는 사람들에게 고급의 객석은 언제나 꿈의 자리이다. 객석의 가치를 이런 고정관념으로만 받아들이다가 나는 얼마 전 살짝 충격을 받았다. 모차르트의 '플룻과 하프를 위한 협주곡 2악장(Concerto for Flute and Harp K299-2nd Movement)' 연주를 들려주는 어떤 유튜브에 다음과 같은 댓글이 달린 걸 보았다.

"저는 세종문화회관에서 청소 일을 하는데 제 직업 애기를 하려는 게 아니라, 제가 요즘 얼마나 음악을 사랑하게 되었는지를 이야기하고 싶습니다. 세종문화회관에서 모차르트 뮤지컬을 요즘 하는데, 저는 직접 뮤지컬을 보지는 못해도, 일하다 음악이 흘러나오면 가슴이 뭉클하답니다. 눈물도 나와요. 모차르트가 내 마음속에 그려지는

좋은 객석은 과연 어디에 있는가. 물론 콘서트장 안에 있다. 거기에
S석도 있고, A석도 있다. 좋은 감상을 위해 누구나 좋은 자리를 원한
다. 자리를 위해 돈을 아끼지 않는다. 그런데 좋은 객석은 그곳에만 있
는 것이 아님을 보았다. 소중한 것은 '듣는 자리' 이전에 '들으려는 마
음'이었다. 음악을 사랑하는 사람의 '마음 안에 있는 객석'이 내 눈에 들
어온 것이다.

박수 소리와 침묵 듣기

넓은 강당 단상에서 나는 연설을 한다. 박수의 물결이 강당을 덮는다. 내가 손을 흔들자 박수는 천둥으로 변한다. 정신을 못 차리겠다. 나는 구름 위로 둥실 치솟는다. 환각인가 싶더니, 일순 급전직하한다. 놀라 깨니 꿈이다. 어딘가, 여기가? 정신 차려서 보니, 내일 아침 소백산 오르려고 투숙했던 희방사 계곡 숙소 방이다.

그런데, 박수 소리는 계속 들린다. 들어보니 계곡의 물소리다. '물 흐르듯 번지는 박수 소리!' 그런 상투적 수사도 있었다. 언어로 먼저 만나고, 뒤에 체험으로 진짜를 배운다. 현대인의 듣는 경험이 대개 그러하다. 나는 왜 이런 꿈을 꾸었을까. 권력 무의식이 노출된 걸까.

'박수'를 검색해 보았다. '박수 치기'는 넘치지만, '박수 듣기'는 검색어로 등장조차 않는다. 함민복 시인이 "박수에 떠밀려 앞으로 나갔다"라는 시적 고백이 한 조각 보일 뿐이다. 박수는 억압으로 들을 수도 있어야 한다. 박수는 전체주의 집단 선동에 동원되는 숨은 기제다. 나치 집회의 일사불란한 박수에서 박수치지 않는 자는 반동이다. 박수를 유도하는 박수 바람잡이는 또 얼마나 많은가.

박수를 환희로 듣는 것도 마냥 좋다고만 할 수는 없다, 박수 중독, 그 환각이 무섭기 때문이다. 정치권력의 구심에 섰던 사람들이 잊지 못하는 환상의 유혹은 유세장에서 들려오던 박수라고 하지 않는가. 박수는 누가 치는가. 불특정 다수의 실체가 '박수치는 군중'이 아닐까. 그들은 나를 책임지지 않는다. 박수는 일종의 소비재이다. 그 장면을 감정으로 소비하는 대중의 소모품일 수도 있다.

정치의 중심에서 영욕의 길을 다 걸었던 한 노정객은 만년에 자신의 정치를 허업(虛業)이라 했다. 박수에 중독이 된 사람들, 박수 소리가 허성(虛聲)임을 알았을 때는 이미 중요한 것을 다 잃어버렸다. 나는 지금 어떤 박수를 듣고 있는가. 박수칠 때 떠나라.

1960년대 말 미국의 팝송 보컬 사이먼과 가펑클(Simon and Garfunkel)이 불러 세계적인 명성을 누리며 고전의 반열에 오른 노래 '침묵의 소리(The Sound of Silence)'는 가사의 의미가 자못 중층적(重層的)이고 철학적이다. 짙은 어둠 속에서 생각에 묻혀 침묵이 전하는 소리를 들어보라는 메시지가 전경(前景)으로 놓인다. 대화의 진정함이 사라지고, 말이 타락하는 인간 군상(people talking without speaking/ people hearing without listening)을 지적하며 침묵의 가치를 암시하기도 한다. '침묵의 소리를 듣는 경지'가 무엇인지를 생각하게 한다.

'침묵'은 자연 세계의 '고요함(적막함)'과는 달리 인간의 의지적 소산으로 생겨난 '무음 상태'이다. 그래서 침묵은 인간 존재의 의미심장함을 깨닫게 하고, 피할 수 없이 철학적 반성을 향하게 한다. 자발적 침묵이든 강요된 침묵이든, 인간의 침묵은 성찰의 주제로 직결된다. 침묵은 세계의 부조리에 대한 인간의 고뇌가 깊어질 때, 생각이 고여 드는 깊은 저수지이다.

말하지 않음으로써 말한다는 '침묵의 대변성(代辯性)'은 곧 침묵의 힘이기도 하다. 비평가 토머스 칼라일(Thomas Carlyle, 1795-1881)이 남긴 명언, "웅변은 은이요, 침묵은 금이다"를 말하기의 지혜로만 여기는 것은 하나만 알고 둘은 모르는 인식이다. 이는 듣기의 지혜로도 유효하다.

그 누군가의 침묵을 들어야 할 때, 듣는 쪽에서도 다소간 '침묵의 말미'를 가지면 어떨까. 상대의 침묵을 다그치지 말고, 그 침묵의 내용을 즉각 포획하려 들지 말았으면 한다. 듣는 쪽에서도 상대의 침묵을 내 안에서 우려내어 생각해 보면 어떨까. 그의 메시지에 매달리기보다는 그의 인간적 고뇌를 헤아려 보는 쪽으로 나의 듣는 태도를 정해 나가면 어떨까?

세상의 말은 '백색의 자극성'을 더해 가고, 말의 기술은 더욱 교묘하여, 아무 맥락에나 내 편의 선전 선동을 집어넣으려고 기를 쓴다. 침묵이 없으니 침묵을 들을 기회도, 배울 기회도 없다. 자라는 세대가 무엇을 배울까. 학교 교육과정이 '침묵 배우기'의 길을 보여 줄 수는 없을까.

"들리지 않게 하소서"

6·25 때 북한 동포들이 공산 치하를 버리고 국군을 따라서 대거 남으로 피난을 온 것은 1951년 1·4 후퇴 때였다. 압록강까지 진격했던 국군과 유엔군이 중공군의 개입으로 후퇴하면서 다시 서울을 내어주던 때가 그해 1월 4일이었다.

아군의 후퇴로 전선은 흩어진다. 오늘까지 국군의 지역이지만 하룻밤 사이에 적군이 들어온다. 국군만을 따라 내려오던 피난민들은 목숨이 오가는 위태로움에 직면한다. 저들에게 들키지 않고 여길 벗어나야 한다. 밤을 도와 강을 건너고, 길을 버리고 험준한 능선을 넘는다.

피난민들의 수많은 증언 가운데 그 숨 막히는 탈출의 과정을 괴롭게 회상하는 대목은 우리를 슬프게 한다. 숲에서 밤 되기를 기다리다 몰래 내를 건너려 하는데, 멀지 않은 곳에 인민군 경계병이 있다.

그 순간 갓난아기가 운다. 들키면 가족 모두가 죽는다. 아비는 아기의 입을 틀어막고, 아기의 소리를 죽인다. 소리가 죽어야 사람이 산다. 그래도 터져 나오는 아기의 울음소리를 어쩌지 못해 아기를 가볍게 기절시키는 방도를 취했다는 증언도 있다. "들리지 않게 하소서! 저들이 듣지 못하게 하소서!" 그 간구가 얼마나 절박했겠는가.

그러나, 어찌 모든 것이 무사하기만 했겠는가. 아기의 소리를 죽이려다가 아기를 죽음에 이르게 했다는 이야기는 차마 들을 수가 없는 이야기에 속한다. 실제로 겪었으면서도 증언하지 못하는 경우는 또 얼마나 많겠는가. 그 죄스러움과 그 자책의 회한을 어찌 감당하겠는가. 전쟁은 세월을 미쳐 돌아가게 한다. 사람들이 미친다고 해야 할 걸 에둘러 그렇게 변명한 말일 수밖에 없다.

탈북자들이 중국·동남아를 거치며 사선을 넘을 때, 곳곳에 들킬 위기를 겪으면서 소리 내지 않으려고, 들리지 않게 하려고, 숨을 죽였다는 증언도 허다하다. 상대의 '듣는 행위'가 내게는 극한의 공포로 다가오다니!

누군가 들으라고 내는 사람의 말소리는 내쉬는 숨, 즉 날숨에 의지하여 밖으로 나온다. 따라서 '말소리 죽이다'와 '숨을 죽이다'는 생리학적으로는 같은 현상이고, 의미론적으로는 동의어이다. 소리를 오래 죽이면 사람의 숨이 죽게 된다.

그러함에도 불구하고 '들리지 않게 하소서'를 간절한 부르짖음으로 삼키는 안타까운 사람들이 지금 이 순간도 세상 곳곳에 있으리라.

독백(獨白)

여기 한 인간이 있다. 그가 자기를 향해서 묻고 있다. 아니, 자기가 자기에게 고백하고 있다. 진지하고 고통스럽게 고백하고 있다. 그 물음은 모순과 부조리 속에 있는 자아를 향해서 토해내는, 꾸밈없는 심경 토로에 가까운 것이므로 굳이 현실적인 답을 찾아가는 물음은 아니다. 그러한 마음자리에 피어날 수 있는 것이 바로 독백이다.

"내가 무엇을 해야 할까? 무엇을 하면 좋을까? 내가 무엇을 하면 더 행복해질까? 이 세상은 무엇이 진리이고 무엇이 거짓인가?" (희곡 '맥베스'에서 주인공의 독백)

세익스피어의 연극 '맥베스'에서 주인공 맥베스가 하는 위의 독백 또한 그러하다. 맥베스는 왕을 죽이고 권력을 취하라는 부인의 유혹에, 두려워하면서도 조금씩 자신의 욕망을 정화한다. 동시에 이 무서운 죄악으로부터 도망가려는 양심적 고통에 괴로워한다. 그 갈등의 마음자리에서 이런 독백이 생겨난다.

독백의 전언(傳言)은 그 자체로 철학적이다. 심오하게 철학적이다. 욕망과 죄악을 향한 독백이어도 철학적이고, 양심과 반성을 향하는 독백이어도 마찬가지이다. 자아의 실존에 관한, 자신의 행위에 대한, 그리고 운명에 대한, 숨길 수 없는(또는 견딜 수 없는) 자기 인식을 표명하는 것이 독백이기 때문이다.

그러므로 독백에 거짓은 없다. 보여 주기 위한 독백은 독백이 아니다. 그런데 세상에는 독백을 쇼처럼 하고 다니는 사람도 있다. 디지털 SNS 생태가 소통의 매개를 복잡하게 거느리며 소통을 왜곡하게 되니까, 독백까지도 왜곡되는 것이다. 가짜 독백 쇼가 미디어 생태의 소통을 오염하기도 한다. 악순환이다.

약한 인간이 알 수 없는 운명의 행로에서, 세상과 인생에 대한 회한의 각성을 담아내는 독백은 경이롭고 감동적이다. 《삼국지연의(三國志演義)》에서 오나라의 명장 주유(周瑜)가 전쟁과 외교의 경로에서 애증(愛憎)과 갈등으로 승부를 겨루어 왔던 촉나라의 제갈량(諸葛亮)을 끝내 이기지 못하고 죽음을 맞으며 했다는 독백이 그러하다.

"아 하늘이여, 이미 이 주유를 세상에 내시고, 어찌하여
또 제갈량을 내었단 말인가. (既生瑜, 何生亮)"

이 대목은 이 책의 '탄식' 장에서도 언급한 바 있다. 현실에서 일어나는 독백의 상당 부분은 탄식의 정황과 맞물려 있음을 알 수 있다. 인간은 극한의 절망 상황에서 내가 나를 부르고, 내가 나를 듣는다. 가장 솔직한 메시지이며, 가장 순수한 듣기이다.

여기까지 언급한 독백은 연극이나 소설에 있는 독백이다. 극장 객석에서 배우의 독백을 듣는 것도 듣기의 중요한 경험을 쌓게 하지만, 그 못지않게 중요한 것은 일상 현실에서 독백을 들을 수 있는 능력이다. 누가 지금 자기도 모르는 사이 터져 나오는 독백을 하고 있다. 그 독백에는 너무도 절절한 현실의 아픔이나 어려움을 감당해 온 발자국이 있다. 그 아픔을 차마 남에게는 하지 못하고, 가녀린 자존심으로 자신을 감싸가며 토하는 독백이다.

그래서 일상 현실의 독백은 잘 드러나지 않는다. 깊이 숨어 있다, 공감이 약한 사람에게는 이런 이웃의 독백이 잘 들리지 않는다. 모든 독백에는 그 나름의 경이(驚異)가 숨어 있다. 그것을 들을 수 있어야 한다.

귀곡성(鬼哭聲)

　최고의 남성 트로트 가수를 뽑는 모 방송사의 '미스터 트롯' 프로그램에 국악 가수 출신인 김준수 씨가 '대동강 편지'를 불렀다. 김준수의 노래를 듣고 난 뒤 심사위원인 가수 주현미 씨가 어떤 대목에서 귀곡성(鬼哭聲)이 들리는 것 같다고 평했다.

　대단한 찬상의 평이 아닐 수 없다. 그러면서 주현미 씨는 자신이 젊었을 때 어떤 무대에서 노래를 불렀는데, 평생 국악을 해 오신 그 자리의 어르신 선생님이 해 주신 말씀을 이렇게 기억했다.

　"자네는 대중가요 가수인데, 자네 노랫소리 안에 귀곡성이 들린다."

　귀곡성, 글자 뜻 그대로 귀신이 곡(哭)하며 우는 소리이다. 귀신이 있다는 말도 믿기지 않지만, 그 귀신이 곡을 하며 운다니 이는 더욱 초현실이다. 그런데 그 우는 소리를 듣기까지 한다니 놀랍다. 어떻게 노래해야 귀곡성이 되며, 또 어떤 귀를 가져야 귀곡성을 듣는단 말인가.

　일반적으로 귀곡성이란 표현은 수사적 과장으로 여겨진다. 예컨대, 계곡의 바람 소리가 귀곡성처럼 무시무시하게 들린다고 할 때가 그러하다. 그래도 귀곡성이란 남다른 듣기의 상상력이 발동해야 들을 수 있는 경지임은 틀림없다.

그런데, 판소리 성음(聲音) 가운데는 귀곡성(鬼哭聲) 창법이란 것이 있다. 귀곡성 창법은 구슬픈 감정을 표현할 때 사용하는 목소리 구성의 방식이다. 판소리 춘향가 중에서 옥중 춘향을 묘사할 때 나오는 노래에 귀곡성이 깃들 만하다. 옛 명창 송흥록이 이 대목을 잘 불렀다고 한다.

귀곡성은 평상의 인간 감각이 감당할 수 없는, 초월적 영감을 담은 소리다. 존재를 무너뜨리는 두려움으로 다가오는 소리, 운명적 예감으로 나를 가두는 소리, 경이로운 찬탄으로 고양되는 소리, 이 모두가 귀곡성의 모습이리라. 이를 들을 수 있는 인간 또한 초월적 영성의 소유자라 할 것이다. 귀곡성을 각성한다 함은 아마도 이런 경지이리라. 그것은 듣는 행위의 최상에 모종의 경건과 거룩이 숨어 있음을 느끼게 한다.

인간 세계에서 만들어지고 운위되는 귀신 소리는 결국 인간의 소리로 수렴되는 것이다. 인간의 듣기가 가닿을 수 있는 초인간의 경지에 있는 상상의 소리라 해도 좋겠다. 그것도 다 인간의 소리와 결부되는 것이니, 귀곡성의 경이로움을 가끔은 들을 수 있어야 할 것이다.

제3부

듣기의 윤리학, 듣는 인간으로 바로서기

해석학자 가다머(Hans-Georg Gadamer, 1900-2002)는
그의 저서 《언어와 진리》에서 말한다.
"말은 무엇인가를 감추는 힘뿐만이 아니라,
자기 스스로를 감추는 힘을 가지고 있다."
감추는 말은 거짓을 쌓는다. 자기를 자꾸 감추다 보면,
내가 무엇을 감추었는지를 감추게 된다.
거짓말을 한 사람이 자신의 거짓말을
진실인 양 믿게 되는 데에 이르게 하는 것도 말의 힘이다.

엿듣다

　'듣는 행위' 가운데 거의 유일하게 부정적 기능을 하는 것으로 '엿듣다'가 있다. '엿듣다'에는 나쁜 의도가 개입했거나, 장차 나쁜 수단으로 쓰일 여지가 들어 있다.

　상대방 몰래 은밀하게 듣는 행위가 '엿듣다'다. 한자어로는 도청(盜聽)이다. 도청이라면 기술적 장비를 이용한 몰래 듣기를 연상하지만, 원래의 '도청하다'의 원형은 벽 뒤에 숨어서, 안에 있는 사람의 말소리를 맨귀로 몰래 듣는 장면이라 하겠다. 그러므로 '엿듣다'와 '도청', 이 두 말은 다르지 않다. '엿듣다' 안에는 '기계에 의한 도청'도 엄연히 포함된다.

　'엿듣다'에는 두 가지 정황이 있다. 하나는 우연히 지나기다가 안에서 나오는 말소리를 듣고 그것에 귀를 기울이는 정황이다. 몰래 들으려는 의도가 있었던 것은 아니다. 영어에서는 이를 'Overhear(우연히 듣다)'라고 한다. 다른 하나의 정황은 의도적으로 몰래 엿듣는 것이다. 남의 비밀을 캐어서 협박하거나, 남의 사생활에 간섭하려는 부정적 뉘앙스가 강하다. 'Overhear'와 구분하여 'Eavesdrop'라는 말을 쓴다.

지나가다가 우연히 엿듣게 되었다(Overhear) 하더라도 여기에 끼어드는 순간, 악마의 손길이 나를 휘감는다. 그냥 지나갔으면 될 일을, 멈추고 엿듣는 데서, 그래서 남의 비밀을 알게 되는 데서부터 온갖 나쁜 유혹에 시달리며 불행의 늪에 빠져든다. '나만 알고 있는 남의 비밀'은 재앙이 되기 쉽다.

더구나 이 비밀을 가지고 상대를 내 뜻대로 조종하고 싶은 욕망이 생긴다면, 그것은 악마가 나를 조종하려는 '악마의 욕망'이라 불러도 좋다. 남의 비밀 캐내어 그걸로 장사를 하려는 전문 정보꾼들이 쥐도 새도 모르게 살해당하는 장면은 첩보 영화의 단골 메뉴이다. 그건 영화에나 있는 거라고? 그렇지 않다. 현실의 리얼을 소재로 취하는 영화가 공감적 흥행을 보장받는다.

고의적 의도적 엿듣기(Eavesdrop)도 지옥행 고통을 운명적으로 불러들이는 데서는, '우연이 엿듣기(Overhear)'를 압도하고도 남는다. 상대를 해치려는 나쁜 의도를 기획하여 '엿듣다'에 몰입하는 것은 상대를 파멸로 몰기 위한 공작에 적극적으로 가담하는 일이니 단연코 비윤리적이다. 아무리 생생한 증거라 하더라도 그것이 도청으로(엿들어서) 얻어낸 것이라면, 법정에서는 증거로 채택되지 않는다.

고의적 의도적 엿듣기(Eavesdrop) 중에도 한층 더 고약한 엿듣기가 있다. 그것은 엿들을 내용을 미리 조작해서 말하는 동안, 방 밖에서는 누군가 이것을 진짜 비밀 내용인 줄 알고 엿듣게 만드는 것이다. 고단수 모략극의 꼭대기에 '엿듣기 연출'이라는 범죄가 있는 것이다. 셰익

스피어의 비극 '오셀로(Othello)'에서 이를 볼 수 있다.

이 비극의 주인공 오셀로 장군은 귀족 여인 데스데모나(Desdemona)와 결혼하는데, 그의 부하 이아고(Iago)는 질투와 시기로 오셀로를 파멸시키려 한다. 이아고는 오셀로에게 아내 데스데모나가 부정하다고 믿게 만들기 위해 '엿듣기 상황'을 교묘히 연출한다. 이아고는 오셀로를 방 뒤에서 엿듣게 하고, 자신은 캐시오(Cassio)라는 인물과 대화하면서, 밖에서 들으면 캐시오가 마치 데스데모나를 좋아하는 것인 양 들리도록 대화를 이끌어 간다.

그러나 실제로 캐시오는 다른 여인(비앙카) 이야기를 하고 있었음에도 오셀로는 이들의 대화를 엿듣고 아내 데스데모나가 부정하다고 오해한다. 질투에 눈이 먼 오셀로는 데스데모나를 살해한다. 이로부터 오셀로 장군을 비롯한 많은 인물의 운명적 파탄이 일어난다.

'엿듣다'에서 발원하여 이 비극을 관류하는 인간의 어리석음과 간교함과 내면 고통의 흐름을 볼 수 있다. '엿듣다'는 역사를 출렁거리게도 한다. 엿듣기로 인하여 역사는 모반을 일으키기도 하고 모반을 뒤집기도 한다.

우연이든 고의이든 어느 쪽 엿듣기든, '엿듣기'는 인간의 운명적 불행에 깊이 관여한다. '모르는 게 약이다'라는 속언이 이토록 오래 소박한 지혜로 받아들여지는 데에는 이 말이 '엿듣다'의 악령을 물리치는 힘을 갖고 있기 때문이라 하겠다.

우기는 자를 만났을 때

귀신 이야기에 끼어들어 본 적이 있는가. 귀신은 사람과는 무관한 존재인 듯 싶지만, 알고 보면 사람과 불가분의 관계에 있다. 인간을 존재론 차원에서 이해하려 할 때, 귀신의 존재는 불가피하게 끼어든다. '귀신은 있는가, 없는가' 하는 주제는 인간의 심리와 사회에 언제나 따라붙는다. 그만큼 귀신 논쟁에 끼어들어 보지 않은 사람 또한 없을 것이다. 대개 이런 귀신 논쟁은 공식적이라기보다는 비공식적인 논제로 우리 일상에 끼어든다.

대학 시절 나는 당시 어떤 분이 독지(篤志)로 세우신 장학 기숙사에서 지냈다. 고등학교 때부터 알고 지내 온 선후배들 30여 명이 서울로 진학하여 서로 허물없이 생활하는 기숙사였다. 그때 우리는 밤에 심심풀이 삼아 비공식적인 토론을 벌였는데, 그 주제 중의 하나가 '귀신이 있느냐, 없느냐'하는 것이었다. 애초에 본격 토론을 염두에 둔 것이 아니라, 어쩌다 보니 시작한 것이었지만 제법 열띤 토론의 양상으로 이어지곤 했다.

각기 전공이 다른 대학생들이라, 그럴듯한 근거와 가능성이 찬반 양

편으로부터 동원되기도 했지만, 결말은 우기는 방식으로 흘러갔다. 찬성편에서는 궁지에 몰리면 "내가 귀신을 직접 보았다"라고 주장한다. 반대쪽에서, 네가 직접 본 것을 너 외에 누가 객관적으로 증언해 줄 수 있느냐고 되물으면, 내가 보았다는 것만큼 확실한 증거가 어디에 있느냐. 나를 거짓말쟁이로 보는 거냐. 나를 인격적으로 신뢰하지 않는다는 거냐, 뭐 이런 식으로 흘러가는 것이다.

그렇게 되니 귀신 없다는 쪽에서도 "나는 귀신이 없는 것을 직접 보았다"라고 우긴다. 없는 것을 어떻게 직접 보느냐. 그게 말이 되느냐 하고 되물으면, 찬성편의 말투를 빌려와서 그대로 되돌려 준다. 여기 있는 내가 직접 보지 못했다는데, 그것만큼 확실한 증거가 어디에 있느냐. 나를 인격적으로 신뢰하지 않는다는 거냐. 섭섭하다.

물론 이렇게 되는 데에는, 이것이 본격 토론 대회도 아니고, 친구들 사이에 농담 반 진담 반으로 시작했던 대화라는 점이 있다. 굳이 공식적인 무게를 갖는 토론은 아니니까, 저런 우기기가 들어올 수도 있다. 그러면 공식적이 아닌 토론 장면에서는 우기는 걸 인정해도 된단 말인가. 그건 아니다. 아무리 비공식 상황이라도 개그 행위가 아닌, 토론의 행위라면 '우기다'의 방식은 안 된다.

그런데 이렇게 우기는 식으로 흘러가는 과정에도 두 가지 양상을 주목할 수 있었다. 하나는, 찬반 입지가 분명했던 만큼, 서로 질 수는 없다는 강박 관념이 작용했다. 강박은 처음에는 약했지만, 시간이 흐를수록 강해졌다. 다른 하나는, 처음부터 '우기다'가 등장하지는 않았다는 점이다. 초반에는 비교적 합리적 근거와 사례들이 동원되었다. 상대가 제시하는 근거와 사례들을 조금도 허용하지 않으려 하면서부터, 우기고 보자는 심리가 점점 커졌다.

‘우기다’는 말뜻의 핵심은 ‘억지를 부린다’는 데에 있다. 표준국어대사전은 ‘우기다’의 뜻을 ‘억지를 부려 제 의견을 고집스럽게 내세우는 행동’이라고 풀이한다. 억지는 아차 하는 순간, 언어폭력이 된다. 우기다 보면, 상대에게 모욕이 가게 된다. “내가 몇 번이나 말했습니까? 도대체 한국말도 못 알아먹습니까?” 이런 언어폭력이 아주 자연스럽게 나온다. 이런 사람일수록 자신이 우긴다는 것을 모른다. 잘못은 상대에게 있고, 자신은 옳으니, 당연히 우길 수밖에 없다고 믿는다.

이제는 신조어가 되다시피 한 ‘내로남불(내가 하면 로맨스, 남이 하면 불륜)’도, 그 행위의 바탕에 ‘우기다’가 작동하고 있다. 나(내 편)는 절대적으로 선하고, 너(상대편)는 악하니, 나는 너에 대해서 무조건 옳다. 이렇게 믿고, 행동하고, 자신을 합리화하고, 우기는 것이 ‘내로남불’이다. 이미 나의 잘못과 억지스러움이 세상에 드러났는데도, 본인만 모른다. 본인은 우긴다고 생각하지 않는 것이다. 물론 우기는 동안에는 반성이나 부끄러움은 생겨날 수가 없다. 그래서 ‘내로남불’은 아이러니(irony)의 모습을 띤다. 우화 ‘벌거벗은 임금님’이 현실이 되어 바로 여기에 있는 것이다.

‘우기다’는 윤리적으로도 함정이 많다. 내가 나를 속이는 자기기만

(自己欺瞞)이 들어 있기 때문이다. 자신이 틀린 것을 알고 있으면서도, 억지를 부려 자기를 고집스럽게 내세우며 우긴다. 내가 나를 속이는 것이다. 그렇다면 자신이 틀린 줄 모르는 상태에서 억지를 부려, 제 의견을 고집스럽게 내세우는 것도 '우기다'인가. 전자와 후자를 같은 '우기다'로 다루는 것은 불공평하지 않은가. 이런 문제 제기에 대해서 국립국어원은, 자신이 틀린 것을 모르는 상태에서 억지를 부리는 행위에 대해서도 '우기다'라는 말을 쓸 수 있다고 했다. (국립국어원/ '온라인 가나다')

왜 우기게 되는가. 이유야 많겠지만, 토론 상황에서 보면, 주어진 문제(주제)에 대한 지적 준비도가 낮기 때문이다. 상대의 반론에 대해서 재반론을 하면서 새로운 근거나 이유를 대지 못하면서, 했던 이야기를 반복한다. 상대의 집요한 공격에 대해서 새로운 프레임으로 탈출구를 만들지 못하면서, 했던 이야기를 반복한다. 했던 이야기의 반복이란 무엇인가. 그것이 '우기다'의 전조 현상이 되는 것이다.

지적 준비도가 높은 사람은 '지적 겸손(intellectual humility)'에 눈을 뜬다. 지적 준비도가 높은 사람은 언성을 높여 우겨야 할 필요가 없다. 엘리자베스 크럼레이 멘쿠소(Elizabeth Krumrei-Mancuso) 미국 페퍼다인대학 교수가 국제학술지 '긍정심리학'에 발표한 연구에 따르면, 지적 겸손이 있는 사람은 그렇지 않은 사람에 비해 참과 거짓을 잘 구분하고, 자기가 맞다고 우기면서 목소리를 높이는 일이 적다. 반대로 지적 겸손이 부족한 사람은 시시비비를 잘 가리지도 못하면서, 사람들

앞에서 자기가 맞다고 우기는 일이 많다. ('박진영의 사회심리학'에서 재인용, 동아사이언스 2019)

정답은 오직 하나라고 교육받은 사람도 위험하다. 그도 역시 우기는 스타일로 살아갈 가능성이 크다. 대안이 없는 사람은 줄기차게 정답 하나만을 고수할 수밖에 없다. 정답 하나만을 고수하는 것, 그것이 곧 우기는 행동 방식을 만든다. 지식도 지식이지만 사람을 이해하는 방식에서도 단순하게 한 가지 방식으로 굳어지는 것, 그것이 곧 우기는 행동 방식을 만든다. 파주 신도시 신설 학교로 신규 발령을 받아 간, 나의 제자 L 교사는 5학년 담임을 맡아, 학급 급훈을 이렇게 정했단다. '그럴 수도 있지 뭐!'

그렇다. '우기는 인간'을 키울 수는 없다. '우기는 사람'을 위한 변명은 없을까. 대체로 말할 내용을 두고 우기는 경우보다는, 말할 상대를 두고 우기는 경우가 더 많다고 한다. 즉, 그는 나로 인해서(나는 의도하지 않았지만), 상처와 열패를 입었던 사람인지도 모른다. 요즘 유행하는 말로 나로 인해서 '의문의 일패(一敗)'를 여러 번 당했던 사람일 수 있다. 더구나 여러 사람 앞에서 당하였다면, 그는 내가 미웠을 것이다. 나에게 우겨서라도 이기고 싶었을 것이다.

'우기는 인물'이 개성 있는 캐릭터로 받아들여지는 세태이다. 정치판도 우기기 만능이다. 우겨서라도 판을 뒤집을 수 있다면 우기지 못할 게 뭐 있느냐. 그렇게 당당하다. 가증스러운 것은 그걸 합법과 합리로 가장하는 것이다. 우겨서 이기려는 정치는 하류 중에 하류 정치다. 공정과 합리를 무너뜨리기 때문이다.

우기는 이들은 잘못이 드러나도 부끄러움이 없다. 각 선거 캠프는 우겨서라도 상대를 이겨야 한다고 스스로 최면을 건다. 싸움이 치열할수록 '우기는 강경파'가 득세한다. 강경파에도 클래스가 있다. 메시지 내용이 강경한 것은, 오류가 아닌 한, 있을 수 있다. 그러나 잘못된 메시지 내용을 계속 우기며 옳다고 강변하는 강경파는 안쓰럽다. 우기면 이기는 세상은 삼류 세상이다.

'우기다'는 정책을 위험하게 한다. 우기는 정책은 저절로 무너진다. 우기기 시작하는 순간 정책의 유연성과 합리성이 졸지에 사라지기 때문이다. 우겨서 이기는 순간은 그저 잠깐이다. 일시적 착시현상일 뿐, 지는 길로 가는 티켓을 예약하는 것이다. 그러함에도 어려움에 몰릴수록 우겨서라도 이기고 싶은 유혹에 빠진다. 우기는 것만큼 중독성이 강한 것도 없다.

세상에는 '이겨서 우기는 일'도 많다. 이긴 것에 올라타서 온갖 갑질을 하며, 그 갑질을 정당화하는 데에 '우기기'를 부단히 사용하는 것이다. 이겼으므로 우길 수 있는 권력을 가졌다고 믿는 것일까. '권력에 취했다'는 그럴 때 쓰는 표현이다.

다시금 생각해 보니, '우기다'와 '이기다'는 같이 갈 수 없는 운명이구나. 그대, 지금 우기고 있는가. 그렇다면, 지금 그대, 지고 있다는 거다. 당장은 이긴 것처럼 보여도 조금 지나면 알게 된다. 우겨서, 우겼기 때문에 마침내 졌다는 것을!

　'우기다'의 반대말은 '이기다'이다. 우기는 사람의 말을 어떻게 들어야 할까. 듣기의 지혜가 돋보이는 지점이 될 수 있다.

만류(挽留)하는 말, 부추기는 말

다툼 풍경 두 가지가 떠오른다. 하나는 완력 다툼이다. 장이 서는 시골 장마당에는 장이 파할 무렵, 저녁 햇살 비칠 때쯤이면 장바닥 어디에선가 싸움이 벌어졌다. 파장 주막에서 막걸리 불콰하게 걸친 남정네들이 무언가 하찮은 말다툼을 하다가 마당으로 내려와서 팔 걷어붙이고 완력 다툼으로 옮겨 간다. 구경꾼이 몰려든다. 누군가 한쪽을 말려 보지만, 어림도 없다. 그 만류를 얼마나 드세게 뿌리치는지, 만류하는 사람과 싸울 기세이다. 말리면 말릴수록 더 기승이다.

싸움꾼 당사자는 상대를 제압한다는 목적 이전에, 구경꾼들에게 '쪽팔리지 않아야 한다'는 얇은 자존심으로 치닫기에, 싸움의 당사자에게는 만류하는 말이 들리지 않는다. 해법은 의외로 간단하다. 그 누구도 말리지 아니하고, 아무도 둘러서서 구경하지 않으면, 이런 싸움은 의외로 싱겁게 끝난다. 현실의 많은 싸움은 사실 내적으로 이런 구조를 지니고 있다. 다자 간의 이해가 걸려 있는 나라와 나라 간의 싸움도 이런 메커니즘에 끌려갈 때가 있다.

다른 하나의 다툼 풍경은 무엇이었더라. 그렇다. '누가 누가 더 많이 먹을 수 있나'를 다투던 장면이다. '막걸리 주량 누가 센가', '더 매운 짬뽕 누가 잘 먹나' 등의 시합 장면이 떠오른다. 대학 축제의 공식 이벤트로 자리 잡아서 모종의 격식인 양 유행하기도 했지만, 친구들 사이에서는 심심풀이로 행해지기도 했다. 이 또한 승부를 내어야 하는 것이므로 다툼의 성격이 분명했다.

이런 다툼의 자리에서는 만류한다는 것은 애당초 성립이 안 되는 것이었다. 오로지 부추김만 있을 뿐이다. "그래, 네가 최고다." "막걸리 주량은 너를 따를 자 없다." "더 매운 짬뽕 더 가져올까?" 이런 부추김이야말로 이 다툼을 작동시키는 기본 동력이었다. 그 무렵에도 어른들은 말씀하셨다. "세상에 어리석은 일이 음식 많이 먹기로 시합하는 일이다." 그러나 이런 점잖고 지혜로운 만류는 시합 현장의 부추김을 당해낼 수 없었다.

만류(挽留)는 어떤 일을 하지 못하게 붙잡아 말린다는 뜻의 한자어다. 잡아당긴다는 뜻의 한자 '만(挽)'과 머물게 한다는 뜻의 한자 '류(留)'가 합해진 말이다. 직역하면, 그 누군가를 붙잡아 당겨서, 그가 나아가지 않도록 그 자리에 머물게 하는 것, 그것이 만류다. 비슷한 말에 '제지(制止)'가 있다. 같은 말인 듯싶지만 두 말이 사용되는 맥락을 살펴보면 좀 다르다.

만류는 모종의 간곡한 충정(衷情)의 정조가 숨어서 우러나는 말림이다. '만류하다'를 영어로 찾으면 dissuade나 discourage로 나오는데, 이를 다시 영한사전에서 찾아보면, '충고하여 단념하게 하다'로 풀이하고 있다. 만류에는 사랑을 담은 충고의 심정이 깔려 있음을 엿볼 수 있다. 그런 만류의 장면 하나를 불러와 본다.

작가 정비석이 금강산 기행을 하면서 비로봉 동쪽의 마의태자 묘 앞에 당도하여서, 애틋하고 안타까운 만류의 장면을 상상한다. 망국 신라의 왕자로서 사직의 운명을 지키지 못하는 한을 가슴에 안고 입산 출가(出家)하는 마의태자, 그를 연모한 낙랑공주가 태자의 출가를 만류하는 대목이다. 1940년경에 쓴 고색이 창연한 한문투 특유의 아름다운 문장이어서일까. 만류하는 마음에 깃들인 간곡의 정조(情調)가 아프게 묻어난다.

> "울며 소맷귀 부여잡는 낙랑공주(樂浪公主)의 섬섬옥수(纖纖玉手)를 뿌리치고 돌아서 입산(入山)할 때에, 대장부의 흉리(胸裡, 가슴 속)가 어떠했을까? 흥망(興亡)이 재천(在天)이라. 천운(天運)을 슬퍼한들 무엇하랴만, 사람에게는 스스로 신의(信義)가 있으니, 태자가 고행으로 창맹(蒼氓)에게 베푸신 도타운 자혜(慈惠)가 천 년 후에 따습다."
> (정비석, '산정무한' 중에서)

그러나, 제지(制止)하는 말에는 만류하는 말과는 다른 말맛이 있음을 느낄 수 있다. 만류하는 말에는 그 어떤 애틋하고 아끼는 감정이 깔려 있어서, 그런 분위기로 나를 말리는 느낌이 든다. 이에 비해 제지하는 말은, 내 감정은 전혀 돌보지 않고, 다소 강제적이고 물리적으로 나를 말리려고 한다는 느낌을 준다.

'제지(制止)'란 말을 한영사전에서 찾으면 'restrain'으로 나오는데, 이를 다시 한영사전에서 살펴보면 점잖게 말리는 수준을 넘어서서, '검거하다', '압박하다' 등의 뜻까지 거느리고 있음을 볼 수 있다. 물론 이런 진단이 절대적으로 옳다고만 할 수는 없다. 자기 이익을 위해서 교활하게 나를 만류하는 사람도 있고, 오로지 강직한 지킴이의 마음으로 나를 제지하는 사람도 있기 때문이다.

만류하는 말과 대척되는 자리에 '부추겨 주는 말'이 있다. 부추긴다는 데에서 부채질한다(煽動한다)는 부정적인 의미가 착색되어 있지만, 그것만 배제한다면, 머뭇거리지 말고 나아가도록 추어주는 말로서의 뜻이 살아 있다 할 것이다. 그렇게만 보면, '만류하다'와 '부추기다'는 의미상 상대어로서 적절한 짝이 될 수 있을 것이다.

정치의 세계도 만류와 부추김은 선순환의 균형을 이루어, 정치가 건강한 동력을 갖추게 함이 마땅하다. 어떤 정파는 부추김만 있고 만류는 허용되지 않는 형국인가 하면, 또 다른 어떤 정파는 만류만 남발하며 부추김의 힘을 스스로 만들지 못하고 있는 듯하다.

이제 이를 각자의 듣기 사태로 대입해 보자. 만류하는 말과 부추기는 말을 듣는 나는 어떤 청자인가. 만류하는 말을 잘 듣는가, 부추기는 말을 잘 듣는가. 만류하는 말에 맞서는 편인가. 부추기는 말에 맞서는 편인가. 만류해 주기를 바라면서도 만류를 거절하는 척하는가. 부추겨 주면 좋아하면서도 부추김에 따라가지 않는 척하는가. 듣기란, 자기 발견의 무한 행로이다. 듣기의 어려움은 가도 가도 끝이 없다.

금시초문(今時初聞)

40년도 더 된 오래전 일이다. 같은 직장의 내 친구 A가 신년도 인사 개편이 되면 자신은 요직인 기획부장 자리로 갈 것이라고 했다. 너만 알고 있으라고 했다. 그런데 이런 일이란 것이 혼자만 아는 걸로 유지되기는 참으로 어렵다. 나는 다른 회식 자리에서 또 다른 친구 B도 기획부장으로 가게 된다는 설을 들었다. 그래서 나는 그 자리에서 A가 기획부장으로 간다던데 하고 엉겁결에 말을 해 버렸다.

다음 날 아침 출근했더니 부사장의 호출이 있었다. 부사장은 A가 기획부장으로 갈 것이라는 이야기를 어디서 들었는지를 내게 물어본다. 순간적으로 나는 아, 이게 뭔가 잘못 꼬이는 일이 되어 가는구나 싶었다. A에게 무언가 불이익이 될 조짐이 느껴지기도 했다. 어제 회식 자리에서 일을 누가 부사장에게 알렸는지 모르겠지만, B에게는 또 어떤 영향이 미칠지 짐작이 잘되지 않았다. 나는 본능적으로 그리고 반사적으로 대답했다. "부사장님, 금시초문(今時初聞)입니다." 부사장은 나를 물끄러미 바라보다가 말했다. "나가 보게."

두 가지가 오래 나를 힘들게 했다. 하나는 거짓말을 했다는 사실이고, 다른 하나는 이 거짓말이 지혜로울 수 있는지에 대한 판단이었다. '금시초문'에 관한한, 나는 양심에 켕기는 일을 한 셈이다.

'금시초문이란 말'이 행해지는 현상에 대한 요즘의 인식은 많이 부정적이다. 상대에게 무언가를 확인하기 위해서 물었더니 상대는 "금시초문이다"라고 대답한다. 있어(유식해) 보이는 듯한 느낌을 주는 이 넉 자의 한자 성어는, 무슨 그럴듯한 고사(故事)가 들어 있는, 상상력 넘치는 사자성어(四字成語)도 아니다. '지금 처음 듣는 말'이라는 것이다. 나도는 의혹을 확인하려고 물었더니 자기도 처음 듣는 소리라는 것이다. 이런 반응을 어떻게 받아들이고 해석해야 할까. "금시초문이다"라는 답변에 엉겨 붙어 있는 숨은 맥락들을 살펴보아야 한다.

듣는다는 일은, 더구나 잘 알아듣는다는 것은 고차방정식을 푸는 것만큼이나 헤아리고 따져봐야 할 것들이 많다. '금시초문'이라는 말이 오가는 상황 맥락이란 대체로 무언가를 확인하는 상황이다. 정치인들의 청문회 상황이 대표적이다. 시중에 나도는 이상한 소문을 관련 당사자에게 물어보는 경우가 바로 그러하다.

부당한 정치 자금을 받았다는 의혹을 받는 정치인에게 기자가 묻는다. 항간에 이러저러한 소문이 있는데 어떻게 생각하느냐? 그때 그 당사자라는 사람이 하는 모범정답에 가까운 말이 '금시초문'이다. 정말 정답이어서 정답이 아니라, 사태를 모면하기 위한 답으로 그럴 법하다는 것이다. 잡아떼기 발언의 선봉장으로 '금시초문'이 놓이는 것이다. 우리는 이런 경우를 너무도 익숙하게 많이 보아 왔다.

청문의 자리에서 정색하며 '금시초문'이라고 말하는 사람, 그는 '금시초문'을 힘주어 말한다. 마치 이 넉 자의 말로 대응하면 그걸로 모든 의혹은 종결된다는 듯, '금시초문' 넉 자면 다른 해명은 없어도 된다는 듯한 표정으로 말한다. 그가 '금시초문'을 강변할수록 국민 대다수는 이를 완강한 부인으로 듣는다. 그냥 부인하는 것이 아니라 완강하게 부인하는 데에 '금시초문'이 심리적으로 관여한다.

이 부자연스러운 완강함 때문에 사람들은 이를 거짓말일지도 모른다고 해석한다. "금시초문"이란 것도 거짓말이고, 그것이 부정 부당한 일을 잡아떼는 태도를 의미한다고 믿는다. 오늘날 '금시초문'이란 말은 이렇듯 무언가를 잡아뗄 때 쓰는 오염된 의미 맥락을 거느린 말로 상투어(클리셰/ Cliché)로 되어 가는 느낌이다.

이럴 때 옴짝 없이 손해를 보는 사람이 있다. 진정 금시초문의 형편에 있는 사람이다. 그는 아마도 '금시초문'이라 대답하지 않고, 다른 표현을 찾아봐야 할지도 모른다. 공정함과 정직함에 남다른 감수성을 가진 젊은 세대는 이렇듯 낡아 보이는 고투의 '금시초문'을 쓰지 않는다. 왜곡된 언어로 자신의 내면을 숨기려는 '꼰대들의 말' 쯤으로 치부하는 건 아닌지 모르겠다.

이제는 거짓으로 오염되어 다 죽어버린 상투어 '금시초문'을 버리고, 새로운 정신과 인격을 담은 답변을 들을 수는 없을까. 이를테면 이런 답변을 들을 수는 없을까. "저도 진작부터 알고 괴로워하고 있었습니다. 이를 여러분들에게 어떻게 고백해야 하나 고민하던 중이었습니다."

"사실, 어쩌구저쩌구"

"사실, 한국 축구는 그날 브라질에 이긴 겁니다." 실제로는 브라질에 졌다. 졌지만 경기 내용 면에서 밀리지 않았음을 말하려고 말머리를 이렇게 꺼낸다. 그러나 이걸 '사실'이라고 표방함으로 해서 자기 주관을 마치 객관적인 것처럼 은폐한다. 다음과 같이 말해야 반듯하고 정확하다. "내 마음에는 한국 축구가 그날 브라질에 지지 않았다, 그렇게 보고 싶습니다."

"사실, 우리나라는 세계 최고의 문화강국입니다." K-팝 관계자가 한류의 강세를 강조하면서 하는 말인데, 문화강국인 건 이해가 되지만 세계 최강인지는, 더구나 그게 사실인지는 동의하기 어렵다. K-팝과 한류 문화에 대한 자부심이 너무 강한 나머지, 판단이 사실을 앞서 나간다. 애국심의 발로라고 봐줄 수도 있지만, 진실과 객관의 관점에서는 흠결이 있는 발언이다.

이렇게 말하는 것이 습관화되면 말의 신뢰도가 떨어져 궁극에는 믿음을 상실한다. 사실은 그게 두려운 거다. '사실'을 빼고 이렇게 말해야 한다. "우리나라는 세계 최고의 문화강국입니다. 저는 그렇게 믿고 싶습니다.”

“사실, 저는 밥을 굶어도 배가 부릅니다.” 밥을 굶었는데 배가 부를 수는 없다. 그걸 사실이라고 말하는 것은 가당치 않다. 고단하고 궁핍한 어떤 주인공이 밥을 굶어가며 노력하여 어떤 정신적 보람을 느꼈을 때, 그 감동을 말하는 장면인 듯하다.

흥분하여 소감을 피력할 때, “사실”하고 말을 꺼내면 자칫 과장되기 쉽다, 주관적 자기감정을 정당화하는 데에 ‘사실,’이란 발어사(發語詞)가 촉매작용을 하기 때문이다. 이렇게 한발 물러서야 한다. “밥을 굶어도, 너무 좋아서 배고픈 줄을 모르겠습니다.”

“사실, 국민은 우리 당을 사랑합니다.” 총선을 앞두고 그간의 잘못을 물타기 하고 유권자를 꼬이는 정치인의 말이다. 국민 일반의 정치 혐오가 극에 달했는데, 그 반대되는 사태를, 그걸 사실이라고 말한다. ‘사실,’이라는 말을 상습적으로 앞세우는 정치인의 발언은 기만적 선동이기가 십상이다.

“사실, 세계 기후 위기는 걱정할 필요가 없습니다.” 기후 위기의 실상을 조금이라도 아는 사람이라면 이 말의 무책임성을 비난하지 않을 수 없다. 아마도 기후 위기를 무시함으로써 얄팍한 이득을 보는 나라나 사업체가, 기후 위기를 덜 비관하는 아주 사소한 예측 일부를, 마치 기후 위기의 전체 예측인 양 호도하여 말하는 장면임이 분명하다. 일부 사실로 전체 사실을 덮으려 할 때도 발어사 ‘사실,’이 앞에 나온다. 이 경우는 사실은커녕 사기에 가깝다.

말머리에 놓이는 부사 '사실'은 영어로 하면, 'In fact'라고 해야 한다. 앞에 예를 든 말들을 영어로 직역하면 말이 안 통하는 문장이 될 것이다. 사실이 아닌 것을 사실이라고 하니 말이다. 그런데도 '사실,'을 상투적으로 사용하는 사람이 늘어간다. 진짜 사실이 쫓겨가고 가짜 사실이 판을 치는 세태이다.

나는 상투적으로 '사실,'을 말머리에 앞세우는 사람의 말은 잘 듣지 않으려 한다. 믿지 않으려 한다.

목소리와 낚시(Voice Phishing)

대학이 합격자를 발표하는 시즌이다. 수시 정시를 넘나들면서 응시하는 입시생의 마음은 매일 합격과 불합격의 문턱을 서성거리며 불안과 다급함과 초조함에 시달린다. 특히 부모는 불합격이 자녀에게 줄 충격을 헤아리며, 근심의 그늘이 한 자락 더 깔린다. 그러고 있는 형편인데, 응시했던 대학의 입학처에서 [Web 발신]으로 합격 통보가 왔다. 메시지는 이러하다.

"2027학년도 ○○대학교 합격을 축하드립니다. 아래의 링크를 클릭하시면 귀하의 합격 사실과 총장님의 축하 메시지를 확인할 수 있습니다. 다시 한번 합격을 진심으로 축하합니다." 이 메시지를 보는 순간 얼마나 환호작약하겠는가. 그간의 불안과 근심은 일시에 사라지고 기쁨의 감정으로 급전한다. 흥분으로 가슴은 두근거린다. 마침 메시지 하단에는 1차 등록 기간을 '오늘 17시까지'로 공지하고, 등록 예치금 납부 계좌를 공지하여 놓았다. 친절하게 유의 사항까지 말해 준다. "등록 시한을 꼭 지켜 주세요." 당연하지. 말해 무엇하겠나. 미룰 게 무엇이란 말인가. 인터넷 뱅킹으로 기분 좋게 입금한다.

눈치채셨겠지만, 합격자 발표를 이용한 '스미싱(Smishing)' 사기에 당하는 장면이다. 스미싱 이전에 전화 목소리로 상대를 속여 돈을 보내게 하는 '보이스 피싱(Voice Phishing)'이 있었다. 피싱(Phishing)은 상대의 개인 정보를 파고들어서 낚시질하듯 유인한다는 뜻으로, 'Private data(개인 정보)'와 'Fishing(낚시질)'이 합성된 말이다. 스미싱(Smishing)은 SMS(Short Message Service, 문자메시지)와 Phishing이 합성된 말이다. 얼마나 신종 범죄의 수법이 기승인지, 신조어를 익힐 사이도 없이 새로운 신조어가 벼락같이 생겨난다.

피싱 사기를 당하는 사람을 두고, 친구들은 말한다. 정신은 어디다 두고, 그렇게 멀쩡하게 당하냐! 당한 사람의 말도 설득력이 없지는 않다. 나도 남들 당할 때는 너처럼 생각했어. 그런데 그게 막상 내 일이 되고 보니, 도둑이 들려면 개도 안 짖는다더니, 있던 정신도 어딜 가 버렸는지! 남의 일이라고 너 편한 대로 말하지 마.

실제로 보이스 피싱 피해자 중에는 똑똑한 사람도 많고, 이 문제를 직무상 다루는 경찰관이나 공무원도 있다고 한다. 보이스 피싱이나 스미싱은 얼마간 '듣기의 영역'에 속한다. SMS 오고 가기 전후로 전화 목소리가 끼어드는 경우가 많다. 대개 이런 범죄는 사람의 마음을 허겁지겁한 상태로 교란하여 정신을 놓치게 하고, 그 틈을 이용하여 속임수에 걸려들게 한다. 사람을 한순간에 극단의 환희로 가게 하거나, 극단의 불안으로 몰고 가거나, 감당 못 할 비탄에 빠지게 하는 마음을 일시적으로 만드는 것이다. 혼을 쏘옥 빼놓는 것이다.

동양 고전 '맹자(孟子) 양혜왕(梁惠王)편'에 나오는 '항심(恒心)'이란 말이 생각난다. 항심이란 '항상 지니고 사는 떳떳한 마음'이다. '맹자'에 나오는 '무항산무항심(無恒産無恒心)'은 "생활이 안정되지 않으면, 항심도 없다"라는 뜻으로 새긴다. 안정되고 떳떳한 마음을 지니자면 일정한 경제적 토대가 있어야 한다는 뜻이다. 항심은 결국 욕심에 빠지지 않는 마음으로 환원된다. 떳떳함이란 흔들리지 않는 마음의 모습이다.

그러니까 피싱 사기꾼들은 그 누군가를 노려, 항심을 잃게 만드는 것이다. 항심을 잃으면, 옴짝 없이 낚이게 된다. 무항심(無恒心)의 극치가 바로 '허겁지겁하는 마음' 아니겠는가.

이를 듣기의 태도 면에서 생각해 보면, 내 욕심에 잡혀서 누가 꼬이는 말에 허겁지겁 다가가지 말아야 할 것이다. 근데 정말로 어려운 것은 내가 지금 욕심에 잡혀 있는지를 나 자신이 잘 모른다는 데에 있다. 우선은 어떤 말을 듣고, 그 어떤 격정에 나를 처하게 하지 말아야 할 일이다. 쉽지 않다.

사회나 제도를 개선해도, 인간의 범죄는 그 변화에 맞추어 기가 막힌 '진화(進化)'를 한다. 진화란 바람직한 발전만을 뜻하지는 않는다. 생태 환경에 따라 살아남으려는 모든 노력과 변화가 진화이다. 범죄도 마찬가지다. 범죄는 범죄대로 살아남기 위해 진화하는 것이다.

"나도 그거 진작에 다 알고 있어"

어떤 자리에서 내가 동남아 여행 다녀온 이야기를 했다. 그때 한 친구가 듣기는커녕 내 이야기를 냉큼 채어 간다. 자기도 그곳을 3년 전에 다녀왔는데, 그곳의 명소는 어디고, 교통편은 어떠하고, 호텔은 어디가 좋고, 음식은 무엇이 맛있고 등등을 다 이야기해 버린다.

그리고 내가 다녀온 여행을 확인하며, 내 여행의 문제점까지 지적해 준다. 하나도 고맙지 않다. 그뿐인가. 자기는 동남아 여행보다는 유럽 여행을 많이 했고, 장차 남미 여행을 할 거라는 말까지 이어 붙인다. 말을 꺼낸 나는 이제 할 말이 없다.

한번은 내가 감명받은 영화 'Unveiled Curtain'이라는 옛날 명화를 보고 친구들 모인 데서 내 감상을 들려주려 했다. 그랬더니 한 친구가 자기도 그 영화를 보았다면서, 내가 할 이야기를 그가 다 해 버린다. 스토리 전개가 어떠하고, 감독과 출연 배우가 어떻고, 그 영화가 재미있다 없다 등등 그야말로 내가 말할 틈을 주지 않는다. 아니 내 말을 들을 생각이 전혀 없다.

이런 사람을 스포일러(Spoiler/ 영화나 드라마의 줄거리, 반전 요소,

결말 등을 미리 알려주어 나중 이야기 감상자의 흥미를 떨어뜨리는 사람)라고 해서 사람들이 싫어한다는 걸, 그는 정말 모르는 걸까.

이렇게 톡 깨놓고 내 이야기를 채어 가는 사람은 그래도 자기 잘난 것 자랑하고 싶은 마음을 숨기지 않아서 솔직하기나 하다. 자신이 대단한 전문가임을 자처하며, 내가 하고 싶은 말의 길을 전부 가로막고 채어 가는 사람은 정말 밉다. 마치 자기를 도움 베푸는 사람쯤으로 여겨 달라는 투이다.

심리학에서 일컫는 용어 중에 'I-knew-it-all-along' 현상이라는 것이 있다. 굳이 우리말로 옮기자면 '나도 그거 죽 다 알고 있어' 쯤의 뜻이 되는 말이다. 남의 이야기를 그 사람의 마음 형편이 되어서 들어 주지 못하는 마음 상태를 말한다. 내게 상담 심리 강의해 주셨던 김용태 박사님은 이 심리, 즉 'I-knew-it-all-along'의 마음 상태를, 방자하기 짝이 없는 'I am God'의 상태라고 했다. '나는 신이다'하는 마음 상태이니 교만이 차고 오른 상태의 마음이다. 다른 사람들의 앎이나 하는 짓이 얼마나 가당치 않아 보이겠는가. 내가 한 수 가르쳐 준답시고 나서서 사람들 마음에 상처를 주는 것이다.

결론부터 말하면 이런 심리적 현상은 일종의 권력 행사하기(powering)에 해당한다. 아는 것이 없고, 가진 것이 없고, 힘이 없는 사람에게는 나타날 수 없는 현상이다. 그러니까, 'I-knew-it-all-along' 현상은 곧 '나는 권력을 가지고 있다'라는 것을 명시적으로 보여 주는 것이라 할 수 있다. 그러니 정치권력이든 지식 권력이든 부의

권력이든 가진 사람이 듣기를 잘할 수 있기가 얼마나 어려운지를 보여
주는 대목이기도 하다.

'듣기 능력'의 최상은 끝이 없는 듯하다. 아니 그것은 그냥 능력이라
기보다는 덕성이다. 상대를 향한 겸손과 존중이 내면의 덕성으로 배어
든 경지, 도덕적 성숙의 경지이다.

위증(僞證)

이집트 치하에서 노예로 고통받는 이스라엘 백성을 끌고 가나안 땅을 찾아가는 지도자 모세에게 여호와는 열 가지 지켜야 할 계명(誡命)을 준다. 이른바 십계명이다. 유일신 여호와가 유대 민족에게 주는 절대의 계명이었다. 이 계명으로 모세와 유대 민족은 광야 40년, 그 탈출과 귀환의 경로에서 유대 공동체를 정신적으로 지켜내었다 할 것이다. 이는 뒷날 기독교에도 그대로 이어져서, 오늘날 기독교인의 교리적 강령으로, 윤리적 규범으로 받아들여진다.

어린 시절 교회 학교에 다니며 십계명을 접했을 때, 쉽게 이해가 되지 않았던 계명은 아홉 번째 계명이었다. '네 이웃에 대하여 거짓 증거하지 말라'는 것이었다. 어린 소견에 이 계명이 인간에 대한 다른 엄중한 계명, 이를테면 살인하지 말라, 간음하지 말라, 도둑질하지 말라 등에 비해서 좀 가벼워 보였다. 이웃에 대해서 사소한 거짓말하는 것이 살인하는 것과 같은 비중일 수는 없다고 생각했다. 그게 무슨 대단한 계명이 되겠는가 하고 생각했다.

우리는 '거짓 증거의 해악'을 법정의 위증(僞證)에서 쉽사리 본다. 위증은 재판 자체를 망가뜨린다. 위증에 속아 오판을 내린 판사의 허탈한 분노를 어찌한단 말인가. 그 분노는 마땅히 우리 모두의 사회적 분노가 되어야 한다. 재판을 믿을 수 없게 된 사회는 사적 정죄(定罪)와 사적 보복으로 무너져 내린다.

재판을 신뢰하지 않는 사회는 기본 질서의 축이 무너지는 사회이다. 나는 성장하여 사회 공동체에 눈을 뜨고서야, '거짓 증거 하지 말라'는 계명의 엄중함을 받아들였다. 이것은 개인 윤리의 문제를 훨씬 넘어서는 사회 윤리의 근간을 이루는 것이다. 더구나 자본 가치에 매몰되어 위증을 일삼는다면, 그건 망할 조건을 충분히 갖춘 사회상이라 하겠다. 성숙한 자본주의는 '신뢰'를 가장 중요한 사회적 자본으로 삼는다.

위증보다 더 가증스러운 것은 위증을 부추기고 교사(敎唆)하는 것이다. 위증이 범람하는 데에는 그만큼 '위증 교사(敎唆)'도 넘쳐나는 것 아닐까. 위증도 범죄이고, 위증 교사도 범죄임이 확연하지만, 이를 범죄로 여기는 태도는 얼마나 견고할지 의문이다. 그저 들키지 않고 숨기려고만 한다. 들킨다고 해도 부끄러워하지 않는 세태이다. 병든 사회이다.

재판관이 아닌 일반 시민들도 위증을 듣는다. 그것도 일상으로 듣는다. 시민들이 일상으로 들어야 하는 위증은 '가짜뉴스'이다. 가짜뉴스인 줄 알면서도 그걸 진짜라고 반복하여 증폭하는 행위는 또 무어라 해야 하나. 자기가 자기에게 위증을 부추기는, 자기 몰입에 빠진 위증 교사는 또 얼마나 많은가. 일상에서 도처에 창궐한 위증을 들어야 하는 일은 참으로 힘들다.

말꼬리 잡는 사람

몸통과 꼬리를 분간하는 능력은 '전체와 부분'을 구분하는 능력으로 통한다. 이 구분 능력은 몸통과 꼬리의 상관 작용을 이해하는 힘까지도 포함한다. 이는 인지적으로는 사물의 구조와 체계를 이해하는 고등 사고 능력이고, 정의적으로는 감정을 조절하는 능력에 통한다. 동물의 꼬리는 보잘것없이 보이지만, 잘 관찰하면 그 기능이 의외로 돋보인다. 꼬리는 몸의 균형을 잡아주고, 달리는 방향을 바꾸는 방향키 역할을 하고, 꼬리를 몸에 말아 체온을 유지하게 한다. 꼬리를 적에게 떼어 주고 몸통을 살리는 도마뱀도 있다.

'말꼬리'는 부정적이라는 인상을 주지만, 꼭 그렇지만은 않다. 동물의 꼬리가 몸통에 어떤 순기능을 하는지 잘 살핀다면, 말꼬리의 대화적 생산성을 새롭게 발견할 수 있다. 상대에게 말꼬리를 잡혀, 본의의 전달은 고사하고 곤욕을 치르는 장면과는 대척이 되는 장면을 생각할 수는 없겠는가. 신선한 말꼬리의 역할을 생각해 보자는 것이다.

예컨대 메시지의 본론을 빛나게 하는 말꼬리, 듣는 사람을 인간적으로 배려하는 말꼬리, 내 말의 소통을 넓혀주는 말꼬리 등, 이런 말꼬리가 없으란 법은 어디에도 없다. 내 말꼬리의 순기능을 상대에게 인정받으려면, 상대의 말꼬리를 기분 나쁘지 않게 들으려는 수양이 필요하다.

그러나 유감스럽게도 '말꼬리'는 상대를 얕보거나 무시하는 용법으로만 쓰여 왔다. 사실 말꼬리로 트집을 잡는 사람은 살짝 열등감에 눌려 있는 사람일 수 있다. 상대방 주장에 당당하게 맞서지 못하니 상대방 말꼬리 잡을 생각부터 먼저 한다. 토론에서 영패를 모면하자니 말꼬리라도 잡아야 하는 마음으로 기운다.

그런데 비극은 본인만이 그걸 모르고 있다는 데에 있다. 모르는 정도가 아니라, 본인은 정작 자신이 말을 상당히 잘하는 줄로 생각한다는 점이다. 일종의 자기최면에 깊숙이 빠져 있을 때가 많은 것이다. 그래서 말꼬리 잡는 버릇은 좀체 고치기 어렵다.

또 그래서 말꼬리 잡기는 제3자가 구경하고 있을 때 더 기승을 부린다. '나 안 지고 있다니깐', 이걸 보여 주자니 말꼬리 잡기에 집착하는 것이다. 그런데 어찌된 셈인지 세상은 말꼬리 잡기가 토론 기술의 정석이라도 되는 양 돌아가는 것 같다. 탄탄한 지식, 당당한 논리로 싸워 이기지는 못하겠고, 말꼬리나 잡아서 망신이나 모욕을 주겠다는 치사한 행태가 매체의 뉴스마다 넘쳐난다. 문제는 이를 모방하고 따르는 행태가 교육의 장면에서도 은연중에 만연한다는 데에 있다.

어느 대학 출판부에서 낸 토론 지도서 《논쟁에서 이기는 38가지 방법》까지도 상대의 말꼬리 잡기를 토론의 기술인 것처럼 심어 놓고 있다. 예컨대, 상대의 말을 확대해석하라, 상대방을 화나게 만들어라, 논쟁의 진행을 방해하라, 상대가 우월하면 인신공격을 감행하라 등이 그러하다. 무엇을 위해서 이기는가. 이기기 위해서 이기는가. 천박하다.

말꼬리 잡기는 국회의사당에서 다반사로 보는 장면이다. 의사당 토론은 그 자체로 살아 있는 국민 교과서임을 왜 모르시는지. 상대의 말꼬리를 물고 늘어지고 싶을 때가 있는가. 그럴 때마다 이렇게 물어보라. 나 지금 너무 사소한 것에 집착하지 않는가. 나 지금 상대에게 밀려서 짜증이 나고 있지 않은가. 나 지금 논의의 큰 맥락을 놓치고 있지 않은가. 나 지금 유치한 소영웅주의 심리에 빠져 있지 않은가.

말꼬리 싸움을 지나치게 즐기는 대중, 그리고 그것을 확대하여 중개하는 미디어, 모두 일종의 저렴한 관음증에 빠졌다 해야 할 것이다. 말꼬리 잡고 대어 드는 상대를 이쪽에서도 말꼬리 잡아서 한바탕 해부치는 건 어떤가. 하지 말아야 한다. 잠시 후련하고 두고두고 후회할 것이다. 당신이 천박한 사람이 아니라면 오래 찜찜할 것이다. 이런 장면을 비판하라고 '이전투구(泥田鬪狗)'란 말이 있지 않았던가.

이전투구란 말, 참 묘하다. 이 말은 비유로 쓰는 말임에도 비유 같지 않고, 직설의 언어로 느껴진다. 사람을 비유로 쓴 '개'인데도 사람이 '실제의 개'로 여겨진다. 더구나 공인이 이런 말꼬리 잡는 싸움을 치고받으며 해대면, 어디선가 누군가가 꼭 찍는다. 요즘은 영상 기록의 시대라 두고두고 이 장면이 사람들 눈요깃거리로 세간을 떠돌아다닌다. 저렴한 관음증을 찾아다니는 미디어의 사냥감 되기에 그만이다. 그러니 그 자리까지 가지 않도록 지혜를 발휘할 일이다.

누가 내 말꼬리를 잡고 대들 때, 그걸 듣고서 똑같이 말꼬리 잡기로만 대응하지 않아도 당신은 상대와는 격이 다른 사람이다. 주변이 온통 말꼬리 잡는 사람이라면? 어떡하겠는가. 오프라 윈프리의 권유를 주목해 본다.

"여러분을 더욱 높이 올려줄 사람만 가까이하세요."

전황 발표

　군국주의 일본이 하와이 진주만을 공습하고 싱가포르를 함락해 들어갈 때 일본 대본영(大本營)의 전황 발표는 기세등등했다. 그 발표는 라디오로 전파되었기에 듣기의 전유물이었다. 소위 '미·영 연합군 귀축(鬼畜)'을 궤멸한 숫자는 한껏 강조되었고, 전체주의 레토릭(rhetoric)은 승리의 전황을 도도하게 일깨웠다. 이러던 일본도 전쟁이 패색으로 기울자, 자기네가 이기는 소규모의 전투들만 발표의 서두에 앞세웠다. 전황 발표란 으레 그런 것인가.

　1960년대 아시아 축구선수권대회, 한·일 축구전 라디오 중계방송은 양국 간 전쟁이라도 난 듯, 전황 발표를 방불케 했다. 당시 이광재 아나운서는 애국심 넘치는 열정과 흥분의 목소리로 중계를 했다. 그의 중계를 듣노라면 우리가 밀리고 있는 게임도 이기는 것 같았다. 반면 임택근 아나운서는 비교적 차분한 목소리로 객관적이고 분석적인 중계를 했다. 물론 평균적 국민 대중은 이광재 아나운서의 중계를 선호했다. 전쟁이든 경기든 그 전황(라디오 중계)을 듣는 사람의 마음자리가 보였다.

우크라이나 전쟁이 몇 해째 장기적 소모전으로 가면서 인명의 살상이 더해 간다. 우크라이나가 끈질긴 항전을 하면서 러시아의 병력 장비 손실이 상당하다. 우크라이나는 승리의 전과를 비교적 소상히 전한다. 그러나 전장 자체가 우크라이나 땅이다. 다른 피해가 클 것이다. 전의가 떨어진 러시아군의 전과는 잘 전해지지 않는다. 각기 자국 군대와 국민의 사기를 살필 것이니, 부풀리고 줄이고가 어찌 없겠는가. 전황 발표는 크게 믿을 바가 못 된다. 그래도 귀를 갖다 대는 것이 전황 발표다.

일상으로 전황 발표를 무연히 들으며, 무수히 죽고 다치는 사람들에 대한 인간적 연민 없이 무심해지는 내 불감증을 본다. 숫자 지표로만 대하는 사상자들, 그 숫자만 잠시 뇌리에 머물 뿐, 그들 인간적 불행에 대한 고뇌에 찬 분노와 반성에는 인색하다. 파괴된 전차의 수를 비교하며 전쟁을 게임처럼 대하는 건 아닌지. 그 안에서 숯덩이처럼 타 죽는 병사들에 대해서는 까마득히 잊어버린다. 전황 발표에 무심이 귀를 내놓기만 할 것인가. 전쟁 일으킨 자를 향한 분노를 귀가 담아 두어야 할 것이다. 전황 듣기로만 전쟁을 수렴할 것인가. 전쟁의 소용돌이 수많은 사건의 주름 속으로 숨어 있는 휴머니즘의 내러티브를 들을 수는 없는가.

아재 개그

초등학생들이 즐기는 말장난 대화를 옆에서 들어 보았다. A가 B에게 묻는다. "할아버지와 할머니를 끌어들이는 자석은?" B가 맞추지 못하자, A가 답을 말한다. "답은 '노약자석'이야."

이번에는 B가 A에게 말한다. "소나무가 삐지면 무엇이 되지?" 바로 정답을 가르쳐 준다. "칫솔이야. 몰랐지?" 어린이들이 잘 쓰는 감탄사 '칫!'을 이용하여, 만들어 낸 개그다. 만드는 쪽이나 즐기는 쪽이나 일단 말 자체에 대한 감수성이 상당해야 한다.

어른들도 비슷한 말장난을 즐긴다. "이보게, 내가 아재 개그 하나 할까? '가다'의 반대말이 무언지 말해 보게?" 배운 대로 하면 답은 '오다'이다. 이걸 답으로 요구하는 상황이 아님은 상대도 잘 안다. 문제를 내었던 사람이 먼저 말한다. "노가다! 미처 몰랐지?"

주어진 말에만 갇히면 답을 찾지 못한다. "20층 높은 빌딩에서 세 사람이 떨어졌는데, 부상자가 한 사람도 없다. 왜 그럴까? 모두 사망자이니까." '부상자'라는 말에 사망자 생각을 못 한 것이다. 이 개그는 부상자와 사망자 간의 의미 관계를 살짝 놓치게 하는 전략으로, 웃음을 만

들어 낸다. 제법 머리를 쓴 개그이다.

이런 우스갯말은 말의 소리(음운)와 표기(형태)와 뜻(의미)을 일부러 비뚤어지게 주물럭거려서, 정상적인 말의 쓰임을 살짝 비틀어 놓는다. 그렇게 해서 웃음을 자아내게 한다. 잠시 웃기는 하지만, 생각할수록 재미가 솟아나, 견디지 못하게 빠져드는 유머까지는 아니다. 말 사용의 규범과 질서를 살짝 어겨 보는 데서 오는 가벼운 재미라고 할 수 있다.

때로는 너무 억지스럽게 개그를 만들려 하다 보면, 젊은이들 감각에는 이 말장난이 좀 따분해 보일 수도 있다. 그래서 시중에서는 이를 '아재 개그'라고도 한다. 나이 든 아저씨뻘쯤 되는 사람들이 좋아할 만한 유머라는 것이다.

내가 옛날에 듣고 자못 경탄했던 것 중에는 이런 개그도 있었다. "구원받은 사람이 부러워하는 사람은?" 정답은 '십 원 받은 사람'이다. 자본의 가치를 우선하던 세태가 숨어 있다. "헌병이 제일 무서워하는 사람은?" 답은 엿장수이다. 엿판을 지게에 지고 시골 마을을 돌아나가는 엿장수 아저씨는 돈이 궁한 시골 마을에 빈 병(헌 병)을 다 거두어 가며, 그걸 엿으로 바꾸어 주었다. 궁핍한 시대의 풍경이 이 아재 개그에 걸려 있다. 지금은 그런 엿장수도 없고, '헌병'이란 말도 없어졌으니('군사 경찰'이란 말로 바뀌었다) 아재 개그도 자기의 시대를 증언하고는 수명을 다한다.

언어 규범에 맞기 때문에 '의미 있는 것'으로 인정되어 온 말들을, 장난삼아서 살짝 비틀어 버리면, 이때까지 '의미 있는 것으로 인정

받았던 말'은 흐트러진다. 동시에 정상적인 의미(sense) 대신 넌센스(nonsense)가 발생한다. 넌센스는 언어의 장난(language fun)으로 생긴 셈인데, 이것이 웃음을 유발한다. 아재 개그를 두고, 언어 규범에 맞지 않으므로 말도 안 된다고 할 수도 있다. 하지만 말이 된다는 사람은 생각이 다르다. 웃자고 지어낸 것인데, 그래서 재미있으면 됐지, 그것도 넓게 보면 언어의 효능으로 봐줄 수 없겠나 하고 생각한다.

아재 개그도 그 나름 시대적으로 진화한다. 광복 이후 대중들에게 크게 인기가 있었던 이른바 '만담(漫談)'이란 장르에서 웃음을 만들어 내는 패턴이 지금의 '아재 개그'와 상당한 유사성을 지녔다. 내가 기억하는 장소팔·고춘자 콤비의 만담이나, 구봉서·배삼룡 콤비의 만담은 아재 개그의 저장고 같은 느낌을 준다. 지금의 박명수나 조세호의 유머 스타일에도 아재 개그의 전통이 모르는 중에 서려 있다.

'아재'는 아저씨라는 말의 애칭쯤으로 쓰는 말이다. 아저씨이기는 한데, 아저씨보다는 훨씬 더 정겹고 친숙하여, 마치 형제나 친구처럼 마음 편한 관계임을 담고 있는 말이 '아재'이다. 아버지나 어머니의 남자 형제들을 부르거나 가리킬 때, '아저씨'를 쓴다. 촌수로는 삼촌(三寸)인데, 요즘은 '아저씨'라고 부르지 않고, '삼촌'이라 부르는 경향을 본다. 언어 규범에 맞게 쓴다고 할 수는 없다.

'아저씨' 또는 '아재'는 꼭 삼촌 촌수에만 쓰는 말은 아니다. 아버지 어머니의 사촌 형제들, 즉 5촌 촌수의 남자 어른들도 아저씨라 불렀다.

이런 식으로 7촌, 9촌 등의 홀수 촌수 남성들은 모두 아저씨라는 말로 불렀다. 촌수가 멀어지면 '아저씨뻘'이라는 표현으로 촌수 관계를 나타내었다. 물론 그런 아저씨들도 얼마든지 '아재'로 불릴 수 있다.

요약하건대, 아재(아저씨)는 가까운 촌수이든 먼 촌수이든, 나보다 높은 항렬의 어른을 뜻한다. 그러므로 아재 개그는 그런 어른 세대들이 쓰는 좀 고리타분한 우스개로 인식된다. 참신함이나 영향력(impact)이 2% 모자라는 유머라는 뜻이 은연중에 들어 있다. 아재 개그로서는 좀 억울할 수도 있다. 그리고 또 한 가지, 아재 개그의 아재는 꼭 아저씨만 뜻하는 건 아니다. 직장의 상사, 학교의 선생님, 동문회의 선배, 고향의 어른 등 폭넓게 적용된다. 꼭 남자만 뜻하지도 않는다. 아줌마 중에도 아재 개그의 달인들이 많다.

아재 개그도 미디어 생태와 문화 변이에 따라 눈부시게 진화한다. 유튜버에도 아재 개그는 풍성하게 등장한다. 젊은이들 감각에 맞는 엔터테인먼트 문화로도 자란다. 아재 개그 퀴즈대회도 열리고, 아재 개그 배틀 유튜버도 있다. 인터넷에는 끊임없이 개발되는 아재 개그 아이템 창고도 있다. 젊은이들이 주인공이다. 아재 개그에 몰입하는 여학생들과 초등학생들도 의외로 많다.

인기 있는 아재 개그 유튜버에서 이런 걸 찾아낸다. 추장보다 높은 사람은 '고추장'이란다. 흑심이 가득한 놈은 연필이란다. 보내기 싫을 때는 주먹이나 가위를 내란다. 가장 빠른 떡은 '헐레벌떡'이란다. 설날 세뱃돈을 한 푼도 받지 못한 사람은 '설거지'란다.

어떤가? 고리타분한가? 오히려 참신하고 현란하지 않은가. 무엇보다도 이를 만들고 즐기는 이들이 젊은이들이라니, 아재 개그의 가능성을 새롭게 발견한다.

정작으로 아재 개그가 경계하고 조심해야 할 바는 따로 있다. 아재 개그가 지탄받는 이유는 아재 개그 그 자체에 있다기보다는 아재 개그를 구사하려는 상황이나 심리에 있다. 상하 권력관계에 있는 사람들이 모인 상황에서 권위적인 윗사람이 구사하는 아재 개그는 자칫 폭탄이 되기 쉽다. '나 이렇게 멋있는 사람이야' 하는 걸 과시하려는 욕구가 앞서면 더욱 그렇다. 아랫사람들은 그 아재 개그가 재미가 있든 없든, 그 아재 개그가 이미 알고 있는 것이든 아니든, 윗분의 아재 개그에 무조건 웃어드려야 한다.

권위주의 의식이 강한 분들일수록 성취동기도 강한 편이어서, 반드시 웃기고야 말겠다는 의도가 지나치게 강하다. 그리하여, 마침내 억지로 무리하게 웃기려는 것까지도 불사한다. 이런 아재 개그를 듣고, 정말 우스워서 못 견디겠다는 듯이 반응을 보여 드려야 하는, 아랫사람들은 마침내 아재 개그에 대해서 환멸을 느끼는 것은 물론 적개심까지 느낀다. 억지로 웃어드려야 하는 자기 자신에 대해서 연민을 느낀다고나 할까.

권위주의에 기울수록, 그가 가진 권력이 강고할수록, 자기가 정말 좌중을 충분히 웃기고 있다고 착각하는 것이다. 그 자리에서 누가 찔러서 그걸 눈치채게 해 줄 수도 없다. 그저 예의로 웃어드리는 것을 진짜 너무너무 재미있고 우스워서 웃는 걸로 더욱 굳게 믿는 것이다. 이거 재미없는 거 본인만 모르는 격이니, '벌거벗은 임금님'이 따로 없다.

좋은 유머의 순기능은, 좌중 그 누구도 마음이 빠져나가지 않게 하는 데에 있다. 좋은 유머는 좌중 그 누구도 불편하게 만들지 않는다. 만약 누구 하나를 좀 망가뜨려서 나머지 모두에게 엄청난 즐거움을 선사하더라도, 그 유머는 실패한 유머이다. 아재 개그를 듣는 데에도 일정한 비판적 감수성이 필요하다.

"나는 모릅니다"

설문조사에서 어떤 이슈에 대해서 의견을 물어온다. 이를테면 찬성한다, 반대한다 등의 의견을 묻는 것이다. 그런데 그것 말고도 주어진 선택지에 '모른다(잘 모르겠다)'가 있다. 이때의 '모른다' 선택지는 반응자들의 온갖 복잡한 속내들을 다 대변한다. 정말 몰라서 모를 때, 내 의견은 있지만 밝히고 싶지 않을 때, 설문 도구를 신뢰하지 않을 때, 조사하는 주체가 마땅치 않을 때, 별 관심이 없을 때, 그저 귀찮을 때 등등이 대개는 '모른다'에 반응할 수 있다.

이는 구어로 대화를 나눌 때도 마찬가지이다. '모른다'가 함의(含意)하는 바는 넓고 크다. 한국어 표현에서는 더욱 그러하다. '모른다'는 표현은 '글쎄'만큼이나 모호하다. 모른다는 것이 원래 좀 그렇다. 무엇을 아는지는 분명해도, 무엇을 모르는지는 모르기가 십상이다.

학교 선생님들이 자주 겪는 일이다. 힘센 두 녀석이 치고받고 싸웠다. 그 장면을 목격한 힘 약한 녀석이 불려 왔다. 선생님은 그 녀석에게 본 대로 말해 보라 한다. 녀석이 말한다. "선생님 저는 아무것도 모릅니다." 너는 보았을 거 아니냐? 이렇게 다그치지만, 녀석의 답은 한결 같다. "선생님, 보기는 했지만 저는 아무것도 모릅니다." 비슷한 예는 또 있다. 회사 행사에 쓸 비품을 A가 몰래 훔쳐 갔다. 우연히 이를 본 사람이 A를 고발했다. A는 당당한 표정으로 말한다. "나는 모르는 일이다. 증거 있는가? 음해이다." '나는 모른다'가 있기까지는 그걸 억지로 만들어 내는 과정도 있다. '모르는 걸로 하자', '안 들은 걸로 하겠다' 등등, '모른다'를 만들어 내는 불순한 과정이 있다.

해석학자 가다머(Hans-Georg Gadamer, 1900~2002)는 그의 저서 《언어와 진리》에서 말한다. "말은 무엇인가를 감추는 힘뿐만이 아니라, 자기 스스로를 감추는 힘을 가지고 있다." 내가 덧붙여 본다. 게다가 말은 자기 최면의 힘까지 갖지 않는가. 거짓말을 한 사람이 자신의 거짓말을 진실인 양 믿게 되는 데에 이르게 하는 것도 말의 힘이다.

'나는 모른다.' 이 말을 제대로 알아듣는 일이 이처럼 어렵다니! 난해한 세상이 되었다. 너무 정색하고서 말하는 "나는 모릅니다." 이걸 어떻게 들어야 할까. 알지만, 말할 수 없다는 뜻으로 들어야 할까. 말할 수 없는 나를 이해하고 지켜달라는 암시로 들어야 할까, 모르는 나에게 실토하라고 강박하는 상대에게 완강한 저항의 표시일까. 정말 솔직담백하게 '모른다'고 말하는, 그 이상도 그 이하도 아니라는 표정일까.

사기(詐欺)치는 말

예로부터 전하여 내려오는 속담·속언(俗諺)에는 설명할 수 없는 어떤 힘이 있다. 쫀쫀한 형식 논리로는 쉽사리 변증하지 못하는 그 어떤 지혜를 우리에게 바로 들이민다. 인류의 축적된 경험적 지식이 푹 우려져서 나온 '통찰의 언어'라 할 수 있다. 그래서 속담·속언에는 인류학적 가치와 자산이 숨어 있다. 그만큼 종족과 지역을 관통하여, 그 공감역(共感域)이 넓고 크다.

모든 말의 학습은 발달론적으로 '말하기'보다 '듣기'가 먼저이다. 아기들도 듣기를 먼저 익히고 그것을 말하기로 전이한다. 속담·속언도 그걸 말할 줄 아는 능력 이전에 잘 듣고 새기는 능력, 즉 듣기의 차원이 먼저 다져져야 한다.

어릴 적 어른들에게 이런 속언을 들었다. "사기를 처음 당할 때는 사기친 놈을 벌해야 하지만, 같은 종류의 사기를 두 번 세 번 당한다면 사기당한 사람의 책임이 크다." 그러면서 '귀가 얇은 사람'이 사기를 당한다고 했다. 어린 나는 사람들의 귀가 두꺼운지 얇은지를 남몰래 어림해 보곤 했었다. 남이 하는 아무 말이나 쉽게 뚫고 들어와서 마음이 흔들리는 사람을 두고 '귀가 얇다'고 한다는 것은 뒤에 알았다.

사기(詐欺, Fraud)는 남을 속여 착오에 빠지도록 하는 행위라고 사전은 정의한다. 사(詐)도 속인다는 뜻이고, 기(欺)도 속인다는 뜻이다. 사기를 '속이는 행위'로 규정하지만, 사기는 그 행위의 내용 대부분이 '말'로 이루어진다. 가령 사기꾼에게 어떤 말도 하지 말고 사기를 치라고 한다면, 그게 가능이나 할 법한 일이겠는가. 그러므로 속임을 당했다는 것은 속이려는 상대의 말을 제대로 의도를 살펴서 듣는 데에 실패했음을 뜻한다. 정확히는 그 말에 들어 있는 '속이려는 의도'를 제대로 뜯어서 듣지 못해, 속아 넘어갔다는 것이다.

사기에 가담하는 언어는 그 내용과 전달 방식, 양면에서 듣는 이를 착오에 들게 하여 무너뜨린다. 메시지의 내용이 듣는 이가 속아 넘어갈 정도로 정교한 합리로 위장되어 있음은 물론이다. 그걸 전달하는 사기꾼의 몸짓, 표정, 어조 등 화행(speech act)의 분위기는 얼마나 확신감에 차 있고, 친근하고, 부드러운지 모른다. 듣는 이의 욕망을 살짝 끌어내는가 하면, 동시에 어떤 염려도 사라지게 하는 안심의 장치를 준비한다. 그러나 좀 냉정하게 듣기로 작정하면, 즉 상대의 말을 바로 믿는 것을 유보하기로 하고 듣는다면, 사기꾼의 이런 교묘한 말과 웃음 띤 얼굴빛은 마냥 그 의도를 알아차릴 수 없기만 한 것이 아니다.

문제는 듣는 쪽에서 작동하는 듣기의 코드이다. 내 안에 있는 잘못된 욕망이 슬그머니 사기꾼의 교언영색(巧言令色)에게 먼저 마중을 나가는 데에 문제가 있다. 수고하지 않고 큰돈을 벌겠다는 욕망, 내 분수에 안 맞는 좋은 지위와 명예를 탐하는 욕망, 내 안에 이런 욕망이 있다는 걸 몰랐다고 말하겠지만, 사기의 언어는 나의 이런 허술한 욕망의 울타리를 넘어서 듣는 나의 귀를 얇디얇게 만들어서, 훅 하고서 내 안으로 들어오는 것이다.

누군가 '사기의 언어'로 나에게 다가올 때는 듣는 내 쪽에서 염두에 둘 일이 두어 가지 더 있다. 하나는 사기가 범죄라는 점이다. 물론 내가 사기를 당했을 때는, 나는 피해자일 뿐 내가 범죄를 저지른 것은 아니다. 그러나 사기 피해는 절도나 강도 등의 범죄 피해와는 다른 면이 있다. 조금만 더 도덕적 사고를 하가로 한다면, 내가 내 욕심을 절제하지 못한 점이 사기 범죄가 일어나도록 한 숨은 동인이 되는 것임을 발견하게 된다.

사기 범죄와 그림자처럼 붙어 다니는 범죄에 '횡령(橫領)'이란 것이 있다. 횡령의 글자 뜻 그대로의 뜻은, '남의 것을 가로채어[橫]' '내것으로 가지는[領]' 것이다. 대부분 사기 범죄의 목적은 그냥 상대를 속이는 데서 그치는 것이 아니라, 상대의 것을 횡령하는 데에 도달해서야 사기는 성공하는 것이다. 사기 치는 말에 속아 내 돈을 횡령당해 본 사람은 안다. 그는 아무도 없는 데서 독백의 문장을 읊조릴지도 모른다.

"아! 그때 멈췄어야 하는데, 아! 그때 참았어야 하는데."

다른 하나는, 지혜로운 듣기의 청자는 상대의 언어 메시지만 듣는 것이 아니라는 점이다. 내게 말하고 있는 사람, 바로 그 사람을(그의 말이 아닌) 듣는 데에 높은 수준의 듣기 역량이 있다 할 것이다. 사기는 상습이 되기 쉬운 범죄이다. 그래서 한번 사기꾼이 되면 상습적인 사기꾼으로 살아갈 확률이 높다. '사람을 듣는 능력'이란 내게 말을 걸어오는 사람을 파악하는 능력이다. 예컨대 그의 상투성, 그의 상습적 특성 등을 간파하는 능력을 쌓아가라는 것이다. 물론 이는 인생 체험에서 길러질 수 있는 능력이다. 이러한 능력은 듣기 역량이면서 동시에 사회적 역량 또는 소통적 역량이기도 하다.

이 대목에서 일반화된 소통의 준칙 하나를 떠올려 본다. 메시지가 선뜻 잘 이해되지 않을 때는 그 메시지를 전하는 메신저(messenger)를 주목하라는 말이 있다. 메시지가 의심스러울 때는 더더구나 그러하다. 메신저란 누구인가. 내게 사기의 언어를 전하고 있는 사람, 바로 그 사람이다. 미묘하고도 복잡한 상황 맥락을 거느리고 있는 듣기에서는 메시지와 메신저를 묶어서 들을 수 있는 역량이 요청된다.

그러니 참 듣기라는 것이 만만치 않다. 듣기가 자기 수양의 통로임을 알 수 있다. 그리고, 도덕적 자아를 지키고 건사하는 일상의 영역이 듣기임도 다시금 알겠다.

제 4 부

듣기의 사회학,
듣는 인간의 관계 지혜

굳은 맹세일수록 우리는 하늘을 두고, 신을 두고 맹세한다.
그런데 성서의 한 구절이 경고문처럼 따라붙는다.
"너희는 내 이름으로 거짓 맹세함으로 내 이름을 욕되게 하지 말라." (레위기 19:12)
인간이 거짓 맹세에 기울어지기 쉬운 존재임을 신은 진즉부터 알았는가.

뒷담화

뒷담화(뒷談話)는 뒤에서 하는 담화(말)이다. 뒷담화의 사전적 정의는 '당사자가 없는 자리에서 그 사람을 헐뜯는 말'로 되어 있다. 뒷담화는 있지만 '앞담화'는 없다. 앞담화는 일어나기 어려운 현상이므로 당연히 '앞담화'라는 말이 생겨날 수 없다. 누가 당사자 앞에서 그를 헐뜯는 말을 하겠는가. 사람들은 자기의 뒷담화는 듣지 못한다. 언제나 남의 뒷담화를 들을 수 있을 뿐이다.

'뒷담화'란 말은 아직 표준국어대사전에 공식 등재되어 있지 않다. 국립국어원이 마련해 둔 '우리말샘'을 검색하면 나온다. 이 말이 아직은 신조어 수준이기 때문이다. 언젠가 시간적으로나 공간적으로 더 널리 이 말의 쓰임이 보편화하여 국민이 두루 사용하는 쪽으로 확장되면 표준국어대사전에도 실릴 수 있을 것이다. 물론 언중들 사이에서 이 말의 쓰임이 약해지면 그냥 사라질 수도 있다. 감탄사 '대박'이 이제는 좀 시들해지는 기미가 있듯이 말이다.

뒷담화는 흔해졌다. 그리고 좀 연성화(軟性化)되었다. 좀 말랑말랑해졌다고나 할까. 분기탱천해서 어떤 녀석의 허물을 좌중이 일치단결하여 단죄하듯 헐뜯는, 그런 고전적 험담의 분위기와는 확실히 달라졌다.

기성세대의 규범으로는, 해서는 안 되는 것으로 여기던 것이 뒷담화이었는데, 요즘은 허용 폭이 좀 넓어졌다고나 할까. 그저 가벼운 험담 정도라면, 그래서 별 악의 없는 뒷담화라면 할 수도 있지. 그렇듯 뒷담화도 너그러운 모드(mode)로 변해 가는 듯하다. "아, 흉 좀 보면 어때서 그래, 임금도 없을 때는 욕한다는데…." "뒷담화를 하다 보면 자연스럽게 모두의 즐거움으로 이어지는 때가 있어요. 그냥 이야기 흐름에 맡깁니다." 이런 반응을 심심찮게 본다.

친구들과 함께한 자리인데, 누군가를 두고서 뒷담화를 한다. 뒷담화의 대상이 된 그는 나도 아는 사람이다. 이 뒷담화에 나도 흥미롭게 참여한다. 별생각 없이 그렇게 된다. 어찌 된 셈인지, 뒷담화 판에는 우리를 끌어들이는 강력한 유인 기제가 있다.

모든 소외 중 뒷담화에서 소외되는 것이 가장 참기 힘들다고 했던가. 슬며시 끼어들었던 나는 어느새 이 뒷담화를 주도하는 자리로 떠밀려 가고 있다. 물론 작심하고 한 일은 아니다. 어쩌다 보니 그렇게 흘러간 것이다.

뒷담화가 연출되는 장면은 일종의 경연 구조이다. 각자의 정보성(informativity)을 다투어 과시한다. 그 누구도 모르는 정보를 꺼내놓는 사람이 좌중을 휘어잡는다. 이른바 단독보도 내지는 특종에 해당하는 정보이다. 당사자에 대한 비밀 정보를 가지고 있으면서 뒷담화에서 묵언수행 하기란 정말로 어렵다. 밀도가 높은 정보는 당사자와 친한 친구에게서 나온다. 이럴 때 진정한 듣기의 자유를 가지고 나의 '듣는 자아'를 올바르게 잘 간수하기란 어렵다.

대개 이런 경우 집으로 돌아오면서 후회한다. 그냥 잠자코 남들 이야기 듣고만 있을 걸, 무슨 좋은 일을 보겠다고 그 뒷담화에 끼어들었단 말인가. 그 친구, 내가 이런 뒷담화 했다는 걸 알면 나에 대해서 얼마나 실망할까. 자기 검열이 심할수록 후회도 깊어 간다. 내가 고작 이런 수준이라니 하는 자기 모멸에 이르기도 한다.

자기변호를 해 보기도 한다. 내가 뭐 그렇게 잘못한 건가? 뒷담화와 험담(險談)이 같은 뜻은 아니야. 꼭 헐뜯겠다는 생각으로 끼어든 건 아니야, 악의는 없었어. 자기변호라는 건 원래 스스로 불편함을 이기지 못할 때 고개를 드는 것이다. 아무리 뒷담화를 보는 기준이 느슨하게 변했다고는 해도 무언가 꺼림직하다. 우리의 마음 안에 있는 잘 닦여진 도덕률은 스스로 얼마나 밝고 분명한지, 밤하늘의 총총한 별과 서로 조응한다고 했던 칸트의 도덕적 명제도 생각이 난다.

대개 뒷담화의 대상은 친구이다. 그중에서도 좀 잘 나가는 듯한 친구다. 약간의 질투도 있고, 견제 심리도 있다. 그러면서도 이거 우리가 다 친하니까 하는 이야기야 하며 뒷담화의 정당성도 챙긴다. 뒷담화는 그런 친근 맥락 위에서 성립되는 일면이 있다. 젊은 세대의 뒷담화 문화에는 이런 면이 도드라진다.

그러나, 그렇다고는 해도, 뒷담화를 권장할 수는 없다. 뒷담화에 열을 올리는 행동을 잘하는 거라고 할 수는 없다. 가치의 상대화가 복잡해질수록 뒷담화보다는 토론을 더 많이 해야 할 것이다. 뒷담화의 여지를 봐줄수록 대화의 합리성은 무너진다. 뒷담화에 기울어질수록 관계의 건강함은 시들 것이다. 토론의 적이 뒷담화이다. 지금 누군가의 뒷담화를 듣는 자리에 와 있는가. 휩쓸리지 않도록 '듣는 자아'를 바르게 곧추세워야 할 것이다.

요컨대 듣기의 윤리로 보면 뒷담화는 끼어들기보다는 그냥 듣고서 흘려보내는 쪽이 복을 짓는 일이다. 여기까지 잘해 놓고도, 바로 이 지점에서 뒷담화 듣기의 최악 모드로 끌려가는 수가 있다. 이를테면 이런 모드 말이다. 그 자리에서 묵묵히 들은 뒷담화 이야기를 뒷날 당사자에게 고스란히 전해 주는 일은 '뒷담화 듣기'에서 하류 중의 최하류이다. 그런 일이 생각보다 많다.

맹세의 말

살다가 누군가에게서 맹세의 말을 듣는 일은 흔하지는 않다. 만약 개인 간에 그런 맹세가 있다면 대개는 '사랑의 맹세'일 것이다. 사랑의 맹세는 사랑의 영원함을 전제로 한다. 그러나 맹세의 수사(修辭)만큼이나 현실과 동떨어진 것이 또 있을까. 1950년대 후반의 유명 팝송 'Till'을 1961년 패티 김이 '사랑은 영원히'라는 제목으로 불렀다. 가사의 표면은 아름답다.

"푸른 밤하늘에 달빛이 사라져도 사랑은 영원하며, 찬란한 태양이 그 빛을 잃어도 사랑은 영원한 것." 이런 단단한 맹세도 시간과 함께 '옛맹세'로 흘러가면서 맹세의 허망함을 피할 수 없다. 그것이 맹세의 운명이다. 한용운 시인은 1926년 발표한 '남의 침묵'에서 '맹세의 한갓됨'을 인간 세상의 변화 법칙인 양 묘파(描破)한다.

"黃金의 꽃같이 굳고 빛나던 옛 盟誓는 차디찬 티끌이 되야서 한숨의 微風에 날어갔습니다."

티끌만도 못한 맹세, 미풍에 날아갈 만큼 가벼운 맹세, 그것이 맹세의 본색임을 시인은 일러준다. 맹세의 허술한 구석은 맹세가 언어로 작동된다는 데에서 생긴다. 말로 다짐한 맹세는 말이 마음에서 살짝 떨어지는 즉시 허공의 사다리에 불과하다.

'사랑에 울고 돈에 속는다'는 세상의 속언도 사실은 모두 '말에 속았다'는 것 아니겠는가. 맹세를 들을 때는 냉정해야 한다. 쉽사리 감동으로 치달을 일이 아니다. 맹세의 불편한 진실은 또 있다. 맹세가 권력 조직이나 이권 공동체에 끼어들면, 맹세는 이미 덕(德)의 언어가 아니라 악(惡)의 기제로 동원된다. 폭력 조직이나 불온한 결사체 등에 맹세가 범람하는 것이 이를 입증한다. 나쁜 권력일수록 맹세를 강요하며, 그런 맹세를 제도화하고 의식화(儀式化)한다.

다시 선거철이 오고 있다. 밀약과 맹세가 넘쳐나는 정치의 계절이다. 만약 그대가 조직 안에서 맹세 듣기를 좋아하는 리더로 변해 간다면, 그대는 독재의 심리에 기우는 것이다. 강요하지 않았는데도 맹세를 자청해 오는 자는 괜찮을까. 그렇지 않다. 배신의 위험을 동반한 맹세일 가능성이 크다. 맹세 듣기에 너무 연연해 말자.

'맹세(盟誓)'와 '신기록'의 공통점이 무엇인지 아십니까? 맹세는 알겠는데, 신기록이라니요? 아, 그거, 운동선수나 천재들이 세우는 신기록 같은 거, 그런 기록 말입니다. 아니, 그게 서로 무슨 상관이 있다고, 공통점을 따질 일입니까? 얼른 생각이 안 떠오르시죠. 가르쳐 드릴게요.

그게 말입니다. 둘 다 깨지기 위해서 존재한다는 것, 그게 '맹세'와 '신기록'의 공통점입니다.

내가 생각을 보탠다. 깨진다는 공통점 안에 양자의 차이점도 있다. 기록이 깨진다는 데는 인간의 긍정적 상승적 이미지가 있다. 신기록에 부단히 도전하는 인간 승리의 모습인지라 흔연하다. 그런데, 맹세란 깨지기 위해서 존재하는 것이라니, 인간 존재의 불안함 또는 허약함, 그 불편한 진실을 냉소적으로 꼬집는다.

맹세는 무엇으로 하는가. 마음으로 한다. 맞다. 하지만, 이는 맹세하는 사람의 심적(心的) 태도이므로, 눈으로는 잘 안 보인다. 맹세를 구체적 현상과 구체적 의식(儀式)으로 드러내는 것은 '말'이다. 아무런 '말'도 없이 이루어지는 맹세는 없다. 맹세(盟誓)라는 한자어에 '말씀 언(言)'이 들어 있는 것은 맹세가 말로써 이루어짐을 증언하는 것이다. 그래서 맹세는 언약(言約)의 일종이다. 맹세의 징표로 단단한 돌이나 쇠를 대령하여도, 그것은 언약을 돕는 보조 상징에 불과하다. 기껏 거기다 언어를 새기는 데에 이바지할 뿐이다.

맹세하기에 대한 충고는 넘쳐나지만, 맹세를 어떻게 들어야 할까에 대해서는 이렇다 할 조언이 없는 편이다. 나는 이 대목에서 1940년에 백년설이 노래했던 가요 '번지 없는 주막'의 한 구절을 떠올린다.

> *"귀밑머리 쓰다듬어 맹세는 길어도*
> *못 믿겠소 못 믿겠소, 울던 사람아."*

정든 사람과 헤어지는 정경이다. 떠나는 화자는 사랑의 마음 변치 않겠다고 길게 맹세한다. 그러나 이 맹세를 듣는 상대는 '못 믿겠소'를 연발한다. 그녀는 인간의 맹세가 깨어지기 위해서 존재하는 것임을 이미 터득했음인가.

굳은 맹세일수록 우리는 하늘(신)을 두고 맹세한다. 여기에 성서의 한 구절도 경고문처럼 따라붙는다.

"너희는 내 이름으로 거짓 맹세함으로 내 이름을 욕되게 하지 말라." (레위기 19:12)

인간이 거짓 맹세에 기울어지기 쉬운 존재임을 신은 진즉부터 알았는가. 맹세를 어떻게 들어야 할지 생각이 많아진다.

모욕(侮辱)

　　모욕(侮辱)은 한자어이다. '모(侮)'는 '업신여길 모' 자이고 '욕(辱)'은 '욕될 욕' 자이다. '업신여기다'라는 말에는 '없다'라는 의미 자질이 들어가 있다고 봐야 할 것이다. 실제로 '업신여기다'를 사전에서는 '보잘것 없이 여기다'로 풀이하고 있다. 너 같은 존재는 없는 것으로 치부하겠다. 설령 너라는 존재가 내 앞에 있다 하더라도 내 눈에는 너 같은 놈은 보이지도 않는다. 보아줄 가치도 없으니, 그렇게 대하겠다. 모욕은 이런 심리적 상태에서 출발한다.

　　요즘 신조어로 쓰이는 '듣보잡'이란 말이 여기에 딱 맞는 말이다. '여태껏 듣지도 보지도 못한 잡놈'을 줄인 말이다. 상대를 눈앞에 두고 '듣보잡'이란 말을 해대는 사람의 품성이란, 가히 악마적이다. 악마의 심령 삼위일체가 작동하여 '모욕의 언행'이 탄생하는 것이다. 경박함과 비속함, 그리고 교만함이 바로 그것이다.

　　보통 사람들은 잘난 척하고 싶은 교만이 있어도 대개는 그것을 숨기고 산다. 그런데 모욕을 내지르는 사람은 교만을 과시하고 싶은 악령에 사로잡혀 있다. 당연히 자신의 교만을 교만으로 보지 못하고 모종의 의로움이나 용기를 발동한다고 생각한다. "대책이 없다"라는 말은 이런 경우를 두고 하는 말이다.

모욕을 작동하는 기본 요인은 상대에 대한 증오라고 생각하는가. 그렇지 않다. 더 본원적인 것은 교만이다. 숨어 있던 교만이 이틈을 타서 밖으로 나오는 것이다. 잘난 척하는 마음에 밀려서 모욕의 언동이 부상하는 것이다. 이로부터 남을 업신여기고 깔보려는 모욕 행위가 구체적 폭력으로 현신한다. 국어사전의 '모욕' 풀이가 이를 잘 보여준다. '교만한 마음에서 남을 낮추어 보거나 하찮게 여기다.' 모욕의 사전적 정의이다.

모욕을 듣는 쪽에서 보면, 참으로 듣기가 힘들다. 상대가 내 존재 자체를 완전히 깔아뭉개며, 나를 파괴하겠다고(요즘은 이걸 '찢어버리겠다'고 표현하는 세태이다) 내지르는 행위이니 성인군자라도 어찌 태연히 들을 수 있겠는가.

그런데 더욱 힘든 것은 모욕의 효과를 극대화하기 위해서 대개는 여러 사람이 있는 데서 나를 모욕한다. 여러 사람 앞에서 욕되게 내 얼굴까지 팔리게 하려는 작태이다. 이런 경우를 속언으로는 "쪽팔리게 한다"라고 한다. 이때의 '쪽'은 물론 '얼굴'이다.

심한 모욕은 죄가 된다. 형법상의 죄가 된다는 것이다. 그런데 재미있는 것은 법적으로 모욕죄가 성립하려면 불특정의 다수가 모여 있는 데서 모욕의 행위를 했는지를 중요하게 따진다고 한다. 모욕죄는 일단 유죄로 성립이 되면 그 죄는 절대로 가벼운 죄가 아니다.

그런가 하면 길거리 등에서 불쑥 나타나서 상대에게 잠시 귀를 빌리자고 해서 귓속말로 치명적인 모욕의 언어를 전하고 달아나는 방법도 있다고 한다. 게릴라식 모욕주기 공격이다. 정치인들에게 팬덤 현상이 강고해지면서, 일부 맹목적 무교양 지지자들이 상대 정파의 특정인을 망신 주기 위해서 써먹는 방식이라고도 한다. 직장이나 회사 등에서는 이른바 꼰대 혼내주기의 기술적 비법으로 전해지기도 하였다.

모욕을 들었을 때, 어떻게 대응하는 것이 좋은가. 정상적인 사람이라면 모욕을 듣고, 분노를 느끼지 않을 사람이 없다. 문제는 이 분노를 어떻게 처리하느냐에 따라 내가 들은 모욕은 독이 되기도 하고, 득이 되기도 한다.

모욕의 말을 똑같은 모욕의 언어로 갚아 주겠다고 나서는 것은 하책(下策) 중의 하책(下策)이다. 상대와 똑같은 놈이 되어서 함께 망가진다. 이를 두고 고사성어로는 이전투구(泥田鬪狗)라고 하였다. 대한민국은 이런 부류의 정치인을 다수 보유하고 있다.

또 다른 방책으로는 묵묵부답. 그 모욕 언어에 대꾸하지 않는 것이다. 한국인의 전통 속언대로 "욕이 배 따고 들어오나" 하는 심리로 묵묵히 버티는 것이다. 당장 그 자리에서는 힘들지만, 시간이 지나면 사람들은 나의 부당한 욕됨을 알아줄 것이다. 상당한 내공이 있어야 한다. 쉽지 않다.

그러나 무엇보다도 모욕을 듣고 대응하는 최상의 방책은 유머이다. 여기 링컨이 좋은 본을 보여준다. 링컨 대통령이 의회에서 연설을 시작하려는데, 한 야당 의원이 링컨에게 말했다. "당신은 두 개의 얼굴을 가진 이중인격자요. 아시겠소?" 모욕을 준 것이다. 링컨이 곤란한 표정을 짓다가 그 야당 의원에게 되물었다. "제가 두 개의 얼굴을 가지고 있다면, 오늘같이 중요한 자리에 왜 이 못생긴 얼굴을 가지고 나왔겠습니까?" 링컨의 대답에 여야 의원 할 것 없이 웃음이 터져 나왔다. 그 야당 의원의 모욕적 공격은 빛이 바래질 수밖에 없었다.

　유머를 단순한 재치로 보는 것은 단견이다. 유머는 높은 수준의 덕성 (virtue)이다. 그 덕성이 놀라운 지력(智力)을 만나, 그 어떤 선한 영향력으로 승천하는 것이 유머이다. 우리도 이런 정치인을 보유해 보았으면 좋겠다.

"못 들은 걸로 할게"

조용히 말씀드릴 것이 있다며, 후배가 비밀스레 말을 꺼낸다. 틀림없는 정보라고 말하며, 후배는 그가 벌이려는 일에 내가 참여하기를 은근히 권한다. 나는, 지금 그 정보라는 것에 유혹되고 싶지 않다. 번뇌를 불러들이는 일이 될지도 모른다. 그런데 상대는 지금 선의를 품고 말하고 있다. 나를 위한다고 하는 말이다. 적어도 나를 힘들게 하려고 하는 말은 아니다. 이런 말을 듣고서 어떻게 말하면 좋은가.

세상에서 제일 어려운 화법이 거절의 화법이다. 상대에게 상처 주지 않으면서, 상대를 거절하는 커뮤니케이션 스킬(communication skill)은 '스킬'이 아니라 '지혜'라고 하지 않는가. 그런 지혜까지는 아니라 해도, 이럴 때 비교적 적절한 대답이 있다.

"나는 못 들은 걸로 할게!" 점잖으면서도 은근히 단호하다. 웃는 표정으로 하면 더 효과적이다. "나는 못 들은 걸로 할게!" 이 대답에 덕스러움이 담길 때도 있다.

친구 K가 나에게 와서 말한다. "이거 말이야, 너만 알고 있어! 정말 특급의 비밀이야. 내가 직접 목격한 거라니까." 내가 물끄러미 K를 쳐

다본다. K가 소리 낮추어서 말한다. K도 알고 나도 아는 또 다른 친구 P에 관한 이야기다. P의 부인이 바람피우는 걸 봤다는 거다. 어디서 어떻게 보았는지를 K는 길게 설명한다. 확신에 차 있는 어조다. 나는 K의 말을 듣다가 중간에서 끊는다. "나는 못 들은 걸로 할게!" K의 이야기에 맞장구치고, 그걸 옮겨 나르고 했다가는, 세 친구가 동시에 빠르게 망가진다.

비슷한데 전혀 다른 느낌을 주는 말도 있다. 누군가 잘 차린 식사에 나를 모시겠다고 한다. 이전에 진 신세를 갚겠다고도 하고, 앞으로 도와 달라는 말도 덧붙여 온다. 그러나 그런 제안을 해 오는 사람 중에는 형편상 내게 그런 대접을 할 형편이 안 되는 사람도 있고, 특별히 내가 그렇게 후하게 대접받을 이유가 없는 사람도 있다. 생각해 보면, 그런 상대가 꼭 있다. 그럴 때 하는 말이다. "고마워요. 내가 먹은 걸로 할게요. 정말이에요."

그런데 세상이 믿음을 잃고 인심이 고약해져서, '못 들은 걸로 할게'라는 이 말도 세태와 함께 타락해 버렸다. 그 진정성을 믿을 수가 없게 되었다. 부정한 일을 꾸미고, 부당한 이익을 추구하고서, 막상 보스는 자기 책임을 은폐하려 한다.

"나는 못 들은 걸로 하겠어! 이건 자네들이 나 모르게 날 위해 한 일이야. 나는 못 들은 걸로 하겠어!"

아부(阿附)

아랫사람이 아부하는 걸 아주 싫어하는 회장님이 있었다. 직원들은 회장님 앞에서는 아부하는 인상을 주지 않으려고 조심하였다. 그런데 회장님의 측근 중 이런 사람이 있었다. 그는 회장님이 임석하는 공식, 비공식 모임 등에서 자신이 발언할 기회가 있을 때마다 "우리 회장님은 아부하는 사람을 정말 싫어하시는 강직한 분이십니다"라고 말하였다. 어떤 자리에서는 이렇게 말하기도 했다. "아부를 싫어하는 회장님을 모시는 저도 아부를 싫어하는 사람이 되었습니다."

그런데 언제부터인가 회장님은 이 사람을 크게 신임하게 되었다. 그가 회장을 두고 '아부를 싫어하는 강직한 분'이라는 소개를 놓치거나 빠트리면 어딘가 허전한 마음이 들었다. 회장님은 중요한 과업을 그와 상의하거나 그에게 맡기는 일이 늘어났다.

'아부(阿附)'의 한자 뜻이 재미있다. '아(阿)'는 '언덕'을 뜻하고 '부(附)'는 '붙는다'라는 뜻이다. 글자 뜻 그대로 하면 아부는 '언덕에 바짝 달라붙는다'라는 뜻이 되는 셈이다. "비빌 언덕이 있어야 비비지"하는 속언은 아부를 포함한 그 어떤 의존도 불가능한 딱한 처지를 뜻한다.

아무튼 이 한자 뜻에 따르면, 내가 아부하기 위해서는 내가 달라붙을 '언덕'이 곁에 있어야 한다. 그 언덕에 달라붙으려면, 즉 아부의 말이 잘 전달되려면, 거리가 가까워야 한다. 그래서 손으로 입을 가리고 다가와 귓속말로 전하는 말은 아부의 말이 될 가능성이 크다.

아부를 하는 사람은 그걸 아부로 생각하지 않는 경우가 많다. 자신은 그저 진정성을 가지고 말한다고 생각할 것이다. 원래 진정성이란 극단의 주관성 안에서 서식한다. 그래서 아부인 줄 알고 하는 아부는 정말 나쁘다. 아부의 말을 듣는 쪽에서도 분간이 쉽지 않다. 남에게 하는 아부는 쉽게 아부로 보이는데, 나에게 하는 아부는 충성으로 보이기 때문이다.

아부는 약자와 강자 사이에서 일어난다. 언덕(권력)도 아닌 나에게 그 누가 달라붙겠는가. 그런데 살펴볼 점이 있다. 부든 명예든 권세이든, 사람들은 자신이 그 누군가에 대해서 상대적인 권력이 될 수 있음을 알아차리지 못할 때가 많다.

아파트 101호 아주머니와 102호 아주머니가 아파트 단지 내에 오늘 하루 산지에서 싣고 와서 열리는 특산물 판매 특설 시장에 물건을 사러 가는데, 102호 아주머니가 판매장에 가서 보니 지갑을 가지고 오지 않았다. 현금도 없고 카드도 없다. 다시 집으로 들어가자니 멀고, 102호 아주머니는 101호 아주머니에게 돈을 좀 빌릴 수밖에 없다. 나중에 갚기로 하고 10만 원을 빌렸다. 갚을 때까지 101호는 채권자이고 102호는 채무자이다.

그 권력관계가 미세하고 미묘하지만 발생한다. 102호는 101호의 감정이나 기분에 무언가 맞추려는 심적 태도를 지닌다. 101호가 그다지 중요하지 않은 이야기를 해도 아주 크게 맞장구를 친다. 101호가 별반 우습지 않은 이야기를 해도 아주 크게 웃어준다. 일상에서 일어나는 상대적인 권력관계라 해야 할 것이다.

헌법이 제도로서 보장하는 정치권력만이 권력이지는 않다. 권력관계의 발생은 평범한 시민의 사소한 일상사 속에서도 얼마든지 생겨난다. 그것이 보이면 아부를 듣는 지혜가 생겨나리라. 내 안의 아부를 다루는 지혜도 생겨나리라.

사과(謝過)

　뜻밖에 상사가 나를 불러 부드럽고 짤막하게 사과를 한다. 좀 과하게 책임을 물었다고. 무서운 선배가 나직하게 사과를 한다. 내 어려운 형편을 잘 이해해 주지 못했다고. 물론 좀체 일어나지 않는 장면이다. 이런 사과의 효과는 크다. 무엇으로도 얻기 어려운 큰 존경심을 상사는 내게서 훔쳐 갔다. 사과는 늘 궁색한 것만은 아니다, 듣는 이에게 거부할 수 없는 사과를 할 수는 없는가.

　내 잘못을 인정하고 내가 스스로 상대에게 용서를 빈다는 것은 쉬운 일이 아니다. 그것은 용기에 해당한다. 훌륭한 사람의 척도를 이걸로 정하여도 좋으리라. 생각해 보면, 우리가 어릴 적에 교회나 학교에서 해 보았던, 비교적 순정한 사과의 경험도 대개는 선생님이 시켜서 한, 마지 못 한 사과들이 대부분이다.

　설령 순수한 사과의 뜻이 있다고 하더라도, 내가 사과한 사실이 알려지는 것이 싫어서 선뜻 사과에 나서지 못한다. 세상은 사과를 거래(deal)의 수단으로 삼는다. 피해 보상을 높이는 지렛대로 사과를 조건화하는 데까지 온 듯하다.

사과(謝過)는 갈등과 다툼을 해소하는 순기능을 가진다. 사과의 최종 성패는 사과를 들을 사람의 수용 여부에 달렸다. 진정성이 없다. 변명에 그쳤다, 말로만 하는 사과다 등등, 얼마든지 거부 사유를 만들 수 있다. 진정으로 사과하지만, 듣기를 거부당해서 좌초된 사과는 딱하고 안쓰럽다.

사과가 이루어지지 않음은 싸움이 지속되고 있다는 뜻이다. 사과를 거부하면 승자이고, 사과를 거부당하면 패자인가. 인생을 좀 더 긴 프레임으로 보면, 모두가 패자로 귀착될 수도 있다. '지는 것이 곧 이기는 것', 좀 부족한 사과임에도 말없이 들어주는 자의 지혜를 반영한 말이다.

사소한 학교폭력에 휘말린 가해 학생과 피해 학생 간의 문제도 학부모들 간의 사과 조건에 대한 합의가 이루어지지 않아서 표류하기도 한다. 그러는 동안 가슴만 멍이 든 아이들은 고스란히 피해자로 남는다.

사과를 들어주는 데에 좀 너그러워지자. 저 '들어준다'라는 말을 좀 유심히 들여다보자. 상대에게 무언가를 준다는 마음으로 그 듣기를 하는 것 아니겠는가. 즉, 듣는 쪽에서 무언가를 베풀어 준다는, 바로 그 마음의 작용이 '사과를 들어주다'에 있는 것이다.

사과하고 싶은데, 상대가 이 사과를 들어주지 않으면 어떡한단 말인가. 사과하면 들어주고 싶은데, 사과할 생각이라곤 조금도 없으니 어떡한단 말인가. 이렇게 서로 엇갈리는 대목에서 사과는 뱅글뱅글 돌아간다. 인생도 그런 대목이 많다. '사과하는 것'과 '사과를 들어 주는 것', 어느 것이 더 어려울까.

질투(嫉妬)의 말

　여기, 인간이 구사하는 세 개의 감정이 있다. 하나는 '비굴의 감정'이고, 또 하나는 '열등의 감정'이고, 마지막 하나는 '질투의 감정'이다. 만약 이 중 하나를 운명적으로 택해서 나의 감정으로 가져야 한다면 어떤 감정을 택하겠는가. 하나같이 못난 감정이고 천박한 감정이다. 쉽지 않은 과제이다.

　'비굴의 감정'은 자존심을 몰각해야 한다. '열등의 감정'은 자신감을 못 가지도록 한다. 이 대목에서 자존심과 자신감이 명료하게 대비된다. 비굴한 사람은 자존심이 없는 대신 약간의 자신감은 있다. 자존심을 버리는 비굴함의 처신으로 얻어낼 수 있는 것들이 있다는, 그 자신감이 있는 것이다.

　열등감이 강한 사람은 누군가를 이길 자신감은 없지만, 자존심은 있다. 물론 이를 온당하고 품격 있는 자존심(엄격히 말하면 자존감)이라 할 수는 없다. 열등감이 클수록, 그걸 안 들키려고, 겉으로 드러내는 자존심은 거칠고 등등하다. 그래서 열등감 강한 자를 잘못 건드리면, 예상치 못한 강한 반발에 직면한다.

질투심이 강한 사람은 자존심도 있고 자신감도 있다. 흔히 말하는 '질투의 힘'이라 할 수 있을 것이다. 자존심이 있으므로 자기보다 좀 나은 듯한 대상을 질투한다. 질투로 누군가를 제압한 적이 있으므로 자신감도 있다.

질투는 상대를 찢어버리고 싶은 감정이다. 안으로 치열하기를 따지면 증오를 넘어선다. 질투는 격렬한 싸움의 기제를 안으로 품고 있는 감정이다. 그래서, '질투의 감정'은 싸울만한 전의를 항상 장전해 두고 있다. 이 장전 태세가 곧 자신감의 증거이다.

왠지 질투는 신비한 고상함이 도사리고 있는 것처럼 보인다. 그래서 질투의 색채상징은 보라색이다. 드라마나 영화는 왕녀의 질투를 즐겨 다루지만, 촌부(村婦)의 질투는 거들떠보지 않는다. 이런 문화적 관습 때문에 질투는 언뜻 매력적으로 보일 수도 있다.

그런데, '질투의 감정'에는 치명적인 결함이 있다. 질투는 집요하고도 분망한 '열중'으로 지탱되는 감정이다. 질투에 가담하는 '열중'은 편집증(偏執症)의 일종이고, 질투가 계속되는 동안 그 편집증은 병적인 것으로 변질될 수밖에 없다.

그래서 질투는 바로 이 '열중'으로 인하여, 마침내는 자신은 물론이고 상대까지도 파멸시킨다. 비굴함이나 열등감은 여기에까지 이르지는 않는다. 질투의 감정은 그걸 발산하는 동안 여러 고통에 시달린다. 내 질투를 그가 알아차릴까봐 괴로워하고, 자신이 이처럼 통속적인 질투 감정에서 헤어나지 못한다는 데서 끝없이 괴로워한다.

참으로 재미있는 것은 질투의 말을 꺼내면서 상대는 꼭 이렇게 말한다. "내가 이거 너를 질투해서 하는 말은 아니야. 혹시라도 오해하지 마." 이런 조로 시작하는 말은, 사실은 질투하는 말이라고 들으면 크게 틀리지 않는다.

질투의 말은 우선 상대의 '열중'을 누그러뜨리며 듣도록 해야 할 것이다. 일문일답으로 그의 질투를 응대하며 듣기보다는 묵묵히 뭉뚱그려 들으며 내 반응을 최소화하는 지혜가 필요하다. 그 질투가 나를 향한 것이든, 제삼자에 대한 질투를 나에게 투사하는 것이든, 상대의 열중을 식게 하는 지혜가 필요하다.

절대적으로 금해야 할 것은, 질투의 언사를 들으면서 맞장구를 치는 일이다. 또 상대가 쏘는 질투의 화살이 내 몸에 박히지 않도록, 피해서 서 있도록 해야 한다. 마치 그 화살이 내게 오는 화살이 아닌 것처럼, 다소 동문서답하듯이 듣는다. 이 천박한 질투가 무슨 현대인의 교양이라도 되는 양, 온 세상에 가득하다.

이 천박한 질투의 감정으로 당파의 정치, 정쟁의 정치가 조석으로 굴러가는 듯하다. 정파나 진영 간의 입장문 주고받기도 '질투심 경쟁하기 모드(mode)'로 빠진 듯하다. 공중파 미디어도 이를 부추기는 데에 슬쩍 나선 듯하다. 물론 정치 유튜버도 여기에 크게 한몫한다. 이런 질투를 조장하는 미디어 콘텐츠들에 순진한 감정을 탈취당하지 말고, 맑고 차가운 이성으로 귀를 열어야 할 것이다.

평판(評判, Reputation)

교수 시절, 나는 대중교통으로 출퇴근했다. 캠퍼스는 도시 외곽에 있었다. 내가 탄 버스 안은 학생들의 대화로 그득했다. 교수의 강의 스타일, 리포트, 조별 발표, 시험, 축제 등이 주된 화제인데, 자연스럽게 교수들에 대한 평판으로 이어진다. 나는 본의 아니게 학생들의 교수 평판을 듣는다. 그들의 교수 평판은, 직설적이고 더러는 감정에 기울기도 한다.

나는 학생들의 교수 평판을 이런 식으로 듣는 것이 동료 교수들에게 미안했다. 그리고 좀 불편했다. 내 강의에 대한 평판을 버스에서 들은 적도 있다. 기분이 묘했다. 민의를 알겠다고 평복으로 갈아입고 저잣거리에 나간 임금님의 마음이 이럴까. 나는 이 버스 안 평판을 듣는 나의 태도를 두 가지로 정했다. 하나는 학생들 평판의 자연스러움에 대해서 인정하고 존중하기로 했다. 둘째는 학생들 평판만을 듣고 쉽게 동료 교수에 대한 편견을 가지지 않으려고 했다.

오스트리아의 위대한 작곡가 하이든 역시 인생에서 제일 성취하기 어려운 것이 있다면 첫째, 좋은 평판을 얻는 것. 둘째, 살아있는 동안 평판을 유지하는 것, 그리고 죽은 뒤에도 평판을 보유하는 것으로 꼽고 있다. 이는 평판을 얻기도 힘들 뿐만 아니라 평판을 유지하기란 더욱 힘들다는 점을 잘 표현한 말이다. 긍정적인 평판을 쌓기는 어렵지만 허물기는 순식간이다. 그리고 허물어진 평판을 다시 회복하기란 더더욱 어렵다. 개인이나 기업 모두 그러하다. (The PR Times, https://www.the-pr.co.kr)

평판(評判)이란, 글자 뜻으로만 보면 상당한 합리성 또는 객관성을 지닌다. '평(評)'은 비평과 평가의 이성에 닿아 있어야 하고, '판(判)'은 판단의 객관성 공정성을 담보해야 한다. 평판은 대개 사람을 대상으로 하는 경우가 많다. 요즘은 기관이나 조직에 대한 평판도 수집하지만, 그 평판도 종국에는 사람으로 집중된다. 평판의 원뜻이 합리성과 객관 공정성을 강조함에도 정치적 의도와 확증 편향으로 만들어지는 평판은 또 얼마나 횡행하는가.

그러나 현실에서 평판 청취는 그리 쉽지 않다. 평판을 듣겠다는 의도를 드러내면 이미 온당한 평판을 듣기가 쉽지 않다. 그 평판의 향방에 따라 권력을 정하는 국면이면 더욱 그러하다. 이른바 역선택이다 뭐다 하는 논쟁이 다 평판의 왜곡을 두고 생기는 것 아닌가. 여론조사조차도 그런 온당한 평판을 해내지 못하는 것을 본다.

누군가에 대한 평판을 들을 때는 바른 심지가 서 있어야 한다. 귀 얇은 호사가 기질로 접근하여, 그걸 여기저기 퍼 나르기에 분주하다면, 상대에게 해를 끼치고 종국에는 나를 해치는 일이 된다. 특별히 '누군가'를 긍정적이든 부정적이든 매우 적극적으로 평판하는 사람은, 그 '누군가'와 특별한 이해(利害)관계에 있을 수 있다. 이 점 또한 조용히 유의해야 할 것이다.

세상 변화는 참으로 빨라서 평판 조회(reference check)를 전문적으로 해 주는 용역 회사들이 인기를 끈단다. 이직하고 새로 들어간 회사에서, 전 회사에 이직한 인물의 평판이 어땠는가를 확인하는 것이다. 나에 대한 평판이 정보 자본으로 변하여 누군가에게 돈을 벌게 해 주는 세상이다. '평판의 진화'라고 하기에는 왠지 으스스하다.

남에 대해서 너무 많이 들으려고 귀를 밝히는 것은 예나 지금이나 부덕(不德)에 드는 문턱이다. 남에 관한 이야기를 아무 데서나 많이 털어놓는 것 또한 박덕(薄德)에 이르는 첩경이다. 근데 이게 쉽지 않다. 내가 너무 낡은 이야기를 하는 건가?

자식 자랑

원로 인문 학자인 J 선생을 댁으로 찾아뵈었다. 정정하신 편이다. 거주하시는 댁은 좀 특별한 아파트인데, 그 격조가 대단하다. 입주자들은 대개 시니어들로서, 경제력도 있지만, 지내 온 경력과 각기 자기 분야에서 쌓은 공덕이 대단하다고 한다.

J 선생은 입주자들이 세대별 취사를 하지 않아서 좋다고 하신다. 식사는 아파트 내의 공동 식당으로들 와서 잘 준비한 메뉴로 더불어 대화를 즐긴다고 한다. 조석 식사를 아파트 내 식당에서 나누니 이웃 간에 친근하단다. 선생께서는 편리해서 좋고, 노년에 외롭게 단절되지 않고, 입주자들끼리 인간적으로 친밀하게 지낼 수 있어서 좋으시단다.

좋은 점을 열거하시다가, "집 자랑을 좀 많이 했나" 하고는 말씀을 멈추신다. 그 말씀 끝에 J 선생은 그냥 지나가는 말투로 한 가지 불편한 것이 있다고 하신다. 그것이 무엇이냐고 여쭈었다. "자식 자랑들을 너무 많이 해요. 앉으면 끝이 없어요."

들어 주기로 작정하고 듣기로 하면, 세상에 흔한 것이 '자식 자랑'이다. 부모 있는 곳에 자식 자랑은 그림자처럼 따라다닌다. 특별히 도를 닭은 부모가 아닌 한, '자식 자랑'은 본능적이다. 그래서 그런지 자식 자랑은 여간해서는 품격 있게 할 수가 없다. 내 자식의 우월함을 내세우다 보면, 은근히 남의 자식 무시하는 듯한 기색을 비치기 쉽다. 설령 그런 뜻이 없었다 할지라도, 그런 느낌 전혀 주지 않고 내 자식 자랑을 하기란 참으로 어렵다.

그런데 세상에는 그냥 평범한 자식이 대부분이다. 아니, 그 축에 들기도 좀 무엇한 자식, 이를테면 부모가 어디 당당하게 내놓기가 어려운 자식들도 있다. 사실은 알고 보면 그런 자식이 그냥 평범한 자식이다. 겉으로 괜찮아 보이는 집안이라도 속을 들여다보면, 집안마다 부모에게는 '아픈 손가락'에 해당하는 자식이 있다. 그래서 내가 내 자식 자랑하는 동안에, 내 이야기를 듣고 있는 그 누군가는 '의문의 일패(一敗)'를 당하는 것이다.

일단 자식 자랑이 시작되면 브레이크가 걸리지 않는다. 본의는 아니었지만, 내 자랑이 높을수록 자랑 없는 상대방이 놓이는 골짜기는 낮아져서, 어느새 자랑하는 이의 어조에 차별이 살며시 끼어든다. 그럴수록 듣는 쪽은 민감하여 말하는 이의 자랑을 자랑으로만 듣지 않는다. 말하는 쪽의 속됨과 천박함을 먼저 짚어낸다. 그러니 본전도 못 찾는 것이 자식 자랑 아니겠는가. 자식 자랑은 팔푼이나 한다는 속언(俗言)이 새삼 환기된다.

그러면, 상대의 그 잘난 자식 자랑을 어떻게 들어야 한단 말인가. 정답은 없다. "나는 잘난 척하는 사람이 제일 싫어요." 이런 말을 대놓고

하는 사람도 적지 않다. 대놓고는 못 해도, 마음속으로 잘난 척하는 사람을 싫어하는 사람은 세상에 참으로 많다. 굳이 고백하라면 나도 여기에 속한다.

그런데 어떤 심리학 저널에서 이런 심리 분석 하나를 보았던 기억이 있다. 잘난 척하는 걸 못 봐주는 심리, 이 심리는 얼마나 정당한 것인가 하고 자세히 들여다보았더니, 그 또한 '잘난 척하는 심리(mentality of pride)'의 또 다른 형태라는 것이다. 그렇다면, 상대방의 자식 자랑, 어떻게 들어주어야 하는가. '그냥 들어주지 뭐' 하다가도, '아, 다른 핑계를 대고 자리를 뜰까' 하다가도 '그게 결국 잘난 척하는 거 못 봐주는 내 속아지 아닌가' 하는 자각에 도달한다.

상대방의 자식 자랑, 어떻게 들어야 하나? 고민이 시작되는 지점이다. 나는 듣는 사람 형편 헤아리지 않고 내 자랑만 늘어놓은 적이 없었던가. 돌아 보이고 또 돌아 보인다.

선고(宣告, Sentence)

내가 근무했던 대학은 후문 쪽으로 작은 길 하나를 두고 법원 건물과 나란히 있었다. 사람들은 여기를 '법원 골목'이라 불렀다. 재판 날 오후 무렵, 여기를 지나면 길모퉁이 곳곳에서 언쟁을 벌이고 있는 장면을 본다. 패소 판결 선고를 받은 사람이 소송 상대의 차를 가로막고 말싸움을 벌인다.

선고는 났지만, 그냥 물러서기가 억울하여, 법정 밖에서라도 한 판 붙을 기세이다. 패소자가 변호사와 얼굴을 붉히는 장면도 목도된다. 말 없이 길바닥에 주저앉아 머리를 처박는 사람은 유죄로 법정 구속 선고를 받은 피의자의 가족이다. 선고를 어떻게 듣느냐에 따라, 인생행로를 달리 구축(re-setting)해야 한다. 선고 듣기의 생애적 괴로움이 여기에 있다.

병원도 선고가 넘치는 곳이다. 의사가 내리는 사망선고나 불치병 선고는 그 자체가 운명이다. 엄청난 충격이다. 선고하는 일은 의사에게도 쉽지 않다. 외과 의사들은 생전 처음 환자에게 메스를 대는 것보다 유가족에게 의사로서 첫 사망선고를 내릴 때가 가장 두렵다고 한다.

선고를 '내린다'라고 하는 데에 주목해 보면, 선고에는 '거역 불가'의 기제가 들어 있다. 고대 사회에서 문제 사태를 신전의 신에게 물어서 해법을 강구하고 죄인을 벌하던 신탁(神託)의 기능을 떠올리게 한다. 선고는 대개 안 좋은 일을 고한다. 그러므로 선고는, '불운의 미래'를 확정하면서, 이를 어떻게 감당할지를 듣는 이에게 요청한다. 선고 듣기의 어려움이 여기에 있다.

선고는 영어로 'sentence'이다. '문장'이라는 뜻으로 널리 알려져 있다. sentence는 의견, 경구(驚句) 등을 뜻하는 라틴어 'sententia'에서 온 말로써, 원래는 'sentire(듣다, 감지하다)에서 feel(느낌)에 이르기까지의 사고 과정'을 의미했다. 이후 'sentences'는 문법 구조상 완전한 생각(a complete thought)을 담는 언어적 단위(문장)로 인식되면서 '선고'의 뜻까지도 가지게 되었다. 이렇게 됨으로써, 법정의 선고(sentence)는 형식이나 내용에서 흠결 없는 '완전한 생각'이 되어야 함을 감당하게 되었다.

선고의 엄중함이 이러할진대. 재판거래 따위로 국민의 눈총을 받는 법관에게 선고의 책무를 맡길 수는 없다. 선고를 듣는 이는 피고만이 아니다. 공의로운 선고를 기대하며, 그런 선고를 듣고자 하는 이가 국민 모두임을 왜 모른단 말인가.

수사학 기술까지 들을 수 있어야

잘생긴 이성을 만나서 보자마자 큰 매력을 느꼈는데, 한 시간 정도 대화를 나누는 동안에 애초의 매력은 조용히 빠져나가고 말더라. 돈을 빌려 달라는 요청을 단칼에 거절했었는데, 상대가 찾아와서 설득하는 말을 들으니, 그에게 돈을 빌려주려는 마음이 나도 모르게 생겨나더라. 자기 학설을 주장하는 교수의 말이 너무도 논리적으로 명료하여 그의 주장에 푹 빠져들었는데, 돌아오면서 생각해 보니 무언가 현실감이 떨어지는 듯해서 살짝 속은 느낌이 들더라.

이런 경험은 누구에게나 일상에서 일어난다. 위의 주인공들이 왜 처음의 마음을 끝까지 유지하지 못했을까. 왜 처음의 거절 마인드가 수용 마인드로 바뀌게 되었을까. 교수의 학설이 처음에는 믿을 만했지만 그게 오래 가지 못한 까닭은 무엇이었을까.

우리는 상대의 밀을 들을 때, 상대가 말하는 내용과 함께 상대가 구사한 수사학(修辭學, rhetoric)도 듣는다. 실제의 말하기에서 내용과 수사학은 분리되지 않기 때문이다. 수사학이란 '인간의 언어적 표현에 가담하는 설득의 전략과 기술'이다. 물론 수사학에는 말할 내용을 논리화하는 것을 비롯하여 상대가 응하도록 감성적 어조를 구사하는 것, 그리고 표정과 몸짓 손동작 등도 다 들어간다. 위의 주인공들이 상대의 말을 듣는 동안 처음의 마음을 끝까지 유지하지 못하게 된 데에는 상대가 구사한 수사학에 영향을 받았기 때문이라 할 수 있다.

수사학은 인류의 교육 역사에서 가장 오래된 연원과 역사를 가진 학문이자 기술이었다. 수사학은 고대 그리스 시대의 시민과 로마 시대 귀족이 배워야 할 필수 과목이었다. 수사학은 고대와 중세에만 위세를 떨친 것이 아니다. 현대사회에 와서는 더 확장된 영향력으로 변신하였다. 다만 그것이 수사학이란 이름으로만 존재하지 않을 뿐이다. 심리학, 교육학, 커뮤니케이션, 마케팅, 광고학, 정치 기술, 경영학, 행정학, 스포츠, 법정 담론 등등 모든 분야에서 수사학은 보이게 안 보이게 작용한다.

그렇듯 긴 역사를 지니고 다양하게 확장 분화한 수사학을 한마디로 정의하기는 쉽지 않다. 앞에서 말한 대로 수사학을 '인간의 언어적 표현에 가담하는 설득의 전략과 기술'로 좁게 규정한다고 해도, 이를 학문의 수준에서 탐구하는 수사학이 있고, 실용의 차원에서 적용하는 실행 기술의 수사학이 있다. 듣는 사람을 중심으로 본다면 상대가 실행하는 수사학 기술을 주목할 수밖에 없을 것이다.

요컨대, 수사학 기술은 말하는 이에게만 중요한 것이 아니라 듣는 쪽에서도 똑같이 중요하다. 상대가 구사하는 수사학 기술을 판단하고 평가하는 능력이 있어야 제대로 들을 수 있기 때문이다. 흔들리지 않고 들을 수 있기 때문이다. 이는 듣기 역량을 가늠하는 매우 중요한 자질이다. 듣는 이의 수준을 판가름하기 때문이다.

수사학 기술이 넘쳐나는 세상이다. 정치와 마케팅의 세계는 수사학 기술에 지배당한 지 오래다. 일찍이 정치의 웅변술과 함께 수사학도 기술적 발전을 해 왔다. 정치적 선동은 수사적 기술 없이는 일어설 수 없다. 수사적 기술도 어떤 임계점을 넘어서면 타락한 언어에 불과하다. 정치적 발언에 숨어 있는 수사학의 기술을 판별하며 들을 수 있는 청자가 되어야 할 것이다.

제5부

| 사물에 귀를 열고 |

"바람에 노니는 구름
오늘도 가고 있다
바위에 돋아난 풀잎
그 소리 먹고 있다"

황명륜 시 '문경 새재' 중에서

갈대의 울음

1966년에 나와서 대중의 사랑을 받아온 가요로 '갈대의 순정'이 있다. "사나이 우는 마음을 그 누가 알랴"로 시작하는 노래다. 순정을 다하여 사랑했으나 받아들여지지 못한 여리고도 아픈 마음의 사나이인 나를 갈대에 이입(移入)한 노래다.

우는 갈대, 저 마음이 내 마음이다. 사랑에 우는 내 순정이 바람에 흔들리는 갈대의 순정에 겹친다. 그런 정조(情調)의 노래였으므로 세속 대중의 마음을 움직였으리라. 순정과 통속은 가까운 거리다. 속됨이란 인간사 인생사의 맨얼굴이라, 마냥 무시하여 건너뛸 일은 아닐진대, 누가 통속을 함부로 탓할 수 있겠는가.

그런데 가을 갈대 서걱이는 소리를 사람들은 왜 '우는 소리'로 들으려 할까. 갈대가 중얼댄다거나 속삭인다거나 하지 않고, 또 다툰다고도 하지 않고, 왜 운다고 생각하는 걸까. 저무는 가을 탓인가. 생의 지나온 굴곡과 마디들은 대체로 서러운 울음의 사연 위에 생겨난다. 이로 인해 생은 뒷날 아름다울 수 있다.

생의 고난과 존재의 허허로움을 응숭깊게 응시하는 시로 신경림의 시 '갈대'를 넘어서는 작품이 있을까. 시인이 발견한 갈대는 '울고 있는 갈대'이다. 물론 현실의 갈대는 바람에 흔들리는 갈대였으리라.

바람에 흔들리는 갈대는, 지난여름 그 청청했던 초록의 물기를 이미 허공과 대지에 다 내어 준 채, 가을 지는 자리에 서 있는 회백색의 마른 갈대이다. 그 갈대가 운다. 아니, 내가 운다. 시인은 그런 고뇌와 고독의 인생행로를 가는 인간 존재를 표상하는 자리에 갈대를 불러들이는 것이다.

조용히 속으로 울고 있는 갈대를 시인이 응시하는 데서, 신경림의 시 '갈대'는 시작한다. 시인은 갈대의 몸과 마음으로 들어가서 말한다. 갈대는 자기를 흔드는 것이, 바람도 달빛도 아니고, 자신의 울음소리였다고 말한다. 내 울음소리가 나의 생을 흔들리게 하는가. 내가 흔들리는 생의 어떤 지점에서 울음이 나오는 건가.

시인의 시는 이렇게 끝난다. "산다는 것은 속으로 이렇게 조용히 울고 있는 것이란 것을 그는 몰랐다." 시인은 갈대를 응시하는 자리에서 비로소 알아차린다. 울음의 힘으로 흘러온 생의 마법을, 생의 비의(祕儀)를 알아차린다.

마침내 가을은 내 안의 울음소리를 듣는 동안 깊어 가리니, 내가 나의 생을 위로와 연민으로 포옹하려고 할 때, 내 안의 조용한 울음소리를 나 또한 들을 것이다. 울음이란 슬프고 처량하기만 한 것은 아니다. 울음은 불순한 욕망과 흐트러진 감정을 정화한다. 이 가을 부조리한 생의 한가운데서, 조용히 속으로 울고 있는 갈대의 소리를, 아니 나의 울음소리를 들어 볼 일이다. 껴안을 수만 있다면 그대의 울음소리도 들어 볼 일이다. 이 가을, 말없이 내게로 포개지는 갈대의 마음을 닮아 볼 일이다.

가을 끝자리, 만상의 우는 소리에 그대 귀 기울이고 마음 기울여 보라. 듣지 못할 것이 무엇이겠는가. 깨닫지 못할 것이 무엇이겠는가.

구월이 오는 소리

묵은 책장을 정리하다가 우연히 30년도 더 지난 나의 편지 한 장을 발견했다. 아마도 써놓고 부치지 못한 편지였던 듯하다. 내가 내 글을 읽으면서도 낯선 느낌이 드는 것은 시간이 오래 지난 탓일까. 시절로 치면 꼭 이맘때 늦은 9월쯤의 서간이다. 편지의 서두는 이러하다.

"하늘 높아지고 물빛도 서늘합니다. 밤이면 은하의 별무리 총총하고, 그 별빛에 화답하듯 지상의 온갖 풀벌레 울음소리 적막 가운데 가득합니다. 가을 오는 소리 기척에 귀는 밝아지고 정신은 맑아지는 듯합니다. 청량한 기운이 다가오는 9월입니다.

C형, 그간도 무탈하신지요? 저는 고향 부근 황악산 자락 어느 암자에 잠시 머물고 있습니다. 마음 다스리는 공부도 하고, 글 쓰는 일에 제 마음을 묶어두는 시간으로 삼으려 합니다."

진정성이 넘쳐나는 편지는 수신인이 둘이다. 겉봉에 적은 명시적 수신인 말고, 숨은 수신인이 있다. 그는 다름 아닌 나 자신이다. '진정성 넘치는 편지쓰기'에는 알게 모르게 '내가 나에게 쓰는 편지'라는 숨은 기제가 작동한다. 진정성이란 '과도한 자기 주관성'의 다른 이름이기도 하기 때문이다. 편지 받을 사람과 자기 자신을 동일시하는 경지로 나아가는 숨은 프로세스가 내재해 있는 것이다.

나는 이 편지에서 내가 구사한 '문안의 인사법'에 아련한 향수를 느낀다. 하지만 요새 누가 이런 식의 문안 인사를 쓴단 말인가. 그저 편한 대로 "잘 지내지" 또는 "별일 없지" 하는 식이다. SNS 인사는 아예 '문안의 언어'도 없이 용건만 전한다. 나도 젊은 시절 한때는 편지 서두에 안부 인사를 하면서 계절 타령을 얹어놓는 것이 좀 진부하고 상투적인 언어 운용이라고 생각했다.

상투어, 진부한 표현 맞다. 예전에 편지를 쓰면서 그 서두 안부에 장황하게 계절 인사를 집어넣던 것은 그 자체로 상투어이다. 그런 상투적 표현을 아무 생각 없이 반복하는 성향이 상투성의 전형이다. 그래서 좀 참신한 표현을 찾아보자고 한다. 나도 그런 말을 수백 번도 더하며 학생들을 가르쳤다.

그런데, 요즘 들어서 약간의 회의가 생긴다. 이를테면 이런 것이다. 상투어에 대한 부정적 고정관념은 얼마나 정당한가. 상투성과 상투어는 정말 찌그러져야 할 몰가치(沒價值)한 것인가. 상투어는 그 어떤 의미론적 긴장(tension)도 모두 잃어버린 말이기만 한가.

어떤 말이 처음부터 상투어일 수는 없다. 그 말도 처음에는 새로운 의미를 만들어 내면서, 탱탱한 긴장(tension)의 매력을 뿜어내던 말이 아니었을까. 시간이 좀 지났다고 해서, 그 말이 생겨날 때의 '발생론적 의미'를 아주 무시할 수 있을까. 어떤 말이 생겨날 때의 발생론적 의미는 보려 하지 않고, 그 말을 순전히 기능적 효율만 다루려고 할 때, 그 말은 상투어로 밀려난다. 일반화할 수는 없지만, 그런 구석이 있는 것만은 부정할 수 없다.

나는 상투어(또는 상투적인 것)를 그냥 낡은 것으로 치부하고 지나치려다가, 요즘은 그 앞에 잠시 걸음을 멈추고 그걸 오래도록 들여다본다. 더러는 그 상투성을 향하여 말을 걸어본다. "자네의 청년 시절은 어떠했는가?" "자네가 지금도 나에게 보여줄 수 있는 것은 무엇인가?" "자네 억울한 것 있으면 내게 말해 보게나." 뭐 이런 식이다.

그렇게 오래 들여다보면 상투성의 허물은 벗겨지고, 무언가 이전에 보지 못했던 것이 다가온다. 마치 내가 내 얼굴을 오래 거울로 들여다보면 그 얼굴이 내 얼굴 아닌 것으로 다가오는 것과 흡사하다. 상투성의 외피는 언뜻 진부하고 따분하고 낡아빠진 형해(形骸)로 보이지만, 그 안에는 이전에 미처 발견하지 못했던 그 무엇이 있다. 지금의 참신하기 그지없는 것들도 시간과 함께 상투성에 편입되어 갈 것이다.

이제 다시금 새삼스럽게 옛날식 문안 인사가 띠는 고풍스러움이 좋다고 우길 생각은 없다. 자칫 형식적일 수도 있고, 그 인사에 허위의식이 실릴 수 있음을 나도 경계한다. 그러나 그렇기에 놓치고 싶지 않은

것도 다시금 보인다. 안부를 묻는 인사에 계절 변화를 감득하는 말이
실려 가는 것이 얼마나 괜찮은 것인지를 이제야 발견한다. 나이 듦에
대한 고마움, 맞다.

계절의 변화를 지각하려는 인간의 정신은 겸허하고 고매해질 수밖
에 없다. 이를 통해서 우리는 우주의 질서에 대한 리듬과 그 감수성을
안으로 일깨운다. 아니 우주 질서에 대한 리듬감과 감수성이 있음으로
써 우리는 안부 인사에 계절 인사를 쓸 수 있다. 내 안에 맑은 심령(心
靈)이 편지글 행간에서 어른거린다.

가을밤 풀벌레 울음소리가 밤하늘 총총한 별들과 교감하는 걸 느낌
으로써 우리의 영성은 얼마나 높이 고양되는가. 그런 마음 사연을 편
지글 안부 인사에 담아서 그 누군가와 함께 나누는 일은 얼마나 아름
답고 위대한가.

시대의 국민 가수 패티 김의 명곡 중에 '구월의 노래'가 있다. 나의
애창곡이기도 하다. 가사의 첫머리는 "구월이 오는 소리 다시 들으며
~" 이렇게 시작한다. 계절 오고 가는 소리, 해와 별이 운행되는 시간의
소리에 나를 기울여 깨워볼 일이다. 지금은 구월이 손에 잡힐 듯, 귀에
들릴 듯 바짝 다가와 있다. 내 사랑하는 이여! 그대 지금 어디서 구월이
오는 소리를 듣고 있느뇨!

사랑하는 것들을 계절의 소리와 더불어 불러 올 수 있는 데서, '들으
려는 마음' 안에 있는 나의 영혼을 볼 일이다.

종소리

　밀레의 명작 '만종(晩鐘)'은 하루의 노동을 끝낸 부부가 해 저무는 들판에 서서 기도하는 모습으로 화폭이 찬다. 어떤 삶의 고뇌를, 어떤 비원(悲願)을 기도로 고하는 걸까. 이 그림은 왜 제목을 '기도'로 하지 않고 '만종(저녁 종)'으로 했을까.

　밀레는 종소리를 어떤 관념으로 내재화했기에 이런 그림을 그렸을까. 그림의 저 뒤편을 보면, 먼 지평선에 교회당 종탑이 희미하게 보인다. 그 종탑으로부터 빈 들에 아련히 퍼지는 종소리 들으며 올리는 기도이리라. 그림을 오래 보고 있으면 종소리가 들린다. 종소리가 인간의 심령에 다가오는 데에는 어떤 비의(祕儀)가 있는 것 같다.

　소리와 빛은 물리의 세계에 있으면서, 동시에 인문의 세계에서도 잘 상통한다. 예컨대 '구원의 빛'과 '구원의 종소리'는 의미론적으로 가깝다. '절망의 빛'이라든지 '타락의 종소리' 같은 표현은 성립되기 어렵다. 인간은 '구원'이라는 상상력을 발달시키면서, 빛과 종소리를 친밀하게 만들었다. 모두 밝음과 소망의 이미지가 들어있기 때문이다.

　소리에도 명도(明度)가 있다면, 종소리는 인간이 만든 문명의 소리

중에 가장 밝은 이미지를 지닌다. '어두운 빛'이 없듯이 '어두운 종소리'도 없다. 설령 조종(弔鐘)이라 하더라도, 그 종소리는 위안과 영생의 소망을 담는 상징이 작동하여, 망자를 둘러싼 어둠을 몰아내는 밝음의 메신저가 된다. 원시 인류가 자연의 소리 가운데 신의 계시를 전한다고 여긴, 밝고도 영감 있는 소리, 그것을 인위적으로 구현하여 만든 소리가 태초의 종소리 아닐까.

인류 문명사에서 종소리는 축제나 제례, 종교의식 등에서 하늘의 소리를 전하는 기능을 했다. 신이 인간에게 메시지를 줄 때 종소리로 주며, 인간이 신에게 메시지를 올리는 데에도 종소리의 힘을 빌려왔다. 그러던 종소리가 지금은 사람과 사람 사이의 소통에 '기쁨과 축복의 동력'을 주는 그 무엇이 되었다. (YouTube '1만 개의 종을 모은 종 수집가 이재태 교수')

근대를 대표적으로 표상하는 근대 학교는 잘 계획된 공부와 놀이의 장이었는데, 이를 시간으로 잘 통제해 주는 것은 종소리이었다. 수업의 시작과 끝, 학생 활동의 시종을 종소리가 잘 구분해 주었다. 전자기술이 발달하면서 종이 사라진 자리에 스피커로 전하는 음악 선율이 대신했다. 매끄럽기는 하지만 종소리의 운치는 없어졌다.

전통 종이 사라지던 어디쯤 한때는 '전기종(電氣鐘)'이라는 것도 있었다. 전종(電鐘), 전령(電鈴) 등의 이름으로도 불렸는데, 전류가 흐르면 빠르고도 반복적으로 종을 때려서 '따따따르르릉' 하는 소리가 이어지게 했다. 나는 중·고등학교 시절 이 전종으로 수업 통제를 받았는데,

그 소리는 통각에 가까운 따가운 소리였고, 그 소리를 듣는 순간, 마치 벌에 쏘인 듯한 느낌이었다. 그만큼 그 소리는 아주 강력한 경보, 그것도 화재나 절도 경보에 쓰일 만한 것이었다.

전종은 전기 기술에 올라타서 전통의 종(鐘)을 몰아내고 그 자리를 잠시 차지하였다. 실제로 전종은 19세기 말부터 학교 종, 초인종, 산업 공장의 알람(alarm) 등에 사용되었다고 하니, 이 또한 기술 근대의 산물이라 해야 하나? 이제 종(종소리)은 우리 일상에서 사라지고 있다. 고난의 인간 심령이 신 앞에 꿇어 신탁의 소리인 양 듣던 종소리, 그런 종소리의 성역이던 교회당에서도 종소리는 사라졌다. 도시의 소리 환경이 혼탁해지면서 종소리도 소음으로 분류되었다.

그 종소리를 위해 헌신하던 종지기도 이제는 고전극에서나 나오는 캐릭터가 되었다. 생각해 보니, 종지기의 전형은 오로지 종을 울려, 그 종소리를 만인이 듣도록 하는 데에 자신을 바치는 인물이었다. 종소리의 소리 상징을 거룩하게 걸머지고 있는 자리였으므로, 종지기는 다른 소리에는 아무 상관을 하지 않고, 그냥 과묵하여 묵묵하였다. 누가 수다스러운 종지기를 보았는가. 이제는 볼 수 없는 종지기의 그림자를 종소리 너머로 헤아려 본다.

그래도 그나마 근대의 운치를 지니고 남아 있는 종소리가 있다. 그 종소리 들으며, 세모의 거리 송구영신의 풍경을 간다. 성탄의 종소리에 거룩한 선의를 일으켜 세우며, 구세군 자선냄비 종소리에 내 안의 자비와 사랑이 일깨움을 받는다. 제야의 종소리에 묵은해 회한을 겸허히

씻으며, 그 종소리로 나의 새 소망에 세례를 준다.

여기에 이르면 종소리는 밖에서만 들려오지 않는다. 내 안에도 종소리 하나 은은히 울려 나오는 걸 듣는다. 내 마음의 종을 울리는 내 안의 종지기는 누구인가.

진양조

일제 강점기인 1941년, 가수 백년설이 부른 노래에 '만포선 길손'이라는 가요가 있다. 뒤에 이미자가 부르기도 했다. 만포선은 평남 순천에서 북으로 달려 압록강 만포에 이르는 300㎞의 철길이다. 강을 건너면 북만주 벌판으로 간다. 노랫말에 '진양조'가 나온다.

만포진 구불구불 육로길 아득한데
철쭉꽃 국경선에 황혼이 서리는구나
톳자리 주막방에 목침을 베고 누워
흐르는 진양조에 내 사랑 그리워진다
날이 새면 지향 없이 떠나갈 양치기 길손

낭림산 철쭉꽃이 누렇게 늙어간다
당신이 오실 날짜 강물에 적어 보냈소
명마구리 울어울어 망망한 봄 물결 위에
님 타신 청포 돛대 기다리네 그리네

나는 이 노래 가사에 호출된 '진양조'란 말이 참으로 '진양조'에 여실한 분위기로 와닿는다. 유랑의 시대 타관 객지 주막 방에 누워 듣는 '진양조', 그 곡조에 서리는 방랑과 한의 에스프리는 식민지 백성의 긴 한숨이고 깊숙한 신음이다. 애틋하고 애잔하고 좀 구슬프다. 정처 없는 길 위에서 쓸쓸히 탄식하는 자아를 진양조로 불러서 데리고 오는 데에 그 음률의 깊은 맛이 있다.

진양조는 느린 장단으로, 한국인의 슬픔이나 한을 표현하는 대표적인 장단이다. 판소리 춘향가의 십장가나 옥중가, 그리고 심청가의 심봉사 부인 곽씨 부인 유언 대목 등이 진양조에 실려진다.

진양조는 알게 모르게 세계성을 띠고 있다. 외국인들은 진양조에서 한국적 한의 숨은 형질을 초월적으로 감득하는 듯하다. 나는 판소리의 주조를 진양조에서 감촉한다. '가장 한국적인 것이 가장 세계적이다'라는 명제에 가장 근사하게 가 닿는 무형의 소리 문화 자질이 '진양조'라고 말하고 싶다.

진양조를 듣는다. 꼭 판소리가 아니어도 좋다. 쓸쓸하고 슬픔이 겨우면, 내 안에서 그 무엇이 흘러 나와서 스스로 탄식이 되기도 하고, 그 탄식이 나를 어루만지기도 한다. 내가 어떤 곡조를 진양조로 슬프게 듣는 동안, 또 다른 내가 조용히 나를 불러서 다독인다. 단언컨대 진양조는 쉽사리 한국인 곁을 떠나지 못하리라.

어릴 적 할머니는 근심이 깊어지면 당신 혼자서 무언가 느리고 처지게 웅얼거리셨다. 그럴 때는 찬송가조차도 진양조의 리듬에 실렸다. 처연함이나 슬픔이 마냥 나쁘지는 않다. 슬픔도 힘이 된다. 진양조를 들으면서 만해(卍海)의 '님의 침묵' 한 구절을 마음에 품는다.

"슬픔의 힘을 옮겨서 새 희망의 정수박이에 들어부었습니다."

짚요강

한국의 고전적 아름다움이 단아한 정서로 번져 나는 수필 한 편을 들라고 하면, 나는 윤오영 선생(1907-1976)의 '부끄러움'을 든다. 내가 저술한 문학 교과서에도 수록한 적이 있다. 작가의 사춘기 소년 때 경험을 수필로 쓴 것이리라.

소년은 집안 간에 잘 알고 지내는 집을 인사차 찾아간다. 방으로 들어가니, 마침 그 집 소녀의 곤때(고운때) 묻은 속적삼이 걸려 있는 걸 본다. 이 장면에서 그 집 소녀가 보이는 부끄러움의 정경을 담아낸 수필이다. 소녀는 심부름하는 노파를 시켜 가만히 그 옷을 감추면서도 못내 부끄러워한다. 나는 그 부끄러움이 아름다웠다.

사람의 몸 구석을 직접적으로 떠올리게 했을 때 부끄러움이 작동하는 것은 동서양 문명사회의 일반적인 감수성으로 보인다. 이렇게 되는 걸 피하려는 데에 예절 의식이 생겨나는 것 같다. 그 몸 구석을 상기시키는 것이 소리일 때는 더욱 그렇다. 방귀를 뀌면서 "실례(失禮)"라고 하는 것이 대표적이다. 점잖은 자리에서의 기침 소리도 실례로 인식한다. 그래서 트림 소리, 하품 소리, 방귀 소리 등은 무조건 참아야만 하는 것이었다. 배가 고파서 꼬르륵 소리가 나는 것도 본인이 먼저 부끄러워한다.

이렇듯 몸의 소리를 애써 참는 것으로부터 서로 해방되자는 것이 '방귀를 튼다'는 말이다. 이는 대체로 결혼한 부부가 처음에는 방귀 소리 내는 걸 참다가, 어느 순간부터 참지 말고 자연스럽게 방귀 소리를 내고, 서로 들어주자는 합의를 담은 말이다.

'트다'라는 말은, 원래 '가로막힌 걸 치워서 서로 통하게 하다'라는 뜻의 동사이다. '방귀를 튼다'는 것이 있기 전에, '나이를 튼다'는 말이 먼저 있었다. 몇 살 차이를 따져 아래위를 엄격히 구분하는 것은 서로 편하게 사귀는 데에 거치적거리니 그걸 트자는 뜻으로 쓰인 말이다.

이런 상하 구분은 한국 사회에서는 서로 간에 존대어를 쓰느냐, 반말을 쓰느냐로 나타난다. '우리는 서로 말을 트게 되었다'라고 말하면 반말하는 사이가 되었다는 뜻이다.

충남 서천에는 한산 이씨의 후예인 교육사업가 이하복 선생(1911-1987)의 초가 고택이 유명하다. 여러 전통 유물 중에 선생이 혼인할 때 신부가 타고 왔다는 4인교(四人轎) 가마도 있다. 가마 안에는 요강이 있다. 물론 신부가 사용하라고 넣어준 요강이다. 그런데 이 요강 안에는 짚을 깔아서 소리가 밖으로 새어 나가지 않도록 했다고 한다. 그것이 짚요강이다.

잘 들리게 하려는 문명이 있는가 하면, 듣지 못하도록 하려는 문화도 있다. 인간의 듣는 모습, 복잡하고 오묘하다.

봄의 소리

몇 해 전 우수 경칩 지나가는 이맘때, 노환의 어머니에게 어떤 희망의 말씀을 드리면 마음에 밝음이 비칠까 고심했다. 병원 앞 멀리 남한산성 능선으로 느낄 듯 말 듯 봄이 오고 있었다. 나는 어머니의 침상 옆에서 짧은 기도를 하고, 어머니께 말을 걸었다.

"어머니, 봄이 오고 있는데, 봄의 소리 들리세요?" 어머니는 내게 눈빛만 교환하신다. "어머니, 봄이 오면 온 세상 생명의 기운이 솟아난대요. 산천초목이 소생하고…." 어머니는 다시 눈빛만 주신다. "어머니도 봄이 주는 '생명 기운' 받으세요. 봄 오는 소리 느끼면, 그 기운을 받는대요. 좋아지실 거예요." 어머니는 이번에 눈을 깜박하셨다. 아직은 너무 이른 봄이라, 병실 밖으로 나갈 수 없어, 봄을 눈으로 느끼게 할 수는 없었다. "어머니, 봄의 소리를 들으려고 해 보세요." 어머니가 묵묵히 눈을 감으셨다. "어머니, 봄의 소리 들리죠? 그렇죠?" 나는 연극 대사처럼, 독백처럼, 방백처럼, 말했다.

그런 대사를 봄이 들었을까. 아무튼 그해 봄을 어머니는 그렇게 그렇게 견디어 내셨다. 봄의 소리는 지금 이맘때, 겨울 끝자락 이때가 듣기에 맞다. 봄이 아주 멀리서 오고 있는 때라야 봄을 듣는 깊은 맛을 찾을 수 있다. 그 소리는 '마음의 귀'로나 들어야 할까. 봄의 빛[色]이 난만하면, 봄의 소리는 그 내밀한 비경을 내어놓지 않는다.

요한 슈트라우스 2세의 '봄의 소리 왈츠(Frühlingsstimmen)'에는 봄 오는 소리가 악기의 음색으로 잘 살아나 있다. 특히 시작 부분 플루트와 하프가 어우러지며 나는 새 울음소리와 시냇물 녹아 흐르는 소리, 봄바람이 새싹을 찾아가는 소리 등을 듣는다. 성악곡 가사는 "아~ 모든 고난은 이제 끝이어라. 슬픔은 온화함으로 행복하게 다가왔노라"라는 전언을 담고 있다.

작곡가 슈트라우스가 57세에 세 번째 결혼을 앞두고 작곡한 곡이라 한다. 봄 오는 소리를 듣고 있는 인생의 지점이다.

계절을 느끼는 인간의 감수성은 하늘이 내린 축복이다. 첫째, 계절의 섭리를 그 어떤 미학(美學)으로 누린다는 데서 축복이다. 둘째, 이러한 계절 감수성이 우리의 내적 성숙을 이끌어 간다는 데서 또한 축복이다.

'봄의 소리 왈츠' 성악곡의 가사는 계절의 운행에 대한 감수성이 얼마나 고상하고 내성적(內省的)인지를 보여준다. 음악이 시를 만나 정서가 한결 조화로운 의미로 승화하는 경지라고나 할까. '봄의 소리 왈츠' 성악곡 가사의 일부를 옮겨와 본다.

"ah, alle Pein zu End mag sein,/

alles Leid, entflohn ist es weit!

*"아~ 모든 고난은 이제 끝이어라.
슬픔은 온화함으로 행복하게 다가왔노라.
행복에서 믿음을 되찾고
햇볕은 따스하게 비춰주네
아! 만물은 웃음으로 다시 깨어나네."*

계절의 소리에 감응하려는 마음이 있다면, 거기에는 어떤 영성(靈性)이 작용하는 것이려니 하고 나는 믿는다. 우크라이나 처참한 전쟁터에도, 튀르키예 절망의 재난 터에도 오고 있을 봄을 떠올리며, 신의 자비를, 아니 인간의 자비를 간구해 본다. 그리고 나의 귀를 저 먼 곳까지 열리도록 기원해 본다.

편지나 메시지의 서두에 계절 인사를 넣고 싶어 하는 사람, 그의 영성을 다시 발견하게 된다. 혹 그 인사가 상투적 문구라 하더라도, 그가 우주의 변화와 교감하려 한다는 점에서, 자연의 일부로 자아를 문득 깨닫고 안으로 성찰하려 한다는 점에서, 그 '깨어 있음'을 존중해 주고 싶다.

문풍지 우는 사연

문풍지는 그 우는 소리를 들음으로써 문풍지의 문풍지다움이 드러난다. 1937년, 남인수가 불러 널리 애창된 대중가요 '애수의 소야곡' 제3절에 '문풍지(門風紙)'가 등장한다. 나는 이 대목 '문풍지'에서 우리 토속 서정을 한껏 음미한다.

> *"무엇이 사랑이고 청춘이던고/ 모두다 흘러가면 덧없건 만은/ 외로운 별을안고 밤을 세우면/ 바람도 문풍지에 싸늘하구나."*

이 겨울밤, 흘러가 버린 사랑, 안타까운 회한을 어이할까나. '바람도 싸늘한 문풍지'가 사랑을 잃은 화자의 시린 마음으로 들어와 운다. 그래서 애수의 소야곡은 더욱 서럽게 곡조를 끌어 올린다.

문풍지는 '겨울철 한옥의 문과 문짝, 그 틈으로 새어 들어오는 바람을 막기 위해 문짝 주변을 돌아가며 덧대어 풀로 바른 한지 종이'다. 바

람이 세게 불면 문풍지는 바람에 떨려서 소리를 낸다. 그걸 문풍지가
운다고 했다. 문풍지 소리는 우리 전통문화의 상징성 강한 기호(記號,
sign)가 되어 버렸다.

문풍지 소리는 어찌 들으면 바람 속 차가운 벌판 속에서 누군가 울
부짖는 소리로 들리기도 한다. 실제로 들어보면 어딘가를 울면서 내달
리는 것 같다. 봄날 새는 울기도 하고 노래하기도 하지만, 겨울 문풍지
는 오로지 울 뿐이다. 닥나무의 정령이 겨울 영토로 추방되어, 문 안으
로 들어오지 못하고 울고 있다.

문풍지 소리의 추억을 따라가노라면, 내 자라던 시절의 토속적 겨울
이 그리운 청각 이미지로 살아온다. 겨울 산촌의 외로운 집, 문밖 말을
달리는 바람으로부터 계절의 기별을 울면서 전하던 문풍지! 그 마을은
부항댐 호수 아래 잠긴 지 오래고, 그때 그 겨울 문풍지 소리는 호수 심
연 그 깊은 곳 어디쯤서 무슨 부활의 꿈을 지피고 있을까.

문풍지는 한지 창호지로 된 문(門)을 기능적으로 완성하는 마침표 기
능을 한다. 문풍지 없는 고택 창호지 문의 뻘쭘함을 상상할 수 있겠는
가. 문풍지 없어서 황소바람 들어오는, 기능적으로 무용한 문짝을 생
각할 수 있겠는가. 그러나 어느덧 세상은 달라져 이젠 알루미늄 새시
(sash) 문틀이 진화하면서, 문풍지의 모습도 '전통의 가치'로 승천해야
할 형편이다.

문풍지는 한지의 미덕과 풍습을 오롯이 담고 있다. 문풍지 소리를 향
수로 그리워하는 오늘의 한국인들은 또 하나 듣고 싶은 게 있다. 그것

은 전통 한지가 마침내 유네스코 인류 무형유산으로 등재되었다는 소
식을 듣는 일이다. 머지않아 기쁜 소식이 들리기를 믿고, 기대한다.

예리성(曳履聲)

사람의 발을 두 가지 형상으로 상정해 본다. 하나는 맨발의 형상이고, 다른 하나는 신을 신은 발의 형상이다. 신발은 원래 '신을 신은 발'을 뜻했었다. 그래서, '신발'은 '맨발'의 상대어로 쓰였다. 내 어릴 적만 해도 "맨발로 걸을까, 신발로 걸을까" 하는 용법이 있었다. 요즘은 신발이 '신' 자체를 가리키는 말로 의미 축소가 된 듯하다. 맨발은 인간 생체 그대로의 '발'이고, 신발은 '문명화된 발'이다. 신발의 문명화는 끝없이 진화하여 지금은 '신발의 패션화'가 변화무쌍하다. 그만큼 신발은 사회·문화적 의미를 다양하게 거느린다.

맨발이라고 사회·문화적 의미가 없는 것은 아니다. 신(神) 앞에 나아가는 인간의 순종과 경건을 인간의 몸이 상징적으로 감당해야 할 때, 맨발이 그것을 표상하기도 한다. 특정의 신전이나 사원에 들어갈 때, 맨발일 것을 요구받지 않는가. 가진 것 없는 생존 조건에서 분투하는 것을 두고, '맨발로 뛰었다'라고 한다. 사람의 신발을 보고 신분과 지위와 형편을 읽어낸다면, 맨발과 신발은 상대어로 놓이는 것이 맞다.

듣는다는 차원에서 보면, 맨발로 오는 소리는 잘 들리지 않지만, 신발로 오는 소리는 그렇지 않다. 사람은 신발 소리에 민감하다. 정체를 알 수 없이 다가오는 신발 소리는 공포 스토리텔링의 단골 메뉴이다. 그러나 신발 소리에 귀를 기울이는 인간의 더 선한 모습은 그리움으로 누군가를 기다리는 모습에 있다. 그걸 잘 나타내는 말이 예리성(曳履聲)이다. 예리성은 짚신을 끌며(신고서) 걸어오는 소리이다. 예리성은 짚신이 생활용품이었던 전통 시대에는 많이 쓰던 말이다. 지금은 그냥 '걷는 신발 소리'로 생각해도 무방하리라.

작자미상으로 전해지는 옛시조 한 편이 예리성(曳履聲)을 들려준다. 춥고 적막한 이 겨울, 삭막한 세태를 외롭고 쓸쓸하게 사는 현존재(現存在)인 우리를 예리성에 귀 기울이게 한다.

"설월(雪月)이 만정(滿庭)한데 바람아 불지 마라

예리성(曳履聲) 아닌 줄은 판연(判然)히 알건마는

그립고 아쉬운 마음에 행여 그인가 하노라."

생각하면 그 누군가의 신발 소리를 기다려 본 지 오래다. 이 절절한 오프라인의 만남을 놓쳐 버린 지 오래다. 나 지금 나를 향해 걸어오는 그대의 예리성을 듣고 있는가. 지금 그대를 찾아가는 나의 예리성을 그대 듣고 있는가.

사물과 대화하기

집 아파트 베란다에 식물들을 기르는 아내는 그것이 꽃을 피우거나 새 가지가 뻗어 나오기라도 하면, 그걸 즐거운 기색으로 나에게 말해 준다. 그럴 때 아내는 식물들을 가리키며 "얘는 새순이 빨리 나왔네요. 그리고 쟤는 작년 겨울에 죽을 뻔했는데, 겨우 살려 놓으니 이렇게 보란 듯이 꽃을 피우네요"라고 설명한다.

나는 국어 선생 아니랄까 봐, 아내의 말을 교정한다. "여보, 꽃이나 나무는 사람이 아닌데, 당신은 거기다가 인칭대명사를 가져다 붙이네. '얘'라고 하면 '이 아이'란 말이고, '쟤'라고 하면 '저 아이'란 말인데, 이 화초와 나무가 당신이 낳은 아이라도 된단 말이오?" 아내가 대답한다. "아이고! 너무 그렇게 촘촘히 따지지 말아요. 아이면 어떻고, 아니면 어떤가요. 얘들과 친해지다 보니 내 입에 그렇게 붙었어요." 아랑곳하지 않고 '얘들'이란 인칭대명사를 쓴다. 그러면서 은근 일격을 가한다. "세상에! 문학 전공했단 양반이 정서가 메말라요. 꽃나무에 물 한번 주는 걸 못 봐요."

시중은행 고위직에 있었던 학창 친구 M은 산을 좋아한다. 틈만 나면 혼자서 서울 근교의 산을 간다. 혼자 무슨 재미냐고 내가 물었다. 산에 가면, 나름 친해진 자기 소나무가 있는데, 그 소나무와 대화하는 재미가 있단다. 소나무를 향해 말하고 소나무로부터 들으려고 노력한단다. 사람과 대화하는 것보다 묵직하면서도 정갈한 묘미가 있다고 한다. M은 내게도 권한다. 꾸준히 해 보면, 사물과 대화하는 마음의 진경을 맛볼 거라고….

사물과의 대화는 원래 시인의 역할이요, 철학자의 사유 방식이다. 사물과 대화는 어린 동심의 시절에 누구나 했지만, 어른이 되면서 떠나온 영역이다. 사물과 대화하기가 비현실적으로만 여겨지는 것은, 그간 내가 너무 현실에만 달라붙어 현실적으로만 살았기 때문은 아닐까. 사물은 실제로는 말하지 않는다.

사물과의 대화는 '말하지 않는 사물'에 내가 다가가 듣는 데서 시작한다. 먼저 사물의 물격(物格)을 잘 이해하고, 더 나아가서 사물에 인격(人格)을 부여하는 데에 이르러서 사물을 들을 수 있으리라. 듣기의 내공이 필요한 지점임이 확실하다.

북소리

북은 역사가 오래된 타악기이다. 한자에서 '종(鍾)'이라는 글자를 '쇠북 종'이라고 하는데, 이는 곧 '쇠로 만든 북'이라는 뜻이다. 종도 북의 일종이었음을, 북이 종 이전에 있었음을 말해 준다고 하겠다. 북은 동물의 가죽으로 만든다는 데서, 가죽을 제공하는 어떤 희생물의 존재를 함께 떠올릴 수 있다. 북소리는 가죽 막이 울리면서 나는 소리다. 가죽 막의 두께가 북소리에 영향을 미치는 것은 당연하다. 기능 면에서 볼 때, 북은 리듬을 관장하는 대표적 악기이다.

북을 악기로 분류하는 것은 인류 문명사에서는 후대의 일이다. 북은 악기 이전에 인류가 원시 부족 사회에서 수렵이나 전투를 수행하는 데 동원되는 사회적 도구이기도 했고, 신과 교접하는 초월적 의식(Transcendent ritual)을 수행하는 데에 필요한 장치이기도 했다. 인류의 원시적 신앙 체계인 샤머니즘(shamanism)에서 초자연적인 존재와 직접 교류하며 미래를 점치고 병을 고치는 존재를 샤먼(shaman)이라고 했는데, 샤먼이 집행하는 무(巫)의식에는 북소리가 중요하게 가담하였다.

샤먼은 자연과 신, 죽은 자들과 소통하며, 사람들에게 삶의 방향을 제시하는 역할을 했다. 북소리는 인간에게 어떤 신령한 교감을 불러일으키거나 영험한 현상을 이루게 하는 소리로 인식되었다. 시베리아의 샤먼들은 북소리를 인간의 심장 뛰는 소리로 유추하였다고 한다. 그런 점에서 북소리는 인류학적 소리 원형을 지니고 있다.

북소리의 상징은 다채롭다. 위엄과 위세의 상징으로 다가오기도 하고, 전쟁터에서 독전(督戰)의 선봉이 되기도 한다. 인해전술로 일컬어지는 대량의 인명 소모전도 북소리에 따라 '돌격 앞으로'에 투신하게 하는 메커니즘을 구사한다. 그런가 하면 북소리는 치유의 소리로 환자의 심장에 가닿기도 한다.

근래에 드럼을 배우는 사람들이 늘어나고 있다. 어떤 외로움이, 어떤 어지러움이 그들을 북소리에 이끌리게 하는 것일까. 내 '심장의 소리'를 찾아가려는 어떤 지향이라도 있는 것일까. 현대인이 지닌 영성의 빈곤을 북소리가 구제해 줄 수 있을까.

한숨 소리

한숨은 길고 깊게 내쉬는 숨이다. 한숨을 듣고 그 곡절까지 짐작할 수 있는 자라면, 그는 생(生)의 심연을 헤아릴 수 있는 자이다. 한숨 듣기는 경륜을 요청한다. 길게 살았다고만 해서 그의 한숨이 내게로 오지는 않는다. 한 줌의 한숨을 헤아리기 위해 독서도 필요하고, 여행도 중요하고, 봉사적 참여도 해야 한다.

고단한 인생에서 한숨은 눈물과 동행하는 기호(記號)로 묶이지만, 그것의 해독(解讀)은 만만치 않다. 인생이 만만치 않다는 뜻이다. 눈물이 마른 곳에 한숨이 터져 나오고, 한숨이 꺼진 뒤에 눈물이 흐르는 것, 그것이 인생 무대 아니었던가. 진짜 극한의 비창(悲愴)에는 한숨조차도 없다. 한때 한숨과 눈물은 신파극 대사의 단골 메뉴가 되면서 인생 해석의 단조로움을 자초하지 않았던가.

우리 고시조 '한숨아 세한숨아'는 조선 후기 사설시조로, 끝없는 근심과 시름을 의인화하여 해학적으로 표현한 작품이다. 현대어로 풀이하면 이러하다.

(초장) 한숨아, 가느다란 한숨아, 너는 어느 틈으로 들어오느냐?

(중장) 고미장지, 세살장지, 가로닫이, 여닫이에 암톨쩌귀, 수톨쩌귀, 배목걸쇠를 뚝딱 박고, 용과 거북 장식의 자물쇠로 깊이깊이 채웠는데, 병풍처럼 덜컥 접고 족자처럼 데굴데굴 말아도 너는 어디 틈으로 들어오느냐? *(여러 겹의 문과 자물쇠를 나열하며 한숨을 막으려는 과장된 모습)*

(종장) 어찌 된 일인지 네가 오는 날 밤이면 잠을 잘 수가 없구나.

한숨은 짧은듯해도 말로 담을 수 없는 깊고 진한 감정이 복합적으로 담겨 있다. 슬픔, 피로, 불안, 우울, 체념, 안도, 후회, 기대 등에 결부되는 감정이 한숨에 들어 있다. 그래서 한숨은, 비록 음운의 언어로 토해지지는 않지만, 언어의 위상을 차지한다. 아니, 언어를 넘어서는 언어(Word beyond Word)인지도 모른다.

그런데, 요즘은 한숨도 구체적 언어로 터져 나온다. 실제 한숨이 그렇다기보다는 한숨을 문자 부호로 표기하는 경우가 온라인상에서 늘어난다. 감정을 담아 내쉬는 한숨을, 휴우, 어휴, 에휴, 으휴, 하아 등으로 표기하여, 주로 온라인상에서 사용한다. 그 중 '어휴', '으휴' 등은 누군가가 한심한 작태를 보였을 때 경멸의 의미로 사용되기도 한다. 특히 온라인상에서 자주 사용된다. 좀 더 경멸의 표현이 강하다.

옛날 어른들은 아이들 한숨 소리를 들으면, 복이 나간다고 꾸중하였다. 좌절과 불안을 무의식적으로 토해내는 것이 한숨이라면, 한숨은 그런 무의식을 의식 위로 띄워 올리는 역할을 한다. 한숨을 쉴 때마다 이런 부정적 자아는 강화됨이 자명하다. 그렇다면 강화되는 한숨은, 듣는 족족 어루만져 위로하거나 말려야 함이 마땅하다. 어찌 아이들 한숨만 그러하겠는가. 그런데도 세상은 한숨이 늘어난다.

제6부

듣기의 현상학_
"지금 듣고 있어요"

"해 어둑할 무렵 논두렁 길

자전거 타고 가는 길

개구리 울음소리

가는 길을 밝힙니다."

백영우 시 '개구리 울음소리'

빗소리

빗소리가 서정적인 음향으로 들려왔던 건 어릴 적 함석집에 살 때였다. 자다가 들었었지. 함석지붕으로 떨어지던 빗소리는 반투명의 경쾌한 두들김의 음향이었다. 빗방울의 정령이 하늘에서 하강하여 함석지붕에 부딪는 소리라고나 할까. 듣기는 귀로 듣지만, 내 감관 모두를 기분 좋은 텐션으로 일어서게 하는 소리였다.

이 빗소리는 뒷날 대학생 시절, 설악산 야영 때, 텐트 위로 떨어지던 밤비를 들으면서 진하게 환기되었다. 함석지붕에 비 떨어지는 소리는 평화롭고 유쾌했다. 나를 잠재우는 이 지붕은 비가 와도 든든함을 보증하는 소리 같았다. 빗소리에는 안온함이 있었고, 그것은 포근한 행복감으로 이어졌다.

전쟁 후 너나없이 가난했던 시절, 하늘을 천막으로 가리고 사는 집도 많았고, 지붕에 비 새는 집이 허다했다. 내가 입학한 초등학교도 지붕 없는 교실이 많아서 비 오는 날은 학교가 쉬었다. 그나마 그 시절의 함석지붕 빗소리는 귀한 소리였다. 그때 우리 집에 외할머니가 오셨다. 나는 너무도 좋았다. 늘 엄하신 어머니 얼굴에도 화색이 피어올랐다. 내가 잘못해도 꾸중도 하지 않았다. 꾸중한들 할머니가 나를 싸안고 말리셨다. 외가는 100리 밖 산골이어서 내왕이 어려웠다.

나는 아침마다 할머니가 며칠 밤 지나면 가는지를 묻는다. 하루 이틀이 금방 지난다. 내일은 가셔야 한다. 나는 너무 아쉬워서 할머니 옆에서 뒤척이다 잠이 들었는데, 새벽쯤인가, 밖에 빗소리가 들린다. 억수같이 쏟아지는 빗소리다.

"어무이, 이렇게 비 많이 오면 못 갑니다. 그러니, 비 탓하고 며칠 더 쉬었다가 넉넉히 가세요." "아무래도 그래야겠지? 나섰다가 길 끊어지면 낭패다."

나는 이불 속에서 쾌재를 불렀다. 그리고 귀를 열어 함석지붕과 토담벽 위로, 쏟아지는 빗소리를 들었다. 그게 어찌 귀로만 듣는 빗소리이겠는가. 온 마음으로 듣는 빗소리였다. 뒷날 알퐁스 도데의 소설 '별'에서 읽었던(아니, 들었던), 계곡의 빗소리도 이 추억에 합류한다.

또 있다. 뒷날 가수 송창식이 부른 노래 '비의 나그네'는 빗소리로 외할머니를 잡아 두려고 했던 나의 동심 정서에 너무도 잘 호응하였다. 나는 지금도 이 노래를 내 애창곡 리스트에 두고 흥얼거린다.

빗소리는 자연의 소리이지만, 인간계로 들려오는 순간 '인문(人文)'의 코드로 화하면서, 빗소리의 의미는 변전한다. 빗소리는 농경 문화의 생태에서는 기다림과 반가움의 기호이다. 자연의 빗소리가 인문의 코드로 변전하여 정감 있는 언어로 자리 잡은 것들이 많다.

곡우(穀雨)는 곡식의 자람에 비가 필요한 때임을 나타내는 절후(節

候)의 언어가 되었고, 감우(甘雨)는 너무도 소중하게 내리는 비인지라 비가 달기까지 함을 보여 주는 언어이고, 대우(待雨)는 간절한 기다림의 대상이 된, 님과 같은 비를 말하게 된다.

때에 맞게 내리는 비를 시우(時雨)라 하는 데, 여기에는 비가 하늘의 은혜임을 인간이 예찬하는 바를 입증한다. 그 뜻이 너무 좋아서 '시우(時雨)'라는 말을 이름으로 가진 사람들도 있다. 산천초목과 오곡백과의 번성을 기대하며 흠뻑 내리는 비를 소망하며, '창우(昌雨)'라는 이름을 지은 경우도 드물지 않다.

'자우(慈雨)'는 생명을 길러내는 자비로운 비를 말한다. 촉촉하게 적시는 착하고 좋은 비는 고우(膏雨)라는 말로 받아들였다. 그뿐이 아니다. 비(雨)는 인간의 귀에 '참된 가르침'을 암시하는 의미까지 지니게 되어, 불가에서 쓰는 '법우(法雨)'라는 말은 '부처님의 가르침'을 비유하는 말이 되었다.

세상은 변전한다. 현대인의 지친 영혼을 쓰다듬는 빗소리를 영상으로 들려주는 유튜버가 많아졌다. 그 옛날 함석지붕 위로 내리던 투명한 빗소리, 마당 화단의 넓은 홍초 잎사귀 위로 밤새 내리던 빗소리, 이런 빗소리들을 디지털 기술이 담아서 폰으로 들려준다. 불면증, 이명 등을 치유하고, 숙면에 도움을 준다는 것이다. 빗소리는 효과적인 백색 소음에 속한단다. 소리를 색깔로 분류하는 방식이라니! 청각과 시각을 서로 맞물리게 하여, 인간의 지각(知覺) 수준을 열어 놓는다.

인공강우 기술의 발달은 아무 때, 아무 장소에서나 빗소리를 들려 줄

수 있다는데, 장차는 시우(時雨)니, 곡우(穀雨)니 하는 말들은 설 자리
도 없어지는가. 어떤 나라가 인공강우를 하려고 모아놓은 인공구름을
옆 나라에서 몽땅 자기 나라 하늘로 옮겨 갔단다. 그래서 전쟁 직전이
라는 뉴스도 들린다.

　빗소리 듣기, 빗소리에 묻어 있는 인간사 여러 소리 듣기, 이제 빗소
리는 자연의 코드이면서, 문명의 코드로 인간에게 다가온다.

개구리 우는 소리

　전라북도 완주군 소양면 종남산 아래 산골 마을 고택에서 하룻밤을 묵었습니다. 낮부터 부슬부슬 몰려다니던 안개비는 저녁 무렵에는 산자락으로 퍼져 올라갑니다. 자욱한 운무(雲霧)가 산마루를 가리는가 했더니, 어둠이 스미자 빗줄기가 되어 내립니다. 산골에 들었으니 물 먹은 듯 초롱이는 밤하늘의 별을 보리라던 기대는 사라집니다.

　고택 마루에 나와 앉아 별빛 대신 어둠 속 빗소리를 봅니다. 그 순간 개구리 떼 우는 소리가 들립니다. 처음에는 그저 몇 마리 정도인가 했더니 금방 수백 수천의 개구리가 거대한 어울림으로 합창을 합니다.

　소리 자체는 맑고 투명합니다. 소리의 무늬가 올통볼통해서 귀를 파고드는 소리입니다. 호젓한 밤이라 더욱 강렬합니다. 울음주머니가 발달한 개구리 종들은 1㎞ 이상 소리를 보낸다 합니다. 돌이켜 보면 친숙했던 소리입니다. 시골 농촌에서 자라며 무수히 듣던 소리입니다. 모내기 철의 시작을 알리기도 했던 소리 아닌가 합니다. 도시에 살면서 잊어버렸던 소리입니다.

　개구리 울음소리는 생태학적으로는 그들이 살아가는 소리일 수밖에 없습니다. 수컷이 암컷을 부르는 소리이고, 자기들의 세력권에 침입하지 말라는 경고의 소리이기도 합니다. 또 다른 차원에서 보면, 그것은 시절의 질서와 운행을 알려주는 소리입니다. 농부들의 해석을 보태자면, 농사철 내려야 할 비에 대한 기대를 개구리들이 호응하여 전하는 소리입니다.

시골 고향에 사는 친구 백영우 시인이 짧은 편지를 보내왔습니다. 그 속에는 '개구리 울음소리'라는 시의 한 구절이 들어 있었습니다.

> *"해 어둑할 무렵 논두렁 길*
>
> *자전거 타고 가는 길*
>
> *개구리 울음소리*
>
> *가는 길을 밝힙니다."*

이맘때쯤 시골 논둑 길을, 개구리 울음소리 정경과 함께 걸어 봤던 사람이라면 이 절창에 무릎을 아니 칠 수 있을까 싶습니다.

소리를 오래 응시하면, 소리의 형상이 보인다는 말이 맞겠다 싶습니다. 소리와 깊이 친밀해지면, 소리도 마침내 빛으로 현신하는 경지가 있음을 알겠습니다. 듣는 이의 지혜를 아득히 헤아려 보는 밤입니다.

* 원래 써 두었던 글이 편지투의 글이라, 여기서도 그 문체를 그대로 살렸습니다.

바람 소리

바람은 보이지 않지만, 바람의 실체를 오감으로 느낀다. 태풍에 나무가 뿌리째 흔들리고, 보리밭 이랑의 청보리들이 봄바람에 가지런히 눕는 걸 보고서, 바람을 보았다고 한다. 말하자면, 바람의 힘이 미치는 현상을 본 것이다. 만약 힘이 없는 바람이 있다면, 그 바람을 쉽게 느낄 수 있을까 싶기도 하다.

나는 바람에 유리창이 흔들리는 소리를 듣고, 저건 바람의 소리일까? 유리창 소리일까 하는 의문을 품기도 했다. 바람은 모습도 소리도 애매하고 모호하다. 바람에 마음을 닿아보려 하는 인간의 자세는 거룩하다. 묵상의 예지가 느껴진다.

중·고등학교 시절 영어 교과서에서 읽었던 영국의 여류시인 크리스티나 로세티(Christina Rossetti, 1830-1894)의 낭만적 시 '누가 바람을 보았는가(Who Has Seen The Wind?)'를 이제 내가 노인이 되어 읽어보니 더욱 그런 생각이 든다.

"누가 바람을 보았는가/ 나도 아니고 너도 아니지/ 그

어찌 바람뿐이겠는가. 자연을 말없이 바라보는 일은 그 자체가 기도
이다. 자연의 소리를 마음으로 들으려 할 때 내 영성(靈性)이 눈을 뜬
다. 그 소리를 듣는 곳이 꼭 심산유곡(深山幽谷)일 필요는 없다.

낯선 타국 땅에서 청년 정지용은 고향 옥천의 산하를 생각하며 바람
소리 하나를 듣는다. 농사일에 고단한 가난한 아버지를 그 바람 소리
에 실어 놓고 듣는다.

가을걷이 다 끝난 텅 빈 밭으로 이 겨울밤 말이 달리는 소리가 들린
다. 어릴 적 고향 집 바람 소리를 말 달리는 소리로 번역하여 다시 듣는
시인의 마음에 향수(鄕愁)가 고인다. 나는 우리 시에서 말(馬)을 가져다
쓴 표현 중에, 내 경험 감각으로 너무도 여실하게 감득되는 곳이 두어

곳 있는데, 그중 하나가 바로 이 대목이다.

내 소년기 살았던 1950년대 시골 농촌의 집도 바람벽이 얇고 창호들도 틈새가 많이 나 있어서, 그리고 집 밖은 바로 빈 밭이어서, 바람 불고 가는 소리가 말 달리는 소리였다. 지용이 1910년대 옥천 시골 마을에서 들었던 겨울밤 바람 소리와 크게 다르지 않았을 듯하다. 말 달리는 소리는 영화나 사극 드라마의 소리로 익숙해져 있다가, 20년 전 몽골의 고비 평원에 묵으면서 듣던 그 청각 인상이 불려 나온다.

바람 소리는 사람만 듣는 걸까. 세상의 만물이 다 제 나름으로 바람 소리를 듣는 듯하다. 그걸 알아차리는 데에 이르러, 바람 소리 듣기의 진경을 발견한다.

"바람에 노니는 구름

오늘도 가고 있다

바위에 돋아난 풀잎

그 소리 먹고 있다"

황명륜 시 '문경 새재' 중에서

구름과 노니는 바람 소리를 듣고(먹고) 자라는 풀이 문경 새재 고갯마루에 있다는 걸 이 시인은 어떻게 알았을까. 그 마음의 눈을 생각하노라니 조용한 유열이 내 마음으로 다가온다.

해 질 무렵 호젓한 문경 새재, 사람 없는 고갯마루 새재 능선에 가 보고 싶다. 바람에 실려 가는 구름, 하늘 높이 걸어 두고, 바람 소리 먹으며 바위에 자라는, 그 풀 옆에 누워서 바람 소리 듣고 싶다. 바람 소리가 내 마음 소리 알아차릴 때까지….

문경 갈평은 내가 초등학교 1학년을 다녔던 곳이다. 용흥초등학교, 조령산 봉우리들 흘립(屹立)한 곳에 조용히 수그리고 있던 키 낮은 학교로 기억한다. 바람 소리 지금 들린다.

생밤

외우 우공(于空)이 양성 상림원 숲에서 밤을 주워서 예쁜 상자에 담아 보냈다. 저 윤기 서린 밤톨의 표면들을 여름과 가을의 양광(陽光)은 어떻게 비집고 들었을까. 그 비집고 드는 소리 누가 들었을까. 그리하여 이렇듯 먹을 수 있는 생밤으로 여물어 갔겠지. 그 여물어 가는 소리를 상상해 본다. 오묘할진저! 이 밤들이 벌어져 어둠 속 자유낙하 할 때, 대지를 노크하던 소리, 듣는 이 있었으리.

떨어지는 밤톨마다 작은 천둥 하나씩을 다 안에 품고 내려왔겠지. 귀 기울여 들으려 마음먹어 본다. 어느 순간 '고요'가 보인다. 고요는 형상이 아니고, 소리의 일종이어서 고요가 들린다고 해야겠지만, 아주 정밀한 소리는, 아주 정밀한 적막은 왠지 보인다고 해야 할 듯하다. 그것은 듣기의 극한에서 만나는 소리의 현신이려니.

그러니 나는 들으려 한다. 말하려고 하면 들을 수가 없다. '듣는 인간'이 먼저이다. '말하는 인간'이 먼저 있고 그다음에 그걸 '듣는 인간'이 있다고 생각하는 것은 소통 행위의 숨은 회로를 모르는 데서 생긴 오해다.

인간의 뇌는 그냥 백지상태에서 아무 말이나 하는 것이 아니다. 들은 (보는) 바가 있어야 그걸 가지고 말을 한다. 인간의 언어 발달 과정도 듣기 활동(activity)이 먼저 발달하고, 이어서 말하기 활동이 발달한다. 그래서 교과서의 제목도 '말하기·듣기'가 아니라 '듣기·말하기'이다.

깊어 가는 가을밤, 세상 미디어의 온갖 소리를 멀리하고, 나도 고향 산간 마을에 왔다. 고요 적막 속 뒷마당 밤나무에서 밤 떨어지는 소리 듣는다. 우주의 두드림이 내 귀에 닿는 듯하다.

그렇구나, 인간은 듣기를 먼저 자연에서 배우고, 말하기를 사람에게서 배우는구나. 내일 아침 일찍 저 밤을 주우러 나도 뒤뜰에 나가야겠다. 내 자랄 적에 어머니는 말씀하셨다.

"얘야, 생밤은 입으로 먹는 것이 아니고 귀로 먹는 거란다." 그렇구나, 그렇구나! '듣는 인간'의 듣는 감수성을 옛사람들은 저렇게 아름답게 간수했구나.

대화의 현재성

오래된 일이다. 회식 자리에 부하 직원들과 술잔을 나누던 나의 부장님은 약간 취기가 오르는 듯했다. 더러는 진지한 톤으로, 더러는 유머러스한 어조로 말을 했다. "다들 알잖아. 우리 부서는 단결이 잘 되는 부서야. 오늘 기분이 좋다. 나, 여러분 인간적으로 좋아한다. 야, 박 선생, 너 내 마음 알지? 말 안 해도 알지 응? 좀 잘해 봐. 잘해 보자고!" 평소의 쫀쫀함을 버리고 부장님은 대화의 분위기를 끌어 올린다.

회식 자리의 대화처럼 대화의 현재성, 즉 '지금 여기'의 현재성이 절절하게 드러나는 대화 장면이 있을까. 현재성? 그게 무슨 말인가. 어렵고 복잡하게 생각할 것 없다. '지금 내가 무언가 행하고 있다는 것', 바로 그 점 때문에, 지금이 더더욱 중요해지는 느낌, 그것이 바로 현재성의 실체이다. 현재이므로 느낄 수밖에 없는 각별함이야말로 현재성의 요체이다.

부장님은 부원들과 이런저런 대화를 계속했다. 우리는 대화 분위기가 살아나면서 불만 담긴 건의를 하기도 했다. 부장님은 해명성 답변 속에 자신의 불만도 피력했다. 시간이 얼마나 지났을까. 부장님은 미안하지만 먼저 자리를 뜨겠다고 했다. 누군가 부장님을 택시 태워서 보내 드리고 들어왔다. 해방의 분위기가 되었다. 업무에 대한 불만도 이야기하고, 부장님의 지도력(leadership)을 비판도 했다. 회식 뒷자리가 원래 그런 자리 아닌가.

그런데 이게 무슨 일인가. 부장님이 다시 돌아왔다. 그렇게 먼저 일어섰던 그가 30분쯤 뒤 다시 부하들의 회식 자리로 돌아왔다. 왜 다시 오셨냐고 묻자, "자네들 말이야, 나 없으면 내 욕하려고 그랬지? 그럴 거 같아서 내 다시 왔지. 하하 농담이야."

우리는 박장대소했지만, 속을 들킨 거 같아서 찜찜했다. 나는 여기서 부장님의 성격이 어떻다는 둥, 그의 본심은 무엇이라는 둥, 그런 걸 이야기하려는 게 아니다. '대화(듣기)의 현재성'을 말하려는 것이다. '현재 대화 중인 대화'가 발휘하는 힘을 말하려는 것이다.

'현재 대화 중인 대화'는 기묘한 힘을 가진다. 이 힘은 합리적 추론도 무너뜨린다. 친목회 회장 뽑을 때, 참석하지 않은 사람 중에서 뽑자고 제안하여, 그대로 결정하는 경우가 가끔 있다. 현재 대화 중인 사람들만이 결정한 그 나름의 불합리한 합리성이다. 더러는 도덕적 판단도 잠시 밀어내는 힘을 발휘한다.

'대화의 현재성'이 만드는 사랑의 언약이야말로 허술함을 타고난다. 그 맹세가 훗날 배신이 되는 것은 현재성이 지닌 취약함 탓이다. 심청전에서 심봉사가 자기도 모르는 사이에, 감당도 할 수 없는 약속, 즉 공양미 삼백 석을 시주하겠다고 한 것도 '대화의 현재성'에 빠져 있었기 때문일 수 있다.

대화의 현재성은 '참여를 유지하고 싶은 마음'을 강화한다. 부장님이 회식 자리로 되돌아온 것도 '대화의 현재성'이라는 관점에서 보면, 이해가 된다. 부장님은 회식 자리 대화를 벗어나는 순간 참여에서 배제된 듯한 미묘한 소외감을 느낀다. 그의 마음은 '현재의 대화(조금 전까지 행했던 대화)'에 아직 머물러 있는데, 몸이 그 현재를 떠난다. 순간, 그는 자기 존재의 단절이라고 할까, 그 어떤 허전한 감정을 느낀다.

대화의 현재성이 가지는 강한 구심력에 끌려 이내 다시 회식 장소로 온 것이라 할 수 있다. 물론 여기에는 대화의 내용이 무엇이었는지도 중요하게 작용한다.

그날 회식을 마치고 나는 합승 택시(가는 방향이 같은 승객을 여럿 태우던 택시. 지금은 없어졌다)를 탔다. 차 안에는 세 명의 승객이 타고 있었다. 다들 나처럼 모임을 마치고 늦게 귀가하는 듯했다.

승객 중 누군가 내게 행선지를 물었다. 내가 가장 멀리 가는 승객인 줄 알게 되는 데는 오랜 시간이 걸리지 않았다. 서로가 행선지를 묻고, 말문을 트기 시작했기 때문이다. 누군가 택시 기사의 나이를 묻자, 금방 나이들이 오간다. 형뻘이 된다는 둥, 동생뻘이라는 둥 하면서, 대화가 자연스럽게 이루어진다. 직업에 불만을 말하는 사람도 있고, 하는 일을 자랑하는 사람도 있다. 사는 일의 고단함을 말하면, 공감의 맞장구가 이어진다.

한때 잘 나가다가 망한 이야기, 새로운 시도를 희망 섞어 말하는 이야기도 나눈다. 마치 오래된 친구들끼리 만나 우정이 살아나는 듯한 분위기이다. '대화의 현재성' 때문일까. 나도 대화에 잘 끼어든다. 아주 짧지만, 역동적인 대화 공동체가 만들어진 셈이다.

첫 번째 승객이 내렸다. 주말에 복권 사보는 재미로 지낸다고 했던 사람이다. 남은 승객 중 누군가가 그를 가볍게 비난한다. 그런 요행수나 바라고 이 험한 세상을 어떻게 살아가려나. 뭐 그런 비판이다. 나머지 두 승객도 조심스레 그 비난에 동조한다. 나도 그중 하나이다. 저 사람 가족들 진짜 힘들겠다는 둥, 톤을 높여 그를 욕한다. 우리는 '대화의 현재성'에 깊숙이 참여한다. 대화의 주체임을 과시한다.

두 번째 승객이 내렸다. 누군가 그의 흉을 본다. "돈이 많은지 모르겠지만 너무 잘 난 척한다. 남이 어떻게 생각하는지도 모르고, 자기 잘난 줄만 아는 사람은 정말 밥맛없다." 기사가 슬쩍 동조하며 끼어든다. 아는 사람 중에 그런 사람이 있다는 것이다. 나도 그냥 있을 수 없게 되었다. 나는 유식하다는 듯이 말한다. "과도하게 잘 난 척하는 사람은 마음에 열등감이 있어서 그러는 거예요." 우리는 지금 '대화의 현재성' 안에서 의기투합(意氣投合)이다.

세 번째 승객이 내렸다. 택시 안은 기사와 나, 둘만 남았다. 기사가 나를 돌아보며 동의를 구하듯 말한다. 잘난 척하기는 지금 내린 양반도 둘째가라면 서러워하겠네요. '대화의 현재성'이 나를 대화에 가담하도록 부추긴다. 내가 말한다. "잘난 척하는 사람을 조금도 못 봐주는 마음, 그게 바로 더 잘난 척하는 마음인데, 참 고약한 거지요." 이러는 나야말로 잘난 척하는 거 아닌가. 물론 이건 나중에 든 판단이다. '대화의 현재성'이 이런 판단을 밀려나게 한다.

마지막으로 내가 내렸다. 하늘을 바라보았다. 별들이 총총했다. 무언지 설명할 수 없는 후회가 밀려왔다. 지금쯤 택시 기사가 나를 흉보고 있을 것 같았다. '대화의 현재성'은 그 뒤에 오는 다른 대화의 현재성에 의해서 금방 대상화되어 밀려난다. 나는 택시 안 대화에서 무슨 말들을 지껄였던가. 무엇에 홀린 듯했다.

'지금 진행되고 있는 대화'는 은연중에 사람을 빨려들게 한다. 마력이다. 그것은 물의 소용돌이와도 같다. 아예 참여를 안 하면 모르지만, 참여하게 되는 순간, 그 대화를 역동하게 하는 한 축으로서 구실을 아니 할 수 없다. 만나서 대화하지 않았다면 절대로 동의해 주지 않았을 일인데, 어찌 이야기하다 보니, 반승낙을 해 주게 되는 경우를 경험해 보지 않았던가. 헤어져 돌아오면서 후회하지만 이미 늦은 후회이다. 마치 귀신에 홀린 듯하다.

현재의 대화 상황에서는 '지금 나와 이야기하고 있는 상대방'이 가장 중요하다. 상대방보다 더 중요한 사람도, 지금의 대화 장면에서는 나와 상대방에 의해서 대상화된다. 예컨대 소개팅에서 만난 상대와 내 부모님 이야기를 어떻게 나누었는지 생각해 보라. 누군지도 잘 모르는 상대에게(그러나 왠지 마음이 끌리는 상대에게), 부모님이라는 존재를 약간은 흉보는 식으로 말하지 않았던가. 물론 부모님이 소중하지 않아서 그러는 것은 아니다. 지금 대화 상황에서는 나와 상대방만이 주체이기 때문이다, 다른 모든 것은 아무리 소중해도, '대화 주체인 우리'가 대화에서 다루는 대상에 불과하다.

현재는 언제나 절박하고, 손에 잡힐 듯 가깝다. 그래서 호소력 있게 다가온다. '우리끼리니까 하는 말인데' 하고 옆에서 소곤거리면 귀가 쏠린다. 시공간적으로 가까우면 같은 편이라는 착각을 한다. 그래서 현재성으로만 매몰되는 것은 위험하다. 어떤 일을 함께 모의했다가, 다시 뒤에 누구를 만나, 그 모의를 번복하는 경우가 그러하다. '현재의 밖'을 보지 못한다면, 지혜롭다고 할 수 없다.

'대화의 현재성'이 마냥 나쁘지만은 않다. 교육적으로 유용한 시사를 주기도 한다. 아이들과 대화할 때, 친화력 있게 다가갈 수 있다. 아이와 내가 둘이서 '우리'가 되는 경험을 갖는 것이다. 부부 사이에도 '대화의 현재성'을 최대한 살려 본다. 부부가 함께 '우리'가 되어, 칭찬하거나 비판하고 싶은 대상을 대화 중에 서로 공유하여, 신나게 대화하며, '대화의 현재성' 안으로 부부가 함께 들어가 보는 것이다. 집을 나와 공원이나 레스토랑으로 공간을 옮기면 대화의 현재성은 더욱 살아난다. 싸울 때는 싸우더라도 부부가 이렇게 친밀과 신뢰를 미리 벌어두면, 이보다 더한 소통의 지혜도 없다.

협상에 능한 사람은, '대화의 현재성'이 주는 효과를 잘 살리는 사람이다. '지금 듣고 있음'이 가지는 힘이 막강하다. 듣기의 현상학이라고나 할까. 듣기 현상학의 힘을 볼 수 있다.

소음(騷音)

소음(騷音, noise)의 사전적 풀이는 '불규칙하게 뒤섞여 불쾌하고 시끄러운 소리'이다. 청각적 인상으로만 소음을 말하면 '듣기 싫은 소리'로 되어 있다. 그만큼 소음 판단은 주관적이다. 법이 말하는 소음은 단순하다. 소음에 대한 규제는 그 크기로만 제한하며, 소리의 종류를 가리지는 않는다. 일반적으로 주거지역에서는 낮 40dB, 밤 35dB 정도이면 소음으로 인정된다. 그런데 소음은 물리적 현상으로만 존재하지 않는다. '소음'이 상징화되는 영역은 무한하다.

세계적인 전기 작가 줄리언 반스(Julian Barnes, 1946-)가 쓴 《시대의 소음》을 읽는다. 이 책은 억압과 공포의 시대를 영웅의 가면과 겁쟁이의 속마음을 감추며 살았던 소련의 작곡가 쇼스타코비치(1906-1975)의 전기다. 반스가 스탈린 시대의 폭압과 부조리를 '소음(noise)'으로 표상한 것이 인상 깊다. 이념과 정치권력이 왜곡되어 개인의 자유와 예술의 혼이 설 자리가 없던 시대의 암울한 곤경을 '소음'으로 상징화한 것이다.

그런 소음의 시대를 쇼스타코비치는 어떻게 헤쳐 나갔는가. 반스는 이 책에서 말한다. "쇼스타코비치는 부조리한 체제에 직설적으로 반항

하기에는 소극적이고 소심한 인물이었으나, 그렇다고 눈 감고 투항하기에는 너무나 예민하고 섬세했다."

그 체제에 대응하는 쇼스타코비치의 고단한 내면을 두고 '겁쟁이가 되기도 쉽지 않았다. 겁쟁이가 되기보다는 영웅이 되기가 훨씬 쉬웠다'고 집어낸다. 실제 쇼스타코비치는 소련의 음악 영웅이었다. 안으로는 불편했을 것이다. 겁쟁이로 평생 낙인찍히는 걸 피하려고 영웅의 역할을 하기가 얼마나 고단했을까. 나는 자유의 부재가 그런 '소음의 시대'를 불러오는 모습을 본다.

소련 체제는 예술가들을 집단 수용하여 창작활동을 하게 했다. 가금류(家禽類) 집단농장 69번이 작곡가들의 임시 숙소가 되었다. 쇼스타코비치는 닭장 안쪽 벽에 널빤지 조각을 못질해 만든 책상에서 교향곡 8번을 썼다. 이런 상황 자체가 예술가에게는 견디기 힘든 소음이 아니겠는가. 그러나 쇼스타코비치는 주변이 아무리 혼란스럽고 어수선해도 구애받지 않고 일을 할 수 있었다. 그는 소음 중에도 몰입했다. 반스는 이것이 그에게는 '구원'이었다고 말한다.

소음은 악령의 일종이다. 스탈린 시대의 정치적 소음을 온몸으로 감당하면서, 치열한 자기 내적 분열을 고통으로 겪어낸 바 있는 쇼스타코비치가 소음을 대하는 방식은, 그것에 쉽사리 휘말리지 않는 것이었다. 오늘 우리 앞에 밀려드는 온갖 시대적 소음들은 어떠한가. 우리의 정신과 자유를 무너뜨리는 소음에 휘말리지 않으려면 어떤 지혜를 구해야 할까. 그 소음에 맞서 싸우려면 어떤 용기를 구해야 할까.

모차르트 클라리넷 협주곡 2악장

모차르트의 '클라리넷 협주곡'(Clarinet Concerto In A Major, K. 622) 2악장은 깊은 명상 속에서 영혼을 찾아가는 듯한 음률로 다가온다. 나는 그렇게 느낀다. 목관 악기 클라리넷의 목질(木質)이 지닌 물성(物性)을 고상하게 실어 온다고나 할까. 협주곡임에도 불구하고 독주곡 같다. 그만큼 클라리넷의 선율이 주조를 이루어서, 마치 슬픈 독백처럼 들린다. 번잡스러움을 배제하고 간결하면서도 깊이 있게 다듬은 선율선이 매우 탁월하다는 평을 듣는 클래식이다. 연주 음악의 순정한 본질을 순음악 그대로 듣는, 클래식 듣기의 진경이라 할 수 있다.

모차르트의 '클라리넷 협주곡 A장조' 2악장 아다지오(Adagio)의 서정적인 선율은 영화 '아웃 오브 아프리카(Out of Africa)'의 주제 음악으로 세계인에게 널리 알려졌다. 나 역시도 이 영화를 보지 않았다면 이 음악과 만날 인연을 갖지 못했을 것이다.

그냥 누구의 권고만으로 클래식 듣기를 당장 생활화하기는 쉽지 않다. 평범한 생활인들이 클래식 음악 듣기에 친화감을 느끼고, 좋아하게 되는 데에는, 그 음악에 어떤 '개인적 사연'이 가담해 주어야 한다.

그 사연이란 곧 그 클래식과 더불어 겪은 구체적인 경험, 즉 어떤 '이야기(narrative)'라 할 수 있다. 그 음악이 감명 깊게 본 영화의 주제 음악이었다든지, 그 음악을 외롭고 먼 여행지에서 만났다든지, 내 생일에 그 음악을 선물로 받았다든지 등등이 바로 사연들이다. 이 음악의 경우라면, 모차르트(Mozart)가 죽기 두 달 전에 작곡하여, 죽음 의식이 주제화되었다는 이야기도 '사연'의 일종이다.

순음악으로서의 클래식을 강조하는 쪽에서는 음악이 음악 이외의 다른 요소, 이를테면 언어나, 서사나, 회화적 이미지나, 어떤 일상적 사건 등과 결부되는 것을 마땅치 않게 여기던 때가 있었다. 음악 자체의 순수성을 사랑한다는 점에서 이해할 법하다. 그런가 하면 인간 일상의 생활 마당으로 그 어떤 사연(narrative)과 더불어 듣고 누리는 클래식의 영향과 가치는 날로 증대하고 있다. 모차르트의 클라리넷 협주곡을 어떤 쪽으로 들을까, 살펴봄 직하다.

애송시를 들려주렴

지인 S는 어떤 대학의 교수 공모에 지원하여, 마침내 최종 단계인 총장 면접에 임하게 되었다. 총장이 S에게 전공 학문 이외에 잘하는 것이 무엇인지를 물었다. S는 서슴없이 말했다. 좋은 시를 외워서 누군가에게 들려주는 것이라 했다. 총장이 엷은 웃음을 머금었다. S는 그렇게 회고한다. S는 주저 없이 일어서서 풍성한 감정 연출로 백석 시인의 시를 암송하였다.

흔하지 않은 풍경이었다. 살짝 넘친다고 볼 수도 있겠지만, 외워서 누군가에게 들려줄 나만의 암송 시가 있다는 것은, 아무나 갖출 수 있는 교양적 소양은 아니다. 가끔 S와 맥주잔을 나눌 때, 나는 그의 애송시를 들려달라고 청한다. 그 시간이 얼마나 향기로운지, 그의 애송시 듣기를 나는 깊고 오래 향유한다.

철학자 최진석 교수가 시는 외워야 비로소 '나의 시'가 된다는 말에 평생 문학을 가르쳐 온 나로서는 절절하게 동의한다. 젊은 교수 시절 한때 문학 연구도 과학성을 가져야 한다는 생각으로 시 배우기를 텍스트 이해(comprehension)에만 두고 다양한 분석적 이해에 기대거나,

비평적 해부를 앞세웠던 적이 있었다. 그러나 시를 오래 가르쳐 보니 그렇지만은 않았다. 학자는 그러할지언정 일반 생활인은 시를 외워서 소통해야 함이 최선이다.

최 교수의 통찰이 좋다. 어떤 시가 가진 최고의 경지까지, 나도 승화되려면 그 시를 외우지 않고서는 안된다. 그는 자신의 대표적 암송 시로 유치환의 '생명의 書'를 든다. 어떤 시 한 편을 총체적으로 수용하고, 나의 것으로 체화(體化)하는 방법은 시를 암송하는 것을 넘어서는 것이 없다. 암송해 둔 시는 평생 나와 동반하면서, 문학 선생이 가르치지 않은 것까지도 내가 내 안에서 생성해 내게 한다.

애송시를 혼자 조용히 외우면, 그 청자는 호젓한 나 자신이 된다. 시 듣기의 궁극적 이상이 바로 이 지점 아니겠는가. 사람들은 노래로는 자신을 드러내면서도, 시 암송으로는 좀체 자기를 표현하려 하지 않는다. 청하여 듣는 이가 없으니 그럴 수 있다. 누군가 외워주는 시를 기쁘게 듣자. 너의 애송시를 들려주렴! 나의 애송시를 들려주마.

"제가 과문(寡聞)한 탓인지는 모르겠지만"

기성세대가 쓰는 표현으로, "제가 과문(寡聞)한 탓인지는 모르겠지만" 하고서 말문을 꺼내는 일이 많았다. 주로 토론이나 세미나장에서 질의를 할 때 등장하는 발어(發語)의 말이다. '과(寡)'는 '적다', '문(聞)'은 '듣다'라는 뜻이니까 직역하면, '제가 들은 것이 적은 탓인지는 모르겠지만'이라는 뜻이다. 그러니까 "제가 듣고 배운 바가 모자라서 이런 질문을 하게 되는지는 모르겠습니다만"하고 시작하는 장면이라 보면 된다. 요즘 젊은이들의 솔직한 구어체로 나타내면 "제가 잘 몰라서 물어보는 건데요"에 해당한다.

상대가 이렇게 나오면 듣는 쪽에서는 좀 긴장할 필요가 있다. 자기 자신을 '과문한 사람'으로 자처하는 사람은, 자기 앎에 대한 일정한 자존감을 가진 사람일 경우가 많다. 쉽게 말하면, 자기를 '과문한 사람'이라고 말하는 사람은 '과문하지 않은 사람'일 확률이 높다.

실제로 '과문한 사람'은 "제가 과문한 탓인지는 모르겠지만" 하는 투의 말을 쓰게 되지 않는다. 어떤 문제에 대해서 진짜로 과문한 사람은, 그 문제에 대해서 무엇을 모르는지를 모르는 사람일 경우가 많다. 그런 사람은 질의 동기를 가지기가 어렵다. 알아야 질문을 할 수 있는 것이다.

들는 쪽에서는 이 말(제가 과문한 탓인지는 모르겠지만)의 외피에 넘어가서는 안 된다. 이 말의 표면적 의미는 자신의 무지함을 겸손하게 전제하는 모양새를 띠고 있다. 그러나 그가 가진 내적 의지에는 '네가 하는 이야기, 내가 여태껏 살아오면서 처음 듣는 소리이다. 그거 말이 되느냐' 이런 의중도 있고, '나도 좀 아는데, 내가 아는 범위 내에서는 잘 이해가 안 되는 말이다' 이런 도전적인 태도가 비쳐 있는 말이라 할 수 있다. 그러므로 이 말은 날카로운 질문을 하기 전에 짐짓 점잖은 듯 예의와 격식을 갖추는, 일종의 상투어(cliché)라 할 수 있다.

세미나 토론장에서 상대가 내 발표에 대해 질의하면서, 자신을 '과문한 사람'이라고 한다든지, '잘 몰라서 질문하는 거'라고 앞자락을 깔면서 말하면, 일단 긴장하며 경계해야 한다. 자칫 내 쪽에서 허를 찔릴 수 있다. 당연히 듣는 쪽의 자세도 능동적(active)으로 바뀌어야 한다. 내 의견에 담긴 창의의 요소를 어떻게 상대에게 잘 설명할지 채비해야 할 것이다. 물론 그 태도는 신중과 겸손의 모드(mode)라야 할 것이다.

소설 듣기

소설을 읽어 주는 매체들이 늘어난다. 소설을 듣는 일이 일상 안으로 들어왔다. 그걸 알고 있으면서도, 오랜 세월 소설을 읽기로만 수용해 온 나는 듣는 소설에 성큼 다가가지 못했다. 누군가 공들여 쓴 소설이라면 독자도 당연히 공들여 읽어 주어야 한다는 생각이었다. 이런 생각의 뒤에는, 소설 읽기에 비하면 소설 듣기는 소설을 수용하는 태도에서 덜 적극적이라는 판단이 있었던 셈이다. 이런 생각이 얼마나 일반적인지는 모르겠다. 그 반대로 생각하는 사람도 있을지 모르겠다.

나는 헤르만 헤세의 '수레바퀴 아래서'를 들어 보기도 하고, 톨스토이의 '사람은 무엇으로 사는가'를 들어 보았다. 젊은 시절 읽었던 경험이 있어서 그런지, 소설을 들어서 느끼는 효능감이 괜찮았다. 읽었던 소설을 듣는 방식으로 다시 경험해 보는 것도 나쁘지 않다. 작품에 대한 성숙한 이해를 도울 수 있는 방책이 될 수 있다. 다만 들려주는 낭독의 기술에 따라 듣는 효과가 다를 수 있을 것이다. 자신에게 최적화된 소설 낭독의 모드를 찾아야 할 것이다.

박완서 작가나 윤성희 작가의 단편들도 '듣는 소설로서의 묘미'를 높여 준다. 김영하의 세태 소설류도 듣는 소설로서 적절하게 여겨졌다. 무엇보다도 눈을 감고 오로지 청각으로 몰입해서 들을 수 있는 점이 이점이다.

영화나 TV 드라마 감상에서 소모하는 시각 에너지는 소설 듣기에서는 모두 청각으로 집중되는 효능을 기할 수 있다. 소설 속 전개되는 사건이든 인물의 심리적 상황이든 부주의해서 듣기를 놓치면 되돌아가서 듣는 것이 불편하다. 책 읽기와 구별되는 점이 바로 이점이다. 그러나 꼭 단점이라고만 볼 일은 아니다. 그만큼 더 적극적으로 집중해서 들을 수 있기 때문이다.

듣는 소설은 비교적 단일한 사건과 단일한 인물이 이야기를 이끌어가며 복잡하지 않은 주제를 담은 소품 소설들에는 적합하지만, 상징성이 강한 작품, 문체적 개성이 독특한 작품, 인물의 자의식이나 심리적 심층을 다루는 작품, 사변적이고 관념적 방식으로 주제를 형상화하는 작품 등은 적절하지 않을 수 있다. 소설을 꼭 속도로만 따라가는 것은 아니기 때문이다.

소설을 듣는 시간의 조건도 중요하다. 번잡한 일상의 시간보다는 잠자리에 들기 전이나 아침 일찍 일어나서 거실로 나와 편안한 마음으로 규칙성을 살려 소설 듣기를 청한다면 내면의 성숙을 돕는 교양인의 습관이 될 것이다.

먹는 소리

'음식 먹는 소리'를 대하는 한국인의 반응은 대개 두 가지이다. 이 두 반응은 모두 우리 사회의 가치나 문화를 반영한다고 볼 수 있는데, 서로 대비된다는 점에서도 흥미를 일으킨다. 물론 '좋다/ 나쁘다'로 재단할 일은 아니다. 음식을 대하는 한국인의 의식 속에서 상당한 깊이를 가진 인문학적 의미를 읽을 수 있기 때문이다.

음식 먹을 때 소리 내지 말라는 반응이 있다. 음식 먹으며 소리 내는 것을 경망스럽게 여기고, 특히 어른과 함께하는 식탁 자리에서 쩝쩝 후루루하며 소리 내는 것을 경계하였다. 이런 식사 예법은 신중하고 삼가기를 예(禮)로써 중시하는 전통 사회에서는 강조되었는데, 특히 밥상머리 예절에서 자녀를 양육하는 가르침으로 일반화되었다.

그런데 여기에는 음식의 소중함을 일깨우고, 음식이 밥상에 올라오기까지의 그 허다한 노고와 하늘의 도움을 생각하라는 밥상의 철학 같은 것도 느껴진다. 그러니 혀의 즐거움으로만 음식을 대하지 말라는 뜻이 있다고 할 것이다. 생각해 보면 밥상에 먹을 음식이 많든 적든 음식 먹는 소리 내지 말라는 규범은 유효하였다. 식욕에 지배되어 먹는 소리만 요란한 데서 놓치기 쉬운, 음식의 소중함을 잊어버린 오늘에는 더더욱 유효할 듯도 싶다.

다음으로는 '먹는 소리'를 좋은 소리로 받아들이려는 반응이 있다. 한국인은 전통적으로 '식복(食福)'이라는 원형적 사고(思考)가 있다. 예컨대 '먹는 소리'는 그 자체로 복(福)이다. '먹는 소리'를 들으니 복이 굴러들어 오겠다 등등의 의식·무의식이 있다. 식복을 운명이고 팔자라고 인식하는 차원이 있겠지만, 식복을 찾아서 일상 삶을 열심히 뛰는 차원도 있다. 식복의 실존은 먹는 소리에서 입증된다.

먹는 소리를 복으로 인식하는 데에는 기아와 질병에 허덕이던 우리의 현대사도 끼어든다. 필자 세대는 6·25 직후 극단의 궁핍 속에서, 먹으려고 해도 먹을 수 없던 성장기 경험을 기억한다. '먹는 소리'가 환청(幻聽)처럼 다가오던 시절이었다. 또 건강을 잃고 투병 중인 사람은 먹을 것을 옆에 두고도 못 먹는다. 가족들은 그의 '먹는 소리' 듣기를 간절히 구한다.

먹는 소리는 그 자체로 복이다. 이 인식이 극대화되는 지점에 식구들의 밥을 지어 상을 차리는 어머니의 기쁨이 있다. 자라는 아기의 먹는 소리에 온갖 기쁨을 느끼는 가족의 웃음이 있다. 먹는 소리에 숨어 있는 감사의 천국을 보기로 하자.

배우 김혜자 씨의 딕션(Diction)

딕션(Diction)이라는 말이 자주 쓰이고 있다. 이 말이 등장하는 두 가지 용례를 보자. "오늘 김 팀장이 간부회의에서 했던 프레젠테이션은 성공이야. 내용도 좋았지만 김 팀장의 딕션이 얼마나 명료하고 반듯했는지 말이야." "박 아무개 배우 말이야, 연기는 좋은데 대사가 흐려요. 딕션이 분명하지 않으니까 연기가 살아나지 못해요." 딕션은 발음이란 뜻일까.

딕션을 발음인 줄로만 아는 건 딕션에 대한 불충분한 이해이다. 딕션은 구두 언어를 구사할 때 발음뿐만 아니라 억양과 어조, 강세 등을 발화(發話)에서 모두 실현해 내는, 대단히 종합적인 능력이다. 발음이 좋아도 어조, 억양, 강세 등이 미흡할 수 있다. 대화에서 어떤 단어나 어떤 문장을 어떤 방식으로 발화할지를 아는 데에 이르면 이야말로 고급의 딕션 능력이다.

공연 무대에 서는 배우나 가수에게는 딕션은 그의 역량을 가름하는 중요한 요소이다. 명성을 오래 유지하는 배우나 가수는 각기 개성 있는 딕션 역량이 그 명성을 지탱하는 바탕에 있다. 그중에서도 나는 배우 김혜자 씨의 딕션을 주목한다. 그녀는 모든 음운을 정확한 딕션으로 구사한다. 특히 모음을 딕션할 때, 그 정확성과 함께 그녀의 연기 매력이 돋보인다. 모음 중에서도 장모음이나 이중 모음을 느린 템포로 딕션할 때는, 그 느긋한 어조와 굽이치는 억양을 통해서 그녀만의 한숨 연기, 의심 연기, 경탄 연기가 개성 있게 태어난다.

모음의 딕션은 그냥 모음을 내뱉는 것으로 끝나지 않는다. 모음은 자음을 실어서 그 자음이 실제 소리를 내도록 한다. 그녀의 느릿하면서도 정확한 모음 위에 실려 가는 그녀의 자음 딕션들도 자신이 내는 소리의 음가를 슬로우 비디오처럼 보여 준다. 그녀가 구사하는 울림소리(ㄴ, ㄹ, ㅁ, ㅇ) 또한 그 투명한 울림의 묘미를 여운 있게 연출한다. 받침소리에서 유난하다. 나는 그녀의 대사 딕션에 깊이 매료된다. 그녀의 연기가 딕션을 만들어 내는지, 그녀의 딕션이 연기를 이끌고 가는지 모를 일이다. 듣기의 진경이 여기에도 있다.

제7부

듣는 인간의 영성 발달, 듣기의 초월성

"내가 드려야 할 금년도 최대의 감사는
성취된 기도 때문이 아닙니다.
진정 감사할 일은 '이루어지지 않은 소원, 각하된 기도'인 것을
당신은 잘 살피실 줄 믿습니다.
오는 일 년도 기도의 응답과 불응답을 따지지 않도록 하옵소서.
응답 되지 않은 듯 보이지만
실은 가장 좋게 응답이 되는 것을 보았기 때문입니다."

김교신의 기도, '성서 조선' 145호(1941년 2월호)

'경탄'에 동행하는 선신(善神)

참신하고 신통한 것을 보거나 듣고 자기도 모르게 놀라 탄복할 때 '경탄(驚歎)한다'고 한다. '경(驚)'은 놀란다는 뜻이고, '탄(歎)'은 '어떤 소리가 나도 몰래 터져 나오는 것'을 뜻한다. 경탄, 그 자체는 대개 긍정적이다. 그 경탄이 담고 있는 새롭고 신기한 느낌이란 어떤 견문이나 지식, 또는 어떤 정서나 감정으로부터 좋은 자극을 받는 데서 오는 놀라움을 품고 있기 때문이다.

경탄할 수 있는 사람은 성정(性情)이 순수한 사람이다. 자신을 둘러싸고 있는 세계에 대해서 늘 신선한 감수성을 가지는 사람이다. 자신이 만나는 사람에 대해서도 경탄할 장점을 찾아내어 상대를 들음으로써 친화적 소통을 살려낸다. 주변의 사물에 대해서 순수한 호기심을 가지고 탐구하려는 태도가 배어있는 사람이다. 경탄이 없는 사람은 이런 마음과 감수성이 결핍된 사람이다.

그리해서 선한 신(神)이 이끄는 삶은 우리를 경탄의 자리로 이끈다. 그러나 악령(惡靈)은 우리에게서 경탄을 빼앗아 간다. 경탄하는 마음은 그 대상을 찬양하게 하고, 그럼으로써 감사를 불러온다. 경탄이 없는 사람은 밝음이 없다. 사랑이나 공경이 생겨날 마음의 자리가 없다. 불평과 비관이 들어서고, 불행한 자아가 자란다.

어린이들은 자주 경탄하지만, 인생의 때가 많이 묻은 어른들은 좀처럼 경탄하지 않는다. 믿음과 소망이 있는 사람에게서는 경탄이 터져 나오지만, 그것이 없는 사람에게는 경탄이 찾아가지 않는다. 사랑에 빠진 사람은 아침에 일어날 때마다 새로운 경탄을 발현하지만, 사랑을 잃은 사람에게는 무거운 침묵만이 감돌 뿐이다.

경탄을 나타내는 말을 문법 용어로는 감탄사(감탄어)라고 한다. 새로운 발견으로 기쁨과 놀람을 느낄 때 튀어나오는 경탄을 어떤 감탄사로 소리 내었던가? '우와', '세상에', '어머나', '대박', '말도 안 돼', '끝내 준다' 등등 사람마다 다르다. 신나고 즐거울 때 튀어나오는 감탄사가 무엇이냐고 초등학생에게 물으면, 대개는 "와! 정말 신난다"라고 한다. 이것이 감탄사이다.

물론 감탄사는 신나고 즐거운 기분만을 나타내지는 않는다. 인간의 일곱 가지 감정, 희(喜)·노(怒)·애(哀)·락(樂)·애(愛)·오(惡)·욕(慾) 모두를 감당하여 그것을 소리로 나타내는 품사이다. 따라서 화날 때 내뱉는 외마디 욕설, "썩을!"도 감탄사이고, 짜증 날 때 내는 "아이 씨!"도 감탄사이고, 누군가를 저주할 때 하는 "망할!" 같은 말도 감탄사이다.

젊은 세대들의 언어 사용 기준에서 보면, 우리말 감탄사이면서도 점차 사라지는 모습을 보이는 감탄사도 물론 있다. 그리고 그 자리를 영어식 감탄사가 들어오는 거 아닌가 하는 생각이 든다. '좋아'의 자리를

'오! 예'가 들어오거나, '맙소사'가 사라지려는 자리를 생짜배기 영어 감탄사 'Oh My God'이 기웃거리는 것이 그 예이다. '이런!', '아뿔싸' 등의 분위기 아름다운 우리 고유어 감탄사 대신에 굳이 'Oops' 따위의 영어 감탄사를 들이대는 풍조는 가볍다 못해 저렴하다.

언어는 사회적 산물로서 그 형태나 의미가 부단히 변한다고는 해도, 우리 한국어가 세계어의 자리로 부상하려는 즈음에 우리말 감탄사를 소중히 키워서 세계 무대에 한국어의 힘을 새롭게 심어 줄 필요가 있다.

우리가 잘 모르는 우리 고유의 감탄사 가운데는 선하고 아름다운 기원이 은연중에 담겨 있는 말들이 있다. 그동안 잘 사용하지 않아서 현대인에게는 낯설게 다가올지 모르겠지만, 부활하여 사용하면 어떨까 한다. 그러기 위해서는 이런 아름다운 고유의 감탄사를 작가들 특히 아동문학 작가들이 많이 발굴해 주기를 기대한다. 동시에 지구촌 각지에 한국어의 깃발을 드높이며 분투하는 1,500여 개 한글학교에서도 한국어 감탄사에 대한 교육적 인식을 새롭게 해 주기를 기대한다.

표준국어대사전에 등록된 감탄사 어휘 880여 건 중 우리가 처음 듣거나 아직 모르는 말이 많다. '개치네쒜'라는 감탄사를 아시는 분이 얼마나 있을까. '개치네쒜'는 재채기를 한 뒤에 이어져 내는 소리를 모방하여, 이를 감탄사로 활용하게 된 것이라 한다. 그러니까 누군가 큰 재채기를 했을 때, 좌중에 있던 사람이 재채기를 한 사람에게 "개치네쒜" 하고 건네는 순우리말 감탄사이다. 영어로 치면 'Bless you'와 비슷한 의미 기능을 한다고 보면 된다. 재채기를 한 사람에게 '감기가 들어오지 못하고 물러가라'는 염원을 담아 건네는 말이다. '개치네쒜'와 비슷한 감탄사로는 '에이쒜'가 있다. '에이쒜' 같은 감탄사는 옆에서 누군가 재채기를 하면, 나도 젊은 시절에 이 말을 건네 보았던 기억이 있다.

'얄라차'라는 감탄사는 무엇인가가 잘못되었음을 이상하게 여기거나 어떤 것을 신기하게 여길 때 쓰는 감탄사다. '얄라차(알라차)'는 이상함을 느낄 때 내는 소리인 '알라'와 무엇이 잘못된 것을 갑자기 깨달았을 때 하는 말인 '아차'를 아울러 이르는 감탄사이다. 경쾌함을 느낄 때 내는 소리라고 풀이되어 있다.

'어뜨무러차'는 어린아이 또는 무거운 물건 등을 들어 올릴 때 내는 감탄사다. 조금 무거운 물건은 반짝 들어 올릴 때는 '아카사니'라는 감탄사를 발했고, 매우 무거운 물건을 번쩍 들어 올릴 때는 '이커서니'라는 감탄사를 썼다. 또 노래를 부르면 즐거울 때는 '데루화'나 '에루화'라는 감탄사를 사용했다.

미운 사람의 불행을 고소하게 여길 때는 내는 '잘코사니'라는 말은, 그간 잘 사용하지 않아서 낯설지만, 재미있는 우리말 감탄사임에 틀림없다. (매일신문 2019.5.6 참조) 물론 아이들이 즐겨 사용했던, '꼬소해', '깨소금' 등도 대단히 귀여운 감탄사이다. 요즘은 상대의 능력을 놀란 듯 인정해 주는 '어쭈구리' 같은 감탄사도 무언가 쉽게 분해할 수 없는 복합적인 묘미를 담고 있다. 상황 맥락에 딱 맞아서 떨어지는 감탄사는 정말 기가 막히다. 길고 긴 한 편의 이야기 이상의 의미와 정서를 모두 내포하고 발산하는 신통방통한 감탄사라 할 수 있다.

그렇다. 감탄사는 품사이기도 하면서, 동시에 한 문장 내에서 품사 이상의 성분으로 기능하기 때문에 독립어라고도 한다. 그런가 하면 감탄사는 그 자체로 한 문장이 되기도 한다. 그뿐이 아니다. 감탄사는 비록 한 단어에 불과하면서도 어떤 길고 긴 사연의 말을 통째로 다 해버린 것과 같은 효과를 얻는다.

구구절절 길고 장황한 언어로 설명해야 할 언어적 사태도 감탄사 한 단어로 너끈히 처리해 낼 수 있는 것이다. 이는 외국인을 위한 한국어 교육에 유익한 시사(示唆)를 준다. 한국어를 배우는 세계인에게 감탄사를 전략적 학습으로 체득하게 함으로써 한국어 학습의 동기와 효과를 강화해 줄 수 있을 것이다. 한국어의 표현 묘미를 초월적으로 체감하게 할 수 있을 것이다. 감탄사는 일종의 초월적 언어이기 때문이다.

영탄하는 말에 나의 귀를 흔쾌히 내어주자. 영탄하는 말로 나의 기쁜 영혼을 그가 듣게 해 주자.

막말을 들었다

　말하기를 도덕성 기준으로 판단한다면, 막말은 나쁘다. 오죽하면 막말로 했을까 하는 경우라 하더라도 마찬가지이다. 그 정황을 잠시 이해는 해 줄 수 있을지언정 그걸 잘했다고는 할 수 없다. 굳이 도덕성을 따지기 전에, 실익 차원에서도 막말은 이득 될 것이 없다.

　막말은 우선 본인에게 확실한 해악으로 돌아간다. 본인의 자존감을 밑바닥으로 떨어뜨린다. '나는 원래 이런 놈이었어' 하는 슬픈 자의식에 빠지게 한다. 하나 더 있다. 내 막말을 기억하는 사람들에게 나를 '가까이하고 싶지 않은 사람'으로 오래 각인시킨다. 손익계산서로 따지면 무조건 손해이다. 잠시 짜릿하고, 긴 우울에 짓눌리게 하는 말이 막말이다.

　막말의 나쁜 점은 '막'에 다 들어 있다. '막'에는 '마구 대한다' 또는 '함부로 한다'는 뜻이 있다. '막가파', '막되어 먹은 놈' 할 때의 '막'이 바로 그것이다. 또 '막'은 '막장 인생'이란 말에서 보듯이 '밑바닥', '저렴하다' 등의 뜻을 안고 있다. '막'은 '마지막'이란 뜻도 가지고 있다. '막차'나 '막다른 길'이 그걸 보여 준다.

막말을 하는 사람은 무의식중에 '마지막이라는 감정'을 반영한다. 그것은 자폭의 언어로 터져 나온다. 막말은, 까짓것 될 대로 되라지 하는 마지막 심정에서 내지르는 말이다. 그것은 내일이 없다는 생각, 즉 허무와 퇴폐의 태도이다.

중요한 것은 허무와 분노와 좌절감이 막말을 만들어 내기도 하지만, 그 반대의 생태도 엄연히 존재하고 작동한다는 점이다. 즉, 별생각 없이 막말 쓰는 습관을 쌓아 나가다 보면, 나의 정신세계와 심리적 지향에 허무와 분노, 불만과 좌절, 원망과 저주 등의 악령이 들어와 살게 된다는 점이다. 그리고 어느새 나도 모르게 급전직하(急轉直下) 추락하여 신음하고 있는 나의 불쌍한 자존감을 만나게 된다는 것이다.

이점이야말로 우리의 가정교육과 사회교육이 유념해야 하는 대목이다. 언어에는 그 어떤 마성(魔性)과 마력(魔力)이 있다. 언어는 자신을 사용하는 언어 사용 주체의 의식을 잠식하듯 지배하는 마력을 가지고 있다. 막말은 이를 여실하게 보여 준다.

그가 내게 막말을 퍼부을 때, 피해야 할, 하책(下策) 중에 하책은 막말을 막말로 갚으려는 것이다. 내가 막말로 대꾸하는 순간, 그와 나는 더러운 진흙탕에서 엉켜 싸우는 개[泥田鬪狗]의 형국을 면할 수 없다. 내공이 필요하다.

상대의 막말에 도발되지 않고, 조용히 그를 응시할 수 있으려면, 그를 진실로 불쌍히 여기는 마음이 내게 있어야 한다. 지금 그는 감정을 다스리는 능력이 없다. 그는 지금 자존감을 상실했다. 그는 지금 앞일을 헤아리지도 못한다. 그는 지금 일종의 분열 상태이다. 그의 영혼은 지금 부재중이다. 이렇게 그를 연민할 수 있겠는가. 내공이 필요하다.

고함(高喊)

'고함(高喊, Shout, Yell)'은 높고 크게 외치는 소리이다. '고함'과 어울리는 동사로 '지르다(고함지르다)'와 '치다(고함치다)'가 있다. '지르다'와 '치다'에는 거친 공격의 기세가 숨어 있고, 솟구치는 감정이 따라 붙는다.

견물생심에 이성을 잃고, 주머니 사정 돌보지 않고, '묻지 마 구매'가 최고조에 들어, "정신없이 질렀다"라고 하는데, 이때 '지르다'의 진면목을 본다. '치다'는 어떤가. 어떤 상대를 힘껏 때리거나 두들기는 것이 '치다'이다. 공격하다, 쳐들어가다 등등의 가해적 의미와도 연결된다. 이렇듯 '고함'은 '지르다'와 '치다(고함친다)'에 붙어서 맥을 유지하는 말이다. '고함지르다'와 '고함치다'의 주체는 고매한 인물이 되기는 어렵겠다는 생각이 든다.

고함이 반드시 부정적인 것만은 아니다. 고함이 나오는 현상도 두 범주가 있다. 하나는 특정한 상대를 염두에 두지 않고 혼자서 고함을 내지르는 경우다. 유도나 태권도 선수가 정기를 모으기 위해서 고함을 터뜨리는 경우, 등산객이 정상에 올라 호연(浩然)의 기상을 펴려고 "야호!"

하고 고함을 내는 경우, 실패를 이기려고 벌판에 나가 고함으로 자기 다짐을 하는 경우가 여기에 속한다. 대체로 이런 고함은 선한 영향을 안으로 퍼지게 한다. 이런 고함은 내가 나를 듣는 방식으로 작용한다.

문제는 눈앞의 상대가 나를 향해서 내지르는 고함을 어떻게 들을까 하는 데에 있다. 대체로 이런 고함은 가부장 체제의 어르신들이 구사하셨다. 일단은 전통적인 대응 방식이 무난하다. "어르신, 고정하십시오." 그래도 고함을 멈추지 않으면, "송구합니다. 진정하시고 말씀하세요." 그래도 계속 고함이면 자리를 피하는 것도 지혜이다.

윗사람이라고 해서, 선배라고 해서 고함을 치는 것은 이제는 통하지 않는다. 아니, 오히려 되치기를 당하는 세태가 되었다. 지금 내 앞에서 고함을 지르는 상대가 있다면 일단은 이렇게 해석함이 옳다. 그래야 차분한 대응이 가능해진다.

첫째, 상대는 지금 분노 상태로 정신이 불안정하다. 둘째, 상대는 의식적이든 무의식적이든 나를 두려워하고 있다. 셋째, 상대는 고함 사태 이후를 합리적으로 수습할 아무런 방책이 없다.

그런즉 고함으로 상대를 제압하려는 자는 어리석다 할 것이다. 고함을 고함으로 맞서려는 자세도 전략으로 친다면 하책(下策)이다. 그런데 한국 사람은 화를 다스리지 못하고 상대에게 높고 큰 소리를 터뜨리는 경우가 많다. '고성(高聲)을 지른다'라고 한다. 사전에도 '고성'은 '화가 나거나 싸울 때 내는 크고 높은 목소리'라고 풀이한다. 그러나 물리적으로 보면 소리의 '높고 낮음'과 소리의 '크고 작음'은 서로 다른 차원의 성질이다. 소리의 높낮이는 음파가 1초당 진동하는 횟수를 말한다. 진동수가 높을수록 소리가 높다. 소리의 크고 작음은 소리의 진폭이 결정한다. 소리가 크다는 것은 진폭이 큰 것이다.

우리가 통념상 크고 높은 소리로 알고 있는 '고함'이나 '고성'의 이미지는 대체로 부정적이다. 무언가 이성적이지 못하다는 데서 오는 부정적 이미지이다. 고함을 자주 치는 사람에게는 참을성 없는 사람의 이미지도 따라오고, 권위주의적 목소리로 각인되기 쉽다. 일방적으로 자기주장만 하는 고집 세고 이기적인 사람의 말하기 방식도 떠오른다. 분노 조절이 안 되는 성격인 것은 안 봐도 알 수 있다. 주변을 개의치 않는 몰상식한 이미지도 '고함'에 따라다닌다. 정도의 차이는 있지만, 한국인 중에는 이런 사람이 많은 편이다. 한국인의 '빨리빨리' 기질과 '고성' 습관은 무관하지 않다.

아프리카 탄자니아에서 한인회장으로 있는, 지인 김태균 회장이 한국에 왔다. 잠시 만났다. 그는 아프리카에서 사회적 기업, 의료 NGO, 한글학교 운영 등 다양한 경험을 쌓았다. 현지에서 필름 아카데미를 운영하며 영화 제작자를 육성하기도 했다. 2016년에는 서아프리카 요루바 부족의 왕에게서 추장 작위를 받기도 했다. 근래에는 탄자니아 원주민의 구전(口傳) 속담 등을 깊이 있게 해석하여 출판하기도 했다.

김 회장이 원주민들을 데리고 일할 때, 이들을 관리 감독하는 한국인 직원들 일부는 이들이 지시를 어기거나 실수하면, 고함을 지르며 나무랐다. 그곳 아프리카 주민들은 고함을 지르지 않는다. 화는 나도 소리는 지르지 않는다. 그들은 고함을 지르는 한국 사람을 처음 볼 때, '아! 저 사람은 미친 사람이다'라고 생각한단다.

그냥 비유나 과장법 차원에서 말하는 '미친 것 같다'가 아니라, 그들은 정말로 고성을 지르는 사람을 정신이상이 있는, 그런 미친 사람으로 본다는 것이다. 그런데 다음 날 아침 출근 자리에서 그 한국 사람이 어제 내가 언제 고함을 질렀느냐는 듯이 얼굴에 웃음을 띠고, 정겹게 인사를 하면, 원주민은 자기네들끼리 이렇게 중얼거린다.

"야! 저 사람, 오늘 보니 진짜 정말로 미친 사람이다. 미친 사람 맞다!"

고함은 문화적으로 보면 '웅변의 시대'와 맞물린다. '사자후(獅子吼)를 토한다'는 말을 칭찬의 레토릭으로 받아들이는 때가 웅변의 시대이었다. 그 어떤 낮은 음성도 정밀하게 확대해 주는 마이크와 라우드 스피커(Loud Speaker)의 출현 이래, 그런 웅변보다는 나직한 음성으로 이어가는, 그러다가 더러는 웃음도 보태는, 토크 쇼(Talk Show)라는 장르가 대중에게 더 친화적이다.

아직도 선거 유세장만이 고함을 키운다. 고함을 중심에 두는 스피치는 자기도취이거나, 가짜 뉴스 선동이거나, 무작정 상대방 모욕주기이거나, 아무튼 그런 쪽과 코드가 맞는다. 고백하건대, 나도 고함을 치던 적이 있었다. 자녀들을 키우면서 잘못을 꾸짖는답시고 고함을 치곤 했었다. 내가 상대의 고성을 듣기 싫어하듯이 나의 고성 듣기를 좋아하는 사람은 없다. 어떤 상황에서도 합리화될 수 없는 것이 고성과 고함이다.

소설가 이병주(1921-1992) 선생의 아들 이권기 교수의 증언을 읽으면서 나는 나의 고함들을 되돌아보았다. 부끄러웠다. 이권기 교수가 아버지 이병주 작가를 증언한 대목이 귀에 와서 꽂혔다.

"아버지는 자상한 분이셨어요. 꾸중할 것이 있으면 언성을 높이는 대신에 종이에 쓴 메모를 주셨어요."

기도 응답, 어떻게 들을 건가

헤르만 헤세의 소설 '데미안'에는 주인공 싱클레어가 악동(惡童) 크로머로부터 고통스러운 괴롭힘을 당하는 이야기가 나온다. 나는 소설 '데미안'의 이 대목이 내가 초등학교 3학년 때 겪은 일과 너무도 닮아서 놀란다. 그해 나의 어머니는 간신히 일자리를 얻어 멀리 떨어져 계시고, 나는 거의 반년 내내 홍역을 앓았다. 게다가 나는 학교에 일찍 들어간 탓으로 내 동급생들은 대개 나보다 한두 살 위였다. 왜소하고 약하고 외로워 보였던 탓일까. 우리 반에 크로머 같은 아이가 있었는데, 그가 나를 줄기차게 괴롭혔다. 머리가 좋고 영악한 아이였다. 크로머가 싱클레어를 못살게 괴롭혔듯이 나를 괴롭혔다.

신체 폭력은 가하지 않으면서도 교묘한 위협과 음험한 속임수로 나를 고통에 빠뜨리는 것까지도 그 아이는 크로머와 비슷했다. 어렸지만 내가 체면과 명예를 중시한다는 것까지도 그 아이는 나를 괴롭히는 한 전략으로 써먹었다. 이 점도 싱클레어를 괴롭힌 크로머의 경우와 흡사했다. 내 아버지가 그 학교에 재직하는 선생님이었지만, 나는 이 문제를 아버지에게 말씀드릴 생각을 아예 하지 않았다. 그 아이는 그런 쪽으로도 머리를 쓰면서 나를 힘들게 했다.

나는 주일날 교회에 가서 기도했다. 그 아이를 내게서 멀리 있게 해 달라고 기도했다. 그 아이를 하나님이 벌해 줄 것을 기도했다. 어린 마음에도 그 기도는 간절한 것이었다. 그래서 나는 "제 기도를 꼭 들어주세요"라는 말을 기도 끝머리에 붙이곤 했다. 이를테면 기도 응답을 간구한 것이다. 목사님도 설교 말씀에서 간혹 기도 응답을 들었다는 말을 하셨다. 나도 이 기도는 하나님께 꼭 응답을 듣고 싶었다.

기도의 응답은 놀랍게도 곧 나타났다. 그런데, 기도 응답을 확인했을 때, 나는 감사함보다는 솔직히 두려움이 몰려왔다. 나를 괴롭힌 그 아이가 그해 여름 방학 저수지에서 멱을 감다가 익사한 것이다. 사고 당일 아버지가 그걸 알려주셨다. 어린 마음에도 '아! 이건 아닌데…' 하는 생각이 들었다. 그냥 그 아이를 내게서 멀리 떨어져 있게만 해달라고 했는데, 이렇게 응답하신단 말인가!

나는 그 아이의 죽음 그 자체가 두려웠다. 그 아이의 죽음에 뭔가 내가 일조를 한 것 같다는 느낌이 나를 얼마나 두렵게 하는지! 정신을 차리고 생각해 보니, 어린 나에게 두 가지 두려움이 다가왔다. 하나는 섣불리 내 욕구를 기도로 말하고, 응답에 집착했던 일에 후회가 밀려왔는데, 그 후회의 실체는 두려움이었다. 아! 앞으로는 그런 기도를 하면 안 되겠다. 또 섣불리 누구를 죽게 해서는 안 되겠다.

다른 하나는 이 세상에 그 누군가가 나를 미워해서 하나님께 간절히 기도하면 나는 어찌 될까? 나도 죽게 되지 않을까 그런 두려움이다. 이렇듯 쉽게 이루어지는 것이 기도 응답이라는 사실(적어도 어린 나에게는 그것이 사실이었으므로)이 두려워진 것이다. 누군가를 미워하는 일, 누군가로부터 미움을 받는 일에 기도가 끼어들면 정말 큰 일이다. 무섭다! 무섭다!

그 아이가 죽던 날 어린 나는 잠을 이루지 못했다. 물론 아버지께는 내색조차 하지 못했다. 남북전쟁 초기에 링컨의 북군은 남군의 사령관 로버트 리 장군에게 자주 패했다. 링컨은 '기도하는 대통령'으로도 유명했다. 어느 날, 북군의 지도자들이 모여서 대통령을 위로했다.

"각하, 저희는 하나님께서 우리 북군의 편이 되어달라고 기도합니다." 그러자 링컨은 이렇게 대답했다. "그렇게 기도하지 말고, 우리 북군이 하나님 편에 서 있게 해 달라고 기도하십시오."

같은 말인 듯 다른 말이다. '기도 응답'의 굴레를 훌쩍 넘어서는 기도의 차원을 링컨이 보여 주었다고나 할까. 신은 진정한 기도의 응답을 묵시(默示)로써 보여 주는지도 모르겠다. 기도 응답을 꼭 듣고야 말겠다고 나서면 거룩함보다 속된 기운에 기울기 쉽다. 자칫 내 뜻을 하나님의 뜻인 양 몰고 갈 여지가 있다. 링컨 대통령의 기도 일화가 그걸 일깨워 준다.

일제 강점기에 독립운동을 한 종교인 김교신(金敎臣, 1901-1945)이 1941년 1월 1일 0시 30분에 쓴 '제야의 기도'에는 이런 구절이 들어 있다.

"주 예수여, 당신은 이 못되고 못난 죄인의 기도에도 응답해 주셨습니다. 지금 이 자리에서 이루어진 소원 하나하나를 생각할수록 '아, 분에 넘쳤도다'라는 결론밖에 없습니다. …… 그러나 주 예수여, 내가 드려야 할 금년도 최대의 감사는 이미 성취된 기도 때문이 아닙니다. 진정 감사할 일은 '이루어지지 않은 소원, 각하된 기도'인 것을 당신은 잘 살피실 줄 믿습니다. 이루어진 것에 대한 감사도 아시아 대륙보다 적지 않습니다마는 이루어지지 않은 기도에 대한 감사는 실로 태평양보다 더 큽니다. …… 오는 일 년도 기도의 응답과 불응답을 따지지 않도록 하옵소서. 응답 되지 않은 듯 보이지만 실은 가장 좋게 응답되는 것을 보았기 때문입니다." ('성서 조선' 145호, 1941년 2월호)

어떻게 기도해야 할까. 무엇을 기도해야 할까. 기도 응답은 어디에 있는가? 그 응답을 향해서 가는 기도여야 하는가? 그것을 넘어서는 기도여야 하는가? 응답을 들으려 매달리는 기도의 부르짖음에는 인간적 간절함에서 오는 진정됨이 있다. 그러나 응답에만 매몰된 기도는 인간 존재의 허약함에 다시 갇히는 안타까움이 있다.

"듣기 싫어"

히브리 유대 왕국 역사상 뛰어난 지도자로 다윗과 솔로몬을 든다. 특히 솔로몬은 지도자의 지혜를 중시하고, 그 지혜를 하나님께 구하였다. (구약 역대하 1장 10절) 그가 썼다는 구약의 잠언서는 그런 지혜를 결집한 것이다. 솔로몬이 기도로 간구한 '지혜'는 우리말 성서에는 '지혜'로 번역되어 있지만, 원래 히브리어로 된 이 말의 원뜻은 '듣는 마음(레브 쇼메아/ Lev Shomea)'이라고 한다.

솔로몬이 '잘 듣는 마음(지혜)'을 구한 것은 백성들의 갈등을 재판으로 해결할 때, 자신이 현명하게 재판하는 능력을 얻기 위해서였다. 이스라엘 고대 역사에서 재판은 대단히 중요하게 여겨졌다. 왜냐하면 여호와가 직접 다스리는 나라, 즉 신정(神政)의 개념으로 통치되는 나라이었고, 왕은 여호와의 명을 따라 나라를 다스리는 존재이었기 때문이었다. 솔로몬은 백성을 향해서 일종의 '수평적 리더십'을 발휘했다 할 수 있다. 그가 구한 '듣는 마음'이 이를 보증한다.

수사관들이 범죄자를 대할 때 범죄자의 말을 얼마나 잘 들으려 할까. 아닐 것 같지만 수사관들은 범죄자의 말을 귀 기울여 듣는다. 그러나 그 경청에는 상대를 존중해서라기보다는 범죄의 내막을 상세하게 파악하기 위함이 우선이리라. 재판에 넘겼을 때 공소 유지를 잘하기 위함이라는 기능적 사명 때문에 일단 잘 듣는다는 것이다.

범죄를 숨기거나 왜곡하려는 의도가 범죄자에게는 잠재적으로 있다고 보고, 잘 듣기는 하지만 그 말을 곧이곧대로 믿어 주지는 않는다. 이런 듣기의 자세를 뭐라 평가하면 좋을까.

그런데 현대인들의 듣기 행태 중에 이런 수사관 스타일의 듣기 태도를 가진 사람이 많다고 한다. 그만큼 세태가 각박해지고 생존 경쟁이 치열하다는 얘기일 것이다. 듣는 마음은 수사관에게만 있는 것은 아니다 수사관의 말을 듣는 범죄자에게도 듣는 마음이 있다. 조사를 받는 혐의자의 '듣는 마음'은 어떤 것일까.

우리는 일상에서 "듣기 싫어"라는 말을 너무 쉽게 쓴다. 이게 '네 말을 이런저런 이유로 듣기가 싫다'라는 논리적 근거를 차분히 대령시킬 때 쓰는 말이 아님은 우리가 경험상 너무도 잘 알고 있다. 이 말은 거부의 감정을 반사적으로 내뱉는 관용어(idiom)에 가깝다. 상대의 말을 억압적으로 중지시키려 할 때, 또는 말을 꺼내는 상대의 기를 애초에 죽여 버리겠다는 말이 '듣기 싫어'이다. '입 닥쳐'라는 말과 동의어이다. 폭력적 자질이 저절로 배어 나온다.

원로 교육학자 이돈희 교수는 우리의 민주주의가 제도나 법제에서 상당한 격을 갖추어서 발전해 왔지만, 우리 일상의 생활 속 민주주의는 숙성하지 못했음을 말한다. 나는 생활 민주주의의 실현은 '대화의 건강함'을 도모하는 데서 찾아야 하리라 본다.

특히 경청(傾聽), 상대의 말을 귀 기울여 듣는 것은 생활 민주주의의 시발점이다. 일부 정치권이 배출하는 막말이나 거짓말, 그리고 편향적 선동의 언어도 생활 민주주의 낙후를 보여 주는 지표들이다. 경청의 마음은 쉽지 않다. 경청의 심층에는 모종의 너그러움이 있어야 하기 때문이다. 상대를 온전하게 이해하려는 넉넉한 마음이 없이는 온전한 경청은 일어나지 않는다. 듣기는 단순한 기능(skill)이 아니다. 듣기는 덕성(virtue)의 범주에 속한다.

'듣기 싫어'라는 말이야말로 이제는 정말 듣기 싫은 말이 되어, 몰아냈으면 좋겠다. 이 말만 쓰지 않아도, 제법 괜찮은 인간이 될 수 있다. 이 말만 쓰지 않아도, 생활 속 민주주의를 실천하는 시민에 다가갈 수 있다. 영성의 발달을 위한 실천 노력의 첫 계단일 수도 있다.

비밀을 듣다

어떤 비밀이 내 귀로 들어왔다. 마음에 파문(波紋)이 일어난다. 이 비밀을 권력자에게 팔면 그 밑에서 한자리 얻을 수도 있겠고, 이 비밀로 횡재를 할 수도 있겠다. 남의 어두운 비밀은 나를 시험에 들게 한다. 그 비밀을 내가 알고 있음을 비밀로 하겠다면서 무언가를 노려볼까. 불순한 욕망이 생긴다. 비밀 앞에 우리의 인격은 부단히 도전받는다. 비밀을 어떻게 들어야 한단 말인가.

정보화 사회의 어두운 그늘이라 해야 할까. 비밀이 자본재라도 된 듯한 세상이다. 남의 비행과 불륜은 비밀 시장의 호재들이다. 심지어는 가짜 비밀을 만들어 음모론에 가담하고, 조회 수를 올리려는 유튜버도 있다. 그러나 주의해야 할 것이다. 비밀을 다루는 동안, 그것이 나의 생에 가해 오는 운명의 징벌을 지금은 모른다. 그 예측을 신은 인간에게 허락하지 않았다.

고금동서의 변하지 않는 법칙을 잊지 말아야 할 것이다. 누군가의 비밀을 알고 있으면 그로 인해 내가 위태로워진다. 하물며 가짜 비밀을 만들어 전파하는 업보는 감당하기 어려울 것이다. 남의 비밀에 무심한 사람은 거의 없다. 그 반대이다. 비밀의 냄새를 맡으려는 본능적 후각이 발동하여, 비밀에 죽기 살기로 다가가려 한다. 타 죽을지도 모르고 등불에 달려드는 불나비의 모습이다.

비밀 앞에 파멸하는 인간의 행동 패턴은 신화가 이미 상징으로 세워 놓았다. 청순한 여인 프시케를 알게 된 에로스는 어머니 아프로디테의 무서운 금기도 잊고, 밤마다 가면을 쓰고 와서 프시케와 지내다 새벽에 사라진다. 에로스는 말한다. "프시케 내가 누구인지 알려고 말아요. 그 비밀을 알게 되면 당신은 위태로워져요." 그러나 프시케는 이 비밀을 지키지 못하고 에로스의 가면을 벗겨 버린다. 그녀는 결국 지옥 하데스로 간다. 그렇구나. 비밀을 알려 하면 다치게 된다!

세상 모든 이야기 중에 '비밀 모티프'를 모두 제거한다면, 이야기로 존립할 수 있는 것이 얼마나 있을까. 그렇게 보면, 세상사(世上事) 곧 비밀사(祕密事)라고 해야 할지 모르겠다. 그나저나 비밀을 오래 지키기는 어려운 세상이 되었다. SNS의 촘촘한 그물이 속절없이 비밀을 체크해 내고, 몰래 쌓아 두었던 음험한 비밀도 휴대전화를 털면 다 드러나는 세상이다.

그러면, 이렇게 세상사에 나도는 비밀, 인간이 집착하는 '비밀'의 본질 속성은 무어라 해야 할까? 한마디로 단언키는 어렵겠지만, 나는 '빨강 머리 앤'의 작가로 알려진 캐나다 작가 루시 몽고메리(Lucy Moad Montgomery, 1874-1942)의 통찰이 마음에 든다. 그녀는 비밀을 이렇게 투시한다. "비밀이란 대부분 추한 것이다. 아름다운 것은 숨지 않는다. 오직 추하고 뒤틀린 것이 숨는다."

추하고 왜곡된 것이 비밀이라는 것이다. 나는 여기에 비밀이 끼치는 심리적 해악을 더 추가하려 한다. 설령 추하지 않은 비밀이라 하더라도, 비밀은 우리를 평온한 감정에서 몰아낸다. 비밀은 인간 욕망의 회로를 다면적으로 지배한다.

비밀은 침묵으로 응대함이 적절하다. 인생행로에서 비밀과는 만나지 않는 길을 걸으면 좋으련만, 사람들은 오히려 비밀을 찾아서 엿들으려 한다. '엿듣다'. 이 말은 인간의 비뚤어진 '비밀 욕구'를 반영하는 동사이다.

비밀을 엿듣는 것은 그 행위 안에 이미 어떤 흉한 조짐이 들어 있다. 엿듣는 순간 불운을 예약하는 느낌이 든다. 비밀은 애시당초 아니 들으려 함이 온당하다. 불가피하게 들었다면 침묵으로 막아냄이 옳다. 이는 인내와 회개의 영성이 없이는 다가갈 수 없는 인품의 경지이다.

작가 에드가 하우어(Edgar W. Howe, 1853-1937)의 지혜가 돋보인다. "비밀을 지킬 줄 아는 이는 현명하지만, 지킬 비밀을 가지지 않은 자에 비하면 덜 현명하다."

즉답(卽答)

즉답(卽答)은 쉽지 않다. 즉답은 어떤 물음을 받고 그 자리에서 즉각 대답하는 것이다. 즉답은 얼핏 생각하면 듣기가 아닌 말하기의 영역 같지만, 그렇지 않다. 즉답이야말로 듣기의 태도를 가장 극명하게 보여 주는 반응 유형이라 할 수 있다.

속인(俗人)들이 자기 역량은 돌아보지 않고 즉답에 나서려 하는 것은, 즉답에 능하여 재주가 뛰어나 보이고 싶은, 지적 허영에 이끌리기 때문이다. 그러나 이 유혹에 빠지면 즉답은 실패한다. 아니, 그 인격도 실패한다. 즉답은 오랜 세월 세상 이치와 인간 행태에 깊은 통찰을 쌓아 득도의 경지에 이른 현인들에게서나 기대할 만한 것이다.

그런데 실상은 그런 분들도 즉답을 직설(直說)로 말하는 경우는 드물다. 대개는 비유나 상징으로 말하거나, 널찍한 해석의 여지를 두고 우의적(寓意的)으로 말한다. 그래서 막상 즉답은 들었지만, 구체적 솔루션은 더 고민하게 된다. 점을 치고서 받는 점괘도 이와 유사하다.

공개된 청문회(Hearing) 등에서 간혹 일문일답 진행을 원할 때, 화끈하고 솔직한 '즉답'을 구한다는 명분을 내걸지만, 그럴수록 청문의 성과를 제대로 얻기보다는 정파 간의 말꼬리 싸움과 감정적 언쟁으로 흐르기가 쉽다. 즉답을 요구하는 쪽이나, 즉답으로 상대를 압도하려는 쪽이나 모두 전투적 성급함을 은폐하여 품고 있기 때문이다.

오히려 이렇게 물어보면 어떻겠는가. "이 자리에서 바로 답해주시지 않아도 좋습니다. 깊이 진지하게 생각해 보신 뒤, 참된 마음으로 정직하게 꼭 답을 보내 주시기 바랍니다." 즉답을 요구받은 경우에도 이렇게 답하면 어떻겠는가. "즉답이 신중하지 못할까 두렵습니다. 시간을 조금만 주시면 깊이 생각하여 대답을 드리겠습니다."

너무 비현실적인가? 이게 비현실적이라면 그 현실이란 참으로 거짓되고 위선적이다. 이런 신중의 모드(mode)도, 상대가 나를 향하여 그 어떤 꼼수로 답변을 지연한다고 생각하면 성립되기 어렵다. 우리 사회 곳곳에 음모론적 사고가 횡행하고 있음을 느낀다. 그런 점에서 전략적 사고니, 전술적 접근이니 하는 말들이 남용되고 있음도 마땅치 않다. 그런 만큼 대화의 건강함과 정직이 들어설 자리는 없어진다.

이백이 '산중문답(山中問答)'에서 "그대는 어이해 푸른 산에 사는가(問余何事棲碧山)"하는 물음에 '소이부답(笑而不答, 그냥 웃을 뿐 대답하지 아니함)'으로 응하는 장면은, 듣기의 태도로 더할 수 없이 훌륭하고 지혜롭다. 그 어떤 재치 충만의 즉답도 이 장면을 넘어설 수 없다. 그 어떤 단호한 카리스마와 권위도 '소이부답'을 넘볼 수가 없다.

새삼 성현의 말씀이 돌아 보인다. "남들이 나를 알아주지 않아도 화내지 말라(논어 학이편)”는 공자의 말씀이나, “듣기는 속히 하고 말하기는 더디 하며, 화내기도 더디하라(야고보서 1장 19절)”는 성서의 말씀이 다시 되돌아 보인다. 직설과 막말로 다투며 잠시도 쉬지 않고, 그 어떤 쉼표도 없이, 즉답에 뛰어드는 권력에 취한 사람들도 다시 돌아 보인다.

반전(反轉)을 듣고 싶은가요

영화 이야기이다. 시카고에서 존경받는(실상은 그렇지도 않은, 그래서 그 또한 반전을 표상하는) 대주교 러쉬맨이 피살된다. 현장에서 붙잡힌 열아홉 살 에런이 용의자로 몰린다. 명성 높은 변호사 베일은 에런의 순진함을 보고, 그를 무보수로 변호하려 한다. 그는 또 한 번 그의 명성을 빛낼 수 있을 것이다. 검사 시절 베일의 동료이었던 여검사 자넷이 이 사건의 검사를 맡으면서, 팽팽한 대결이 시작된다.

베일에게 에런은 울먹이며 말한다. "저는 범인이 아닙니다. 현장에 그 누군가가 있었던 것 같은데, 볼 수가 없었습니다." 겁이 많고 말을 더듬는 에런을 보며, 베일은 특유의 촉으로 에런이 무죄임을 확신한다. 그러나 이후 검사 측의 치밀한 수사가 이루어지면서 에런에 대한 의문점은 다시 부각된다.

검찰이 언급한 새로운 증거들을 가지고 베일은 에런을 만나, 이를 확인하려 한다. 그 과정에서 에런은 충동적 광기의 분노를 베일에게 폭발시키며 심신상실의 상태로 빠진다. 깨어난 에런은 자신이 그랬다는 것을 전혀 기억하지 못한다. 변호인 베일은 에런의 정신 감정을 병원

에 의뢰한다. 결과는 예상대로였다. 에런을 범인이 아닌, 정신질환자로
규정해야 한다는 것이다. 그러나 판사와 검사는 베일의 주장을 바로
받아들이지 않는다. 베일도 에런이 범행하지 않았을 것이라는 확신에
일말의 회의가 생기는 것일까. 자신의 명성을 중히 여기는 베일이다.

재판을 질 수는 없다. 그는 에런의 무죄를 다른 방식으로 얻어내려
한다. 그는 자신의 명성을 너무도 사랑한다. 법정에서 베일은 검사에게
에런을 궁지에 몰아넣을 수 있는 비디오테이프를 준다. 무죄를 얻기
위한 전략이다. 검사는 이 증거 자료로 에런을 매섭게 추궁한다. 에런
은 법정에서 발광하며 검사의 목을 조르는 난폭함을 보이고 정신을 잃
는다. 에런이 정신질환자임이 법정에서 입증된 것이다. 판사는 에런의
무죄를 선언한다. 정신병원 입원 치료 후 석방할 것을 명한다.

다음날 베일은 구치소에 있는 에런을 만나서 말한다. 너의 정신질환
이 인정되어, 너의 죄를 물을 수 없다는 무죄 판결이 났다. 에런이 무심
결에 말한다. 법정에서 자기가 목을 졸랐던 검사가 큰 부상이 아니기
를 바란다고 전해 달라고 한다. 이 대목이 엄청난 반전이다. 이 말을 듣
는 순간 베일은 에런에게 당했음을 육감적으로 느낀다. 그렇다. 정신질
환자는 발작 중에 행한 일을 기억할 수 없다. 에런이 했던 말이다. 그런
데 지금 에런은 자신이 정신 발작 중에 한 일을 저렇게 정연하게 기억
하다니!

방을 나가던 걸음을 돌려 베일이 에런에게 이 모순을 따진다. 에런
이 말한다. "그동안 내가 이중인격자의 이중성을 연기로 연출한 걸 당

신은 몰랐느냐? 몰랐다면 당신은 미숙한 변호사이다. 대주교를 살인한 이후 내가 행한 연기는 내가 생각해도 예술이다." 에런은 베일을 조롱한다. 그 목소리를 뒤로하며 베일이 에런의 방을 나오는 데서 영화는 끝난다.

1996년 제작, 에드워드 노튼(Edward Harrison Norton)과 리처드 기어(Richard Tiffany Gere)가 주연한 '프라이멀 피어(Primal Fear)'라는 영화의 이야기이다. 주인공 베일 변호사는 이 엄청난 반전이 그의 자업자득임을 뒤늦게 발견했을까. 욕망이 불러오는 인생사 반전의 소용돌이를 응시해 본다. 반전의 묘미를 인생론적 깊이로 다가가게 해 주는 영화이다.

아일랜드의 작가로, 1969년에 노벨 문학상을 받은 사무엘 베케트(Samuel Beckett, 1906-1989)의 희곡 '고도를 기다리며'는, 읽어보면 참으로 막막하고 단조롭다. 희곡으로 읽기가 너무 무덤덤하여, 연극으로 보곤 했다. 나는 베케트의 이 작품을 무대 위에 상연된 연극으로 세 번 보았다. 이 연극은 극단 산울림이 신촌 '바탕골' 소극장에서 수십 년 동안 무대에 올렸었다.

나는 베케트의 연극이 부조리극으로서 실존주의 사상을 담았다는 게 무얼 뜻하는지를 나만의 체험적 감수성으로 느껴보고 싶었다. 비평가들이 각기 특색 있는 해석과 재해석을 내어놓았지만, 나는 여전히 이해와 몰이해의 중간쯤에 있는 듯했다. 다만 의미 있는 '지적 허영'을 구가할 수 있다는 점, 그것 하나는 분명했다. 그 허영은 나이가 들면서 허영으로만 떠돌지 않고, 무언가를 오래 응시할 수 있는 태도로 전이되었다.

이 연극에는 고도(godot)를 기다리는 두 주인공 블라디미르(디디)와 에스트라공(고고)이 나온다. 그들은 떠돌이다. 나무 한 그루 서 있는 시골길에 두 사내는 '고도'란 미지의 인물을 기다리는 중이다. 고도는 곧 온다고 하면서도 끝내 나타나지 않는다. 하지만 그들은 고도를 끊임없이 기다리면서 별다른 의미가 없는 이야기를 주고받는다. 독자나 관객은 단연 '고도'가 누구인지를 해석의 관심사로 삼는다. 일찍이 이어령 교수는 작품을 이렇게 말한다.

"대체 고도는 누구인가. 그들은 왜 무엇 때문에 기다리는가. 외마디 말로 주고받는 단조로운 대화, 나무 한 그루밖에 없는 무대, 대체 이것은 연극이기라도 한 것인가. 파리의 바빌론 소극장에서 베케트의 '고도를 기다리며' 초연을 보고 나온 사람들은 엉터리 속임수에 놀아났다고 분해하는 사람들도 있었다. 그러나 사람들은 끊이지 않았고 신문들의 평은 대단했다."

베케트는 자기 작품의 해석에 대해 모호한 태도로 일관했다. 이 작품은 인간이 자신의 존재에 대한 근본적 물음을 놓치지 말아야 한다는 뜻을 담은 것으로 보인다. 나에게는 설득력이 있다. 단조로운 얘기인 듯하지만, 해석의 깊이와 다양성은 무한하다. 그것이 재미라면 재미라 할 수 있을 것이다.

‘고도를 기다리며’는 반전이라고는 없는 이야기이다. 그저 하염없이 기다리는 이야기이다. 목적도 이유도 잘 드러나지 않는 ‘기다림’을 인생에 대한 암시처럼 이야기한다. 반전이 등장하지 않는 이야기는 도대체 어떤 인간과 어떤 인생을 반영할 수 있는가.

‘반전의 인생사’라는 것도 그저 인생사 안에 반전이 있는 것이지, 반전 안에 인생이 매달려 있는 것은 아니지 않겠는가. 그러므로 모든 반전을 수렴하는 ‘생의 본질’이란, ‘무반전(無反轉)의 방식’으로 드러나는 것 아닐까. 변하지 않고 꾸준히 이어지는 단조로운 것들은, 우리의 눈에 잘 보이지 않는 ‘생의 어떤 본질’을 말하고 있을 가능성이 크다. 이는 ‘고도를 기다리며’에 내가 간신히 거두어들이는 ‘해석의 그물(semantic net)’이다.

작가가 빈번한 반전을 구사하면 이야기는 타락한다. 막장 드라마는 스토리 전개를 지나치게 반전에 의존하는 데서 생긴다. 작품에 반전이 부당하게 많이 등장하면, 작품은 부자연스러워진다. 그 부자연스러움이란 바로 삶의 본질이 왜곡된 데서 생겨난 것이다. 드라마나 영화가 ‘반전’에 의존하여 흥미를 끌려고 하면, 통속에 빠지는 것을 면할 수 없다.

반전에 유혹을 받는 작가는 삼류 작기이다. 객석도 마찬가지이다. 반전을 소비하고 싶은 관객은 삼류 관객이다. 인생사 모든 곳에 반전이 있다. 당면한 고난을 물리치기 위해 반전을 꾀하는 것은, 그 의지가 돋보인다. 자신의 삶을 향해서 던지는 순수 의지이기 때문이다. 그런가 하면 어떤 반전은, 나의 의지와 상관없이, 갑자기 나의 운명을 가로막고 나타난다.

횡재(橫財)든 횡액(橫厄)이든, 그렇게 찾아오는 '횡(橫)의 운수'가 바로 '운명적 반전'이다. 어쩌겠는가. 이럴 때야말로 단조롭고 지루하고 변화 없는, '인생 보편의 본질'에 기대어서, 이 운명의 소용돌이를 지켜보는 태도로 상대해야 하지 않을까. 반전을 응시하는 데서 인생을 감당하는 지혜도 생겨난다. 흥부와 놀부의 공통점을 말해 보라는 질문에 한 학생이 이렇게 답을 한다. "둘 다 팔자의 기복이 심합니다." 재치 만점이다. 팔자의 기복이 심하다는 건 흥부나 놀부의 인생에서 반전(反轉)이 대단하다는 뜻이다. 근데 이것이 어찌 흥부나 놀부의 인생에만 있겠는가.

반전이란 인생의 보편적 법칙 아닐까. 인생 전체의 자리에서 크고 길게 보기로 하자. 반전이란 삶의 긴장과 이완이 빚어내는 생의 리듬 안에 있는 것 아닐까. 인생행로에서 반전이란, 하나의 기다림과 그다음 기다림 사이를 지나며, 잠시 숨을 고르는 '삶의 박자' 같은 것 아닐까. 천지를 개벽하는 무슨 대단한 반전이 따로 있다고 생각하고 싶은가.

반전을 듣고 싶어 하는가. 충격적인 반전을 듣고 싶어 하는 심리는 생을 오래 응시하고 생에 대한 외경을 품는 마음과는 거리가 있다. 요즘 널리 유행하는 릴스의 쇼츠 영상들은 반전을 오락처럼 소비하려는 현대인의 취향에 호응한다. 그러나 이 또한 즐기다 보면 상투적이고 지루해진다.

청파(聽罷)에 대로(大怒)하여

'청파(聽罷)에 대로(大怒)하여'는 좀 낯선 말이다. '어떤 말을 듣자마자 크게 화를 내어'라는 뜻이다. 한문 투의 말, 그것도 구어(口語)라기보다는 문어(文語)에 가까운 말처럼 보인다. 그러나, 지난 20세기 중엽까지만 해도 드물지 않게 쓰이던 말이다. 한문 투이니 식자(識者)들만 쓰던 말인가. 그렇지도 않다. 내가 어렸을 때만 해도 간간 일반 어른들의 생활 담화에 등장했다. 심심찮게 구어(口語)에 등장하여, 일상 언어의 영역에 들기도 하였다.

'청파(聽罷)'의 '청(聽)'은 '들을 청'이고, '파(罷)'는 '파할 파'이다. 파업(罷業)이라고 할 때의 '파(罷)'이다. "학교 파하고 곧장 집으로 오너라" 할 때의 '파(罷)'이다. 그러므로 '청파(聽罷)에'는 '듣기를 파(罷)함에'로 새길 수 있다. 현대어로 풀면 '듣자마자'쯤에 해당한다. 표준국어대사전에 등재된 '청파(聽罷)'는 '듣기를 마침 또는 그런 때'로 풀이되어 있다. 부가된 설명을 보면, '청파'는 주로 '청파에'라는 꼴로 쓰인다고 말해 준다.

'청파에 대로하여'라는 표현은 우리 고소설에는 흔하게 나온다. 학창 시절에 배운 '규중칠우쟁론기(閨中七友爭論記)'에는 여염집 여인들이 사용하는 바느질 도구들이 서로 공을 내세우며 언쟁하는데, '청파에 대로하여'가 등장한다. 전우치전, 까치전, 서동지전(鼠同知傳) 등에도 자주 등장한다. 그만큼 옛날 사람들 대화에 빈번하게 나타났던 모습이라면 일종의 관용구처럼 쓰이거나, 상투어(클리셰, cliché)일 수도 있겠다 하는 생각이 든다.

'청파에 대로하는 일'이 그리 흔했다면, 이건 무얼 말하는가. 상대의 말을 듣자마자 화부터 내는 모습이 예로부터 항용 있었다는 뜻 아니겠는가. 그렇다면 이는 우리의 듣기 태도와 연관된 문화적 양상의 일종이 아닐까. 그런 쪽으로 생각을 몰고 가니, 청파에 대로하는 모습을 습관적으로 연출하여 권위나 카리스마를 과시하려는 캐릭터가 왠지 익숙하다. 듣자마자 바로 화부터 내는 것은 평정심과 분별을 잃고 감정에 내몰리는, 그런 듣기의 전형적 반응이다.

'청파에 대로하기'는 말할 것도 없이 나쁜 듣기의 전형이다. 그렇듯 즉각 발동한 '대로(大怒)'는 자칫 대로(大怒)의 당사자를 범죄로 몰아가기에 딱 좋다. 듣기는 속히 하고 말하기는 더디 하며 성내기도 더디 하라. 설령 화를 내었다 해도, 그로 인해 죄를 짓지 말며, 해가 질 때까지는 품었던 분을 풀라고 성서는 말한다. (에베소서 4장) 쉬운 듯해도 쉽지 않은 경지다.

적대적 분열로 찢어진 우리 사회는 '청파에 대로하기'는 고사하고, 상대의 말을 듣기도 전인, 청전(聽前)에 화부터 발산하고, 채 다 듣기도

전에 조롱과 저주를 내뿜는다. '청전(聽前)에 대로(大怒)하는' 막된 풍경을 보여 준다. 국민을 내세우지만, 정파적 손익 계산에 매몰되어 있음을 참 국민은 안다.

나의 팬덤만 의식하는 속 좁은 정치다. 남을 듣지 않고 화부터 내는 분노팔이를 한다.

참회의 말

참회(懺悔)는 뜻이 깊은 말이다. '참(懺)'도 뉘우친다는 뜻이고, '회(悔)'도 뉘우친다는 뜻이니, 뉘우침의 극한쯤에 놓인 말이 '참회'다. 누군가의 개인적인 '참회'를 내가 직접 듣기란 어렵다. 참회에서의 뉘우침이란 드러내놓기 어려운 수치감을 전제로 하는 뉘우침이므로 내 참회를 쉽게 말하는 사람은 없기 때문이다.

참회는 종교적 거룩함에 가닿는 말이다. 구원의 절대자인 신에게 회개(悔改)를 통해 나의 재탄생을 간구하는 모습이 참회이다. 참회가 언어로 행해진다고 해서, 참회를 '언어의 양식'으로만 보는 것은 단견이다. 참회는 '삶의 숭고한 양식'으로 보아야 한다. 인간 존재가 승화된 정신의 경지로 재탄생하는 지점이기 때문이다. 참회에 다가가는 존재는 그 내면이 복되다. 참회의 진정한 청자는 자기 자신이기 때문이다.

역사나 문학이 전하는, '문화적 고전이 된 참회'는 인류의 정신 유산이다. 고대 그리스의 비극 작가 소포클레스가 쓴 '오이디푸스'에서 주인공 오이디푸스의 참회를 듣노라면, 운명의 존재를 외경에 가까운 느낌으로 각성하게 된다.

"오, 어두움이여, 나를 덮어라. 내가 보지 말아야 할 것
을 보았고, 알지 말아야 할 것을 알았으니, 이제는 빛을 끊
고 고통 속에 살아가리라."

오이디푸스는 원래 코린토스의 청년이었다. 자신이 아버지를 죽일
것이라는 신탁을 피하려고 코린토스를 떠난다. 그는 괴물 스핑크스를
물리치고 테배의 왕이 된다. 이후 왕국을 넓히는 과정에서 오이디푸스
는 자신의 아버지였던 라이오스를 죽이게 되고, 친모인 이오카스테와
결혼하여 그 사이에서 네 명의 자녀를 두게 된다. 오이디푸스는 자신
이 저지른 죄를 깨닫고 스스로 눈을 찌른 뒤, 장님이 되어 유랑한다.

오이디푸스의 참회를 들으면서, 비극의 슬픔에서 느끼는 정화(淨化)
와 함께 인간 정신의 아름다움을 본다. 진정한 참회가 주는 인간적 위
대함을 느낀다. 그런데 참회가 사라진 세상 세태를 어찌하랴. 궁지를
모면하려 참회하는 척 참회를 이용하는 사람이 있는가 하면, 보여주기
식의 참회가 횡행하는 세상이다. 참을 수 없는 세태의 뻔뻔함이 세상
을 참회의 불모지로 만드는 듯하다.

참회는 내가 나를 듣는 행위다. 참회는 내가 나의 양심을 들으려 다
가가는, 그런 듣기이다.

에필로그

| 굴참나무를 듣다 |

굴참나무를 듣다

　근래 몇 년, '듣는 인간'이라는 화두로 글쓰기에 몰두하는 동안, 대상이 무엇이든 별별 것을 다 들으려는 습관이 나에게 생겼다. 듣기와는 상관이 없어 보이는 현상들을 느끼면서도 이걸 자꾸 '듣는 현상'으로 수렴하여 생각하려는 나를 본다. 그러다 보니 소리 내지 않는 것들이 내는 소리는 무엇일지 생각을 하게 된다. 소리가 꼭 들려야만 소리인가 하는 인식을 내 안으로 가져보는 것이다. 그래서일까. 소리만 듣는 것이 아니라, 소리 내지 않는 것들도 들리는 듯하다. 내가 써 온 글들에 내가 지나치게 탐닉한 심리인지도 모르겠다.

　생각을 이어가 본다. 소리 내는 것들이 소리를 내지 않는다면 그들은 어떤 표정을 지을까. 나는 그 표정을 읽을 수 있을까. 사람의 경우, 소리를 낼 수 있다. 하지만 소리를 내지 않는다면, 아마도 처음에는 고통스러워하다가 대개는 무언가 거룩한 표정으로 변해 가지 않을까. 사람의 소리란 '말'이기 때문이다. 말을 거두어들이는 인간의 내면을 생각해 보는 것이다. 소리를 낼 수 없어서 내지 못하는 경우는 그 고통이 안으로 체화되어 절망에 이르거나, 그 절망을 초인간적으로 승화해 내는 데로 올라서지 않을까 싶다. 이 대목에서 베토벤이나 헬런 켈러를 떠올리게 된다.

소리를 내지 못하면, 짐승이나 곤충들의 경우는 생존 본능을 박탈당하는 지경이 되지 않을까 싶다. 포효(咆哮)를 거세당한 맹수들, 소통 교신의 울음소리를 잃어버린 귀뚜라미들은 어떻게 살아갈 수 있겠는가. 소리를 낼 수 있는 기능이 상실되면, 그들도 종(種)의 차원에서 점점 듣는 기능도 쇠퇴할 것이다.

바람이나 물, 돌이나 쇠 등과 같은 자연의 사물들은 어떨까. 그들이 소리를 잃으면, 그들 자신보다 인간이 더 견디지 못할 것이라는 생각도 든다. 애초에 겉으로는 소리가 없던 사물들도 그것의 내적 자질 안에는 잘 감지되지 않는 모종의 소리가 있다고 한다면, 그런데 그 내적인 소리조차 가질 수 없다고 한다면, 그 사물은 어떻게 되는 걸까. 그 사물은 죽는다. 그 사물이 생물학적으로는 무생물이라 하더라도 그 사물은 죽는다. 그 사물의 존재성이 서서히 소멸하는 것으로 인식해야 하지 않을까 싶다.

이런 생각과 궁리를 두고서 〈듣기의 존재론〉 또는 〈'듣는다'의 현상론〉이라 이름을 붙일 수 있을까. 듣기의 진수는 도대체 어디에 있는가. 지금 내가 듣는 현상은 무슨 의미를 나타내는가. 뭐, 이런 물음들과 만나야 할 것이다. 이를 굳이 학문 범주로 보기보다는 '듣는 인간'의 존재와 활동을 좀 의미 있게 생각해 보기 위해서는 불가피하게 다가갈 수 있는 생각의 공간이라 할 수 있겠다.

이 책을 쓰는 동안에 나는 두 가지 발견에 다가갈 수 있었다. 그것은 대단한 발견이라기보다는 공리 수준의 자명한 원칙에 가까운 것이라 할 수 있다.

하나는, 우리의 듣는 행위가 어딘가에 소리 내는 대상(존재)이 있음으로써 비로소 이루어지게 된다는 점이다. 너무도 당연한 이치이지만 의외로 우리는 이를 놓칠 때가 많다. 나에게 무언가를 들려주는 대상(존재)을 내가 '의미 있게 지각하는 일'의 중요함을 놓치는 것이다. 그것은 내가 모르고 있었던 것에 대한 내 무명(無明)을 일깨우는 것이다. 정신의 위대함이란 처음부터 작동하지 않는다. 내 밖에 있는 외계의 사물을 내가 깨어 있는 의식과 감관으로 받아들이는 데서 비롯하는 것이다. 듣기의 위대함이 여기에 있다고 하겠다.

다른 하나는 '듣는 존재'로서 우리 각자는, 언젠가는 나 아닌 다른 대상에게 '들려주는 존재'로 성숙한다는 점이다. '듣는 인간'은 나를 향하여 소리 내는 대상이 있음으로써 존재할 수 있다. 당연하다. 그런데 '듣는 인간'의 존재성은 그가 나중에 다른 어떤 대상에게 '들려주는 인간'으로 나아가는 데에서 완결된다.

요컨대 '듣는 인간'은 '들려주는 인간'에 닿아 있다. 듣기와 말하기가 인지 현상의 차원에서 선순환하는 이치를 말하는 것으로 이해할 수도 있지만, 더 중요한 것은 듣기와 말하기는 불교에서 말하는 연기(緣起)의 차원에서도 선순환한다는 점이다. 듣는 인간 자신이 성숙해 가는 흐름 내에서도 그러하고, 듣는 인간 간의 관계가 공진화(共進化)하는 과정에서도 '듣기'와 '들려주기' 사이의 연기적 선순환은 지속된다.

10년 넘게 각별한 사귐으로 지내 온 L씨와 오랜만에 점심을 같이하며 살아온 이야기를 서로 들려주었다. 기업을 운영하는 L씨는 경북 오지 산골에서 태어나 중학교를 마치고 가정 형편이 어려워 고등학교에 가지 못했다. 아버지가 말씀하셨단다. 너를 고등학교 공부를 시키려고 하니 네 밑에 동생들 중학교를 못 보내겠구나. 네 공부 팔자가 여기까지라고 생각하고 진학을 단념해라. 서울 공장에 가서 기술을 배워라. 김천 고속버스 터미널에서 어머니가 눈물로 쥐어주는 돈 500원을 가지고 상경한 15세 소년은 서울 원효로 기계공장에 견습공으로 들어가서 생의 거센 파도에 올라타고 떠밀리기를 여러 수십 번, 오늘의 기업을 이루었다. 지금도 밀려오는 도전은 계속된다. 그는 들려주었고 나는 들었다.

50년도 넘는 그 세월을 온몸으로 감당하며 그가 겪은 인고의 시련은 이야기로 하면 만리장성이다. 무수히 꺾이면서도 일어서곤 했던 그를 내가 듣는다.

나는 어떤 감화에 든다. 그는 자신의 서 있는 자리를 탓하지 않는다. 태어난 환경을 원망하지 않는다. 그런 그를 나는 듣고 있다.

L씨는 독실한 크리스천이다. 반드시 성공하여 부모님을 가난에서 구해드리고, 자신처럼 불우하여 공부를 계속하지 못한 청소년들을 도와야 한다는 생각으로 자기를 일깨우며 오늘에 다다른 그의 내면을 들을

수 있다. 난관 앞에 무너지지 않으려고 자기 생에 열심히 매달린 이야기를 한다. L씨의 인생 도전은 그 자체로도 인간적 감동을 주지만, 그가 나눔재단을 만들고 모은 재산을 기부하여 어려운 이들과 불우한 청소년들을 조용히 도와오는 데에 이르러서는 그냥 아름답게 들린다. 그는 공처럼 들리는 그런 이야기는 자세히 들려주려 하지 않는다.

　나는 송파구 방이동에 산다. 이곳 방이동으로 이사를 온 지가 그럭저럭 30년을 바라본다. 이사가 빈번하기 그지없는 시절이었는데, 옮겨 살 생각을 하지 않았다. 감사해야 할 점은 바로 집 부근에 올림픽 공원이 있다는 점이다. 이사 오던 그 무렵 나는 건강이 좋지 않았는데, 올림픽 공원은 아침마다 걸을 수 있는 장소로 좋았다. 나는 올림픽 공원을 수도 없이 걸어 다니면서 공원의 사물들과 친숙해진다. 공원에는 성내천 물이 흐르고, 새의 무리가 투숙하는 두터운 숲이 있고, 이쁜 장미 정원이 있다. 백제 유적도 있고, 조각 작품들이 전개되어 있기도 했다, 집에서 나와 올림픽 공원을 외곽으로 한 바퀴 돌고 오면 9,000보 가까운 걸음이 된다.

　무엇보다도 올림픽 공원에는 몽촌토성이 있다. 백제시대에 축성한 몽촌토성은 공원의 고풍스러운 역사의 시간을 우뚝 웅변하는 듯하다. 이 토성의 바깥 둘레는 2.7킬로미터다. 토성의 높은 곳 경사는 70도이고, 토성의 높이는 지점마다 다르지만 20미터를 넘는다. 나는 이 길을 아침마다 걸었다. 토성이기 때문에 성이 주는 느낌은 부드럽고 순하다.

토성이기 때문에 성벽의 경사진 표면은 나무나 풀이 자란다. 녹색의 성곽이다.

늘 지나치는 몽촌토성의 경사진 비탈 위쪽에 수령이 오래된 굴참나무가 우뚝 서 있다. 늠름하고 훤칠한 참나무이다. 나는 여기를 지나칠 때마다 이 굴참나무를 만난다. 토성 아래로 둘레길을 걸을 때는 눈을 들어 이 나무를 높이 우러러보게 된다. 나무가 서 있는 자리가 경사가 심해서 나무는 한참 불편해 보인다. 비탈에 뿌리를 내렸어도 비뚤어지지 않고 곧고 바르게 하늘 보고 자랐다. 대견하다는 생각이 든다. 몽촌토성 성벽 위로 난 길을 걸을 때는 굴참나무를 더 가까이서 내려다보며 만난다. 성 마루 위에서 보는 굴참나무의 비탈진 자리는 참 고통스러운 자리로 보인다. 어떻게 저런 자리에 씨가 떨어져 나무가 자랐을까. 그러고도 저렇게 바른 기상의 모습으로 자랐을까. 나는 몽촌토성 굴참나무의 소리를 들어보려 했다. 굴참나무의 마음을 듣고 싶었다. 이런 생각이 오래 여물어 마침내 굴참나무의 소리가 내게 들려오는 듯했다. 나는 그 소리를 듣고 시 한 편을 썼다. 아니, 시를 생각하자 굴참나무의 소리가 들리기 시작했다고 말하는 편이 맞을 듯하다.

굴참나무를 듣다

올림픽 공원, 몽촌토성 비탈에 굴참나무 한 그루 우뚝
긴 세월을 이고 서 있습니다.

똑바로 서기 힘든, 경사 70도의 비탈에

굴참나무 한 그루, 굴하지 않고 서 있습니다.

오랜 옛날, 씨앗 하나 조용히 이리로 내려앉아

이 삐딱하게 기울어진 땅에서 모진 고난 다 감당하며

싹을 틔우고 순을 길러, 줄기를 세우고, 큰 아름 되도록

지내 온 시간, 그 힘들었던 나무의 마음을 들어봅니다.

어찌하여 저를 이 비탈에 서게 하십니까.

어찌하여 저를 외롭게 혼자 두십니까.

어찌하여 저를 비바람에 젖게 하십니까.

어찌하여 저를 어둠 속에 떨게 하십니까.

어찌하여 저를 눈물 안에 가두십니까.

하늘의 뜻을 우러러보아도 하늘은 그냥 굽어볼 뿐, 묵묵

너의 물음 안에 너의 답이 있노라.

굴참나무는 어둠 속에서 하늘의 음성을 듣습니다

비탈이 뿌리를 굳세게 하고, 외로움이 의연함을 키우고

비바람이 용기를 일으키고, 어둠이 담대함을 가져다주고

눈물이 사랑을 품게 하였음을

굴참나무는 알아차려 갑니다.

그리하여, 몽촌토성 비탈의 굴참나무 한 그루

키는 하늘 맞대어 높고, 팔 가지는 비탈 경사 쓰다듬으며

이렇듯 정정백백(正正白白) 헌헌장부(軒軒丈夫)가 되어

지난날 철없어 원망하던 그 곤핍한 것들

그것이 나를 키워낸 숨은 섭리이었어라.

굴참나무는 계시처럼 알아차려 갑니다.

몽촌토성 가파른 비탈, 굴참나무 한 그루

그곳에 자신의 영토를 성숙하게 거느립니다.

비탈조차도 그에게 아름답게 순종합니다

오늘 우리도, 오래 동행해 온 길 위에서 하늘 우러러

어느새 굴참나무 한 그루 되어, 내가 나를 듣습니다

나는 이 시를 애정이 가는 자작시 작품으로 여기며, 나의 시작 노트
에 잘 보관하였다. 언젠가 시집을 내면 꼭 싣겠다고 생각했다. 그리고
얼마쯤 지났을 때 L씨에게서 전화가 왔다. L씨의 기업이 창사 40주년
기념식을 가지는데, 그날 와서 회사에 도움을 주는 덕담 축사를 부탁

하는 것이다. 고난과 어려움 속에 자라온 회사였으므로 모두들 감회가 각별한 자리라고 한다. 나는 그렇게 하겠노라 했지만, L씨와 그의 기업에 무슨 덕담을 어떻게 해 드리면 좋을지 몰라 고민했다. 의례적이고 상투적인 축사가 되어서는 안 되기 때문이다.

나는 문득 이 시 〈굴참나무를 듣다〉를 축시로 낭송하여 들려드리는 것이 좋겠다는 생각을 했다. 그러고 보니 내가 '굴참나무의 마음을 듣겠다'는 생각을 했을 때는, 그리고 그것을 시로 적었을 때는, 내 무의식 속에 L씨가 들려준 그 고단한 고생담이 무언가 굴참나무와 어우러지는 작용을 하고 있었는지도 모르겠다. 두 개의 듣기가 내 안에서 이렇게 만나다니. 이 무슨 연기(緣起)의 조화인가.

당일 기념 의식에서 나는 〈굴참나무를 듣다〉를 축시로 낭송했다. L씨는 맨 앞자리에서 나의 시를 듣는다. 몽촌토성 굴참나무가 말해 준 나무의 속마음, 그 이야기를 시로 경청한다. 기념식이 끝나고 L씨는 그 굴참나무에 자신을 이입시키니 눈물이 나올 것같은 큰 감화를 느낀다고 했다. 그가 나에게 말했다 "교수님, 굴참나무 마음을 정말로 굴참나무에게서 들었단 말입니까?" 내가 웃으며 말했다. "열심히 다가가서 '내가 너를 이해하고 싶어'라고 마음으로 말하면 굴참나무도 마음으로 내게 무언가를 말해 줍니다. 그렇게 해서 쓰는 글이 시랍니다. 시 쓰기의 비밀이 사물의 소리를 듣겠다고 마음먹는 데서 시작하는 것 아닌가 싶습니다. 대표님도 시를 쓰세요."

듣는 인간의 원숙한 듣기는 교향악을 듣는 방식으로 이루어진다. 교향악이란 것이 여러 소리가 어울리고 이어지는 방식으로 울려 퍼지는 음악 아닌가. 우리가 살아가면서 듣고 감득하는 여러 전언은 각기 따로 존재하지 않고, 듣는 인간의 삶과 의식 안에서 교향악처럼 서로 어우러지고 서로 인연을 일으키며 들어와 듣는 인간의 인격과 지혜로 녹아든다. 그것이야말로 듣는 인간의 이상적 모습이라 할 것이다.

이은상 시인이 쓴 가곡 가사 '동무생각'은 봄이라는 계절 자체를 하나의 교향악이라는 소리 이미지로 표현하였다. 우리의 삶 한가운데서 들려오는 안간의 말이나 사물의 소리들이 우리들 각자의 품성 안으로 들어와 교향악처럼 울리기를 바란다. 그 교향악을 또 누군가가 듣고 전하지 않겠는가.

이 도서는 2025년 문화체육관광부의 '중소출판사 성장부문 제작지원' 사업의
지원을 받아 제작되었습니다.

듣는
인간

호모 아우디투스_Homo Auditus

초판 1쇄 발행 2026년 4월 10일

지은이 박인기
펴낸이 이낙진
편집 · 디자인 홍성주 이지은

펴낸곳 도서출판 소락원
주소 경기도 양평군 강상면 강남로 714-24
전화 010-2142-8776
이메일 sorakwon365@naver.com
홈페이지 www.sorakwon365.com

ISBN 979-11-997823-0-3 03810

• 책값은 뒤표지에 있습니다.
• 파본은 구입하신 서점에서 교환해 드립니다.